Best Time

白 马 时 光

DEATH AND
OTHER
HAPPY ENDINGS

人生最后90天

[英] 梅兰妮·康托 著

刘勇军 译

百花洲文艺出版社
BAIHUAZHOU LITERATURE AND ART PRESS

图书在版编目（CIP）数据

人生最后 90 天 / (英) 梅兰妮·康托著 ; 刘勇军译
. -- 南昌 : 百花洲文艺出版社, 2021.6
ISBN 978-7-5500-4209-4

Ⅰ. ①人… Ⅱ. ①梅… ②刘… Ⅲ. ①长篇小说-英
国-现代 Ⅳ. ① I561.45

中国版本图书馆 CIP 数据核字（2021）第 045272 号

江西省版权局著作权合同登记号：14-2020-0031

人生最后 90 天
RENSHENG ZUIHOU 90 TIAN

[英] 梅兰妮·康托　著　刘勇军　译

出 版 人	章华荣
出 品 人	李国靖
特约监制	王 瑜
责任编辑	游灵通
特约策划	王云婷
特约编辑	王云婷
封面设计	林 丽
版式设计	彭 娟
出版发行	百花洲文艺出版社
社　　址	南昌市红谷滩区世贸路 898 号博能中心 I 期 A 座 20 楼
邮　　编	330038
经　　销	全国新华书店
印　　刷	三河市金元印装有限公司
开　　本	880mm × 1230mm　1/32
印　　张	10.25
字　　数	260 千字
版　　次	2021 年 6 月第 1 版　　2021 年 6 月第 1 次印刷
书　　号	ISBN 978-7-5500-4209-4
定　　价	45.00 元

赣版权登字：05-2021-133
版权所有，侵权必究
发行电话　0791-86895108　　　　网　址　http://www.bhzwy.com
图书若有印装错误，影响阅读，可向承印厂联系调换。

人，自生命伊始，就应被告知终有一死，方能每分每秒都活到极致。我建议，拼搏！无论所为何求，放手一搏！毕竟，人还有多少个明天？

——语出教皇保罗六世

献给在天堂看着我的，

父亲、母亲、艾迪和多琳。

献给我的两个儿子，

亚历山大和约瑟夫，

这是我的幸福结局。

part 1

第一部分

一切是怎么发生的

大千世界，总有人偶遭不测。这倒不是我，我过着平凡的生活，做着平凡的事情。倒不是说我的生活很无趣，但确实没有什么让人惊掉下巴的大事。直到眼下这件事情发生的时候，说实话，这真是……

"你有男朋友吗，珍妮弗？"

我略带歉意一笑，不自在地在椅子上动了动，"嗯，没有……我还是单身。"我讨厌这种问题，"我偶尔有约会。麦肯齐医生，我不太懂上网，另外，我连左右都分不清呢。"我尴尬地笑了笑，瞟了一眼他脸上的表情，"你不是那个意思吧？"

"不是。"他抓了抓下巴，"今天谁陪你来的？"

我有点吓到了。一瞬间，我以为他要告诉我，我得了性传染病，这样我对公厕的恐惧就说得通了。"为什么这么问？"我说，"我应该和谁一起来吗？"

"这对你会有一定的帮助。我让接待员转告过你。"接待员确实提过，但我以为她只是开玩笑。

他摘下钢丝边眼镜，双手捂住眼睛，"真的很抱歉，珍妮弗。有一个坏消息，你得了一种罕见的血液病。"

他的脸色阴沉，我从没见他露出过这种表情。整个房间开始混乱地晃动起来，我的耳朵也是，一切都在晃动。我试着把注意力集中到麦肯齐医生的脸上。他的鼻翼在颤动，他捏住鼻梁，揉着布满皱纹的横肉。他偷偷瞄了我一眼，似乎在观察我的反应，接着含糊不清地嘀咕了一个难懂的术语。我只听到结尾带个"病"字。

"什么意思？"这显然需要生物课的知识，要听一节冗长而复杂的讲座，无非是关于血小板和白细胞对抗红细胞的。我从来弄不懂这些东西，更别提现在我周围的一切都在晃动。"听起来不好治。"我说。

"是的，"他低声说，"很难治。"他摆弄着文件，将它们整齐地排列好，他清了清喉咙继续道，"不治之症。"

我不确定我有没有听错，"我不明白。"

"珍妮弗，我对这种病进行了广泛的研究。这是非常罕见的疾病，我们国家大多数血液学家在整个职业生涯中都不会遇到这种情况。恐怕没有像化疗这样可行的治疗方法，因为化疗需要时间……"他左颚一紧，又松了下来，像被松紧带钩住了似的。"你恐怕没多少日子了，"他咳了咳，"……最多三个月。"

先暂停一下。他真的这么说了吗？这就像走进一家声名狼藉的餐馆，酒保在账单上多加了一瓶酒，还侥幸希望不会被你发现。

我的耳朵嗡嗡直响，我努力想要抑制住冒出喉头的胆汁，但它还是不断地翻涌。"麦肯齐医生，"我口齿不清地说，"我觉得我要吐了。"

眼前这位老医生慌张地瞥了我一眼，动作迟缓地俯到桌下，还撞到了胳膊肘，"哎呀。"——我能感觉到他的疼痛。他递给我一个灰色的金属桶，我盯着桶，他礼貌地站在那里。

我全身上下每个细胞的注意力都集中到这个桶上，一张士力架包装纸夹在揉成团的废纸间。我干呕了一阵，吐了起来，脑袋好似擂鼓一般振动着。麦肯齐医生递给我纸巾和一杯水。"慢慢来。"他说。

但我没有时间慢慢来了。我缓缓地啜了一口，想全面分析一下情况。"所以你认为我还要不要治疗？"

"我做了一些调查，珍妮弗，我不想让你空欢喜一场。我必须告诉你，治疗只是权宜之计。"他的声音在刺鼻的空气中飘荡，断断续续地闯入我的意识中。"……哪怕""……只能这样"只言片语撞进我的耳内。我不想听。办公室的墙壁毫无特色可言，灰暗阴郁，向我步步紧逼。像他一样。

麦肯齐医生担任我的家庭医生已经三十多年了——但除了四面灰墙，我对他一无所知。噢，他可能会囫囵吞掉一根士力架当作午餐。办公室里没有一张家庭照片、宠物肖像或解剖图，甚至没有什么可怕的戒烟海报。我并不抽烟，但如果有东西可以分散我的注意力，求之不得。

他说完了，我全程心不在焉。他的语气谈不上热情，"我只是不想瞒着你，珍妮弗，"他又戴上眼镜，"你要了解预后，做好准备。"

准备什么，医生？

"谢谢。"我说。

他起身去打开一扇窗户。我盯着白晃晃的乙烯地板，在转椅里来回旋动。我发现我仍然紧抓着垃圾桶，于是我赶紧把它从我鼻子下方拿开。

"但是麦肯齐医生，你确诊了吗？我是说，我只是感觉……累了，没有任何疼痛，只是累了。可能有点浮肿。你确定不是肠易激综合征，或者是慢性疲劳综合征，还是……"我听起来像是恳求他给出另一个专业术语。我确实是这么想的！除了血液病之外，什么病都行！没开玩笑。

"我这儿有你的验血结果，珍妮弗。"他手里拿着一套整齐的文件，那是确诊的证据，"我也希望可以告诉你是其他病，但这恐怕已经是晚期了。"请求驳回。他疲惫地叹了一口气，做出了有罪判决，"真的很抱歉，我真希望你能早点检查。"

我脑中憋闷。我今年才四十三岁，刚刚获知因为没能及时检查，我活不到四十四岁了。我想哭。不！我不会哭。我不能哭。我在人力资源部工作，受过训练，不会表现出明显的情绪波动。再说了，告诉病人死期将临，这对医生来说一定也很难过。我不需要让情况变得更艰难。"我也很抱歉。"我说。

他像赌场里的荷官分发筹码一样，在桌面上摊出一沓宣传册。"这些可能对你有帮助。"他放柔声音。我僵硬地笑了笑，漫不经心地把它们扔进手提包，看着他飞快地写处方。如果那一瞬间我的情绪没绷住，我会把这玩意儿甩进那个垃圾桶里。"这些药街角的药房都有卖，应该暂时能撑一段时间。"

"暂时。"我重复道，这听起来就很不祥。我仔细地阅读这张字迹潦草的药单，希望能认出熟悉的药名，可以少花一点钱——安定药、可待因或任何一种存在母亲早已消失的药柜里的药物，她无不骄傲地备下这些药，认为总有人会用到，尤其是她自己。但我什么药都没认出来。

"这些药有什么用？"

"它们有助于缓解疲劳和疼痛。"

我带有一丝礼貌的怀疑，好奇地看着他，"但是……"

他嘴唇嚅动着。我知道他的意思是让我自己去读宣传册。他清了清嗓子，突然站了起来表示到此为止，"我们很快就要再次见面了。接待处的尤妮丝会为你安排时间，所以离开时请记得去找她。别忘了拿处方，亲爱的。"

他叫我"亲爱的"，他从来没有这样称呼过我。我真的要死了。他绕过桌子走出来，送我到门口。这种举动对他来说已经相当友善了，通常他都任我独自离开。最后他还慈爱地拍了拍我的肩膀。

"医生，对不起，我弄脏了你的垃圾桶。"我说。

第 **90** 天

认命吧。"接待处的尤妮丝会为你安排时间"——这是我现在唯一还有点盼头的安排。

我绕过前台——不知道到底谁是尤妮丝——我离开这里的速度还不够快。我是走路回家的，肯定是的。我已经在家了。这就好比你出去一趟，被人狠狠地敲了一锤，等你醒来时，你发现自己还是设法回到了家。你像喝醉了酒似的摇摇晃晃，但日常的事情一样没落下：把前门的钥匙放进盘子里，卸下妆容，给手机充电。但我的记忆是一片空白。虽然我一路走回来，但我甚至不记得我去过药房，可是厨房工作台上那个白绿相间的干净纸袋告诉我我确实去了。纸袋旁边放着一小瓶威士忌，我不喝威士忌，但我之前糊里糊涂，觉得必须喝点才行。我竟然可以在完全非理性的状态做出理性的决策，这可太奇怪了。现在我呆呆地坐着，眼神空洞地凝望着手中不知何时泡好的茶。我想，最后几个月我可能还会梦游。

我感到天旋地转。这个在我身体里白吃白喝、把我对未来所有的希望都挥霍一空的祸害是从哪里来的？噢，不，我已经没有未来了，因为我错过了检查，我没有认真对待身体发出的疲劳信号。我现在该怎么办？坐着干等？这正是我需要母亲的时候，而她又在哪里呢？

我还没哭。我哭不出来，真奇怪，好像我的泪腺并不相信这个事实。我一定处于悲伤的第一阶段——否认。下一个阶段是什么？愤怒？很有可能。我能感觉到我体内潜伏的愤怒正蠢蠢欲动，但它还没有出现。我喜欢"否认"这个阶段。

但……我必须现实一点。我应该利用好每一点可用的信息来武装自己，这样我才明白这种病到底意味着什么。我永远不会用全称来称呼这个入侵者，那样的头衔只会助其声威。我决定读一读手提包里的宣传册，再用谷歌搜索这可恶的新伙伴，尽管我十分熟悉用谷歌搜索疾病的危害（我曾长时间出现身体发麻的症状，谷歌搜索说我患有多发性硬化病。当然，我没有）。但是，这种病已经够让我害怕的了，做点准备没什么不好的吧？

我伸手去拿宣传册，中途却停住了，包被我当成活物甩在了地上。我做不到。我下不了决心，知道得太多，症状可能比之前不知道的时候爆发得更快，就像在吃该死的药前，你若是先看一遍所有可能出现的副作用，还没吃就开始胃痉挛、腹泻、皮肤发炎，心情也会抑郁。

我在脑海里大声尖叫。

假若真有上帝，请救救我！请告诉我该怎么做。

我好迷茫。

我好害怕。

我快死了。

我一定是睡着了，因为醒来的时候身子突然一颤。我躺在沙发上，蜷成一团，寒意彻骨。一种毛骨悚然的诡异感从我的头顶，爬到我的腹部，再滑入趾间。老实说，通常周末午睡后醒来，我都有这种感觉，但现在这种感觉却让我害怕。在病情确诊之前我从没这么不舒服过。我不能这样下去。

然后，该发生的还是发生了。我哭了。

因为没人会听见，于是我放声大哭起来，但事实上我很想让人听到。我想有人抱着我，告诉我一切都会好起来的。但我只能孤身面对这一切，我突然对单身状态不满起来。此时，我是多么脆弱、无助，但我还是不改务实的性子。我喜欢列清单，也许现在能有点帮助。我擦干眼泪，擤了擤鼻子，不再抽噎，拿起纸和笔。

让我们看看积极因素：

1. 我不必再苟活于世了。老实说，这个世界糟透了。没有鲍伊，没有莱昂纳德·科恩，没有玛雅·安吉罗。处处都是算计、政治，没有诗意。

2. 我比我的朋友凡妮莎多活了十二年。凡妮莎死的时候才三十一岁，在她从没活过的十二年里，我也见了不少世面。

3. 我不会像我父亲那样得帕金森病，也不会像我母亲那样得老年痴呆症。我的胸部不会下垂，不会长皱纹，不会一提到苹果牙齿就掉下来。也许人们也会像缅怀英年早逝者那样，以一种楚楚动人的悲伤来缅怀我。这样想很好。我希望人们不会轻易遗忘我。

4. 我不怕死。我曾目睹过死亡，我见了我的朋友凡妮莎最后一面。死亡是安详的，甚至是壮丽的。我送走了父亲，两年后又送走了母亲。你看，临终前有人握着他们的手，病房外还守着人——比如我姐姐。

我握着他们的手。但，谁会握我的手？谁？

我没有孩子。我流了三次产，因此我的丈夫安迪变成了我的前夫。据他的说辞，每次流产后，我独自舔舐伤口时总将他排除在外。如果他愿意，我本会与他分担，但他从来没有主动问过我的感受。他只会东张西望地偷瞄伊丽莎白。如果我拉上他一起沉湎于哀伤之中，事情就会有所不同吗？我永远不知道。有时我倒希望时间能够倒流，再没有比现在更糟的时候了。

星期六早上，我心情沉重地去了肯特镇，在当地的一镑店①买了本挂历，每个月的封面上都印着不同的英国名画。我本来想买一本泰勒·斯威夫特的官方写真，但她活力四射的样子似乎显得我愈发萎靡。

麦肯齐医生的话在我耳边回响，最多……三个月。我将一月到八月撕下来（要不是只花了五十便士，这算是一种奢侈的浪费），露出了印着托马斯·庚斯博罗风景画的九月封面。忽略麦肯齐医生"大限将至"的警告，90 天的倒计时就这么开始了。这就像一本降临节日历②，只是没有巧克力罢了。幸运的话，我也许可以撑过圣诞节。

让我们振作起来。这并非科学定律，而是一本指南，一种激励，鼓励我充分利用好每一天。谁知道呢，也许我会打破 90 天的魔咒，还能看到新年的曙光。

我把日历挂在卧室的壁橱里，那玩意儿就像两个十字架。今天是九月的最后一天，九月本来就是一个很短的月份，现在感觉更短了。明天托马斯·庚斯博罗的风景画将会被掀开，进入倒数第 88 天。我试图说服自己其实正积极主动地迎头痛击顽疾，但我很清楚这只是一种拖延手段。我眼下处于第一个阶段，正尝试分散自己的注意力。因为无论我多么坚决地否认这个诊断，一旦要告知他人，残酷的现实就会找上门来。现在，否认仍毫无悬念地占据了我的心。

---

① 一镑店，英国最大的廉价商品连锁店。——本书注释未特殊说明，均为译注
② 降临节日历，用来倒数计算圣诞节来临的日子用的日历，多以纸盒制成，上面有 24 个分隔开的小格子或小口袋对应着 24 天。每日可以开启一个小门从格子里取出礼物。

第 **8** **7** 天

　　星期一早上，我慢吞吞地走进办公室，打算将我的病情告诉老板。从程序上讲，这似乎是个正确的开始。但一想到要坦白，我简直说不出话来。弗兰克是我认识的人中最冷淡的一个，所以他算不上是首个知情的最佳人选。

　　"别吞吞吐吐的，珍妮弗。"他说。

　　"嗯……"我真的想说出实情。他的表情让我好紧张，我几乎想转身夺门而出，给自己打打气，重新组织语言再回来。但我双脚如生根了一般，嘴巴发干，舌头僵硬，原本要说的都忘得一干二净。"我……我也不想让你担心……但我最近很累，真的特别累。"

　　他像往常一样露出了那种经典的不悦神色，仿佛在说"没有人不累，克服一下"。

　　这个表情一下子把我震慑住了。我仿佛灵魂出窍了一般，在空中观摩着自己的表演，听着脱离剧本的台词："我……我想我需要休假，弗兰克。"

　　他双臂交叉放在胸前："好吧，先预约。你知道请假的程序吧——那可是你定的。"

"是的……但是……不！你说得对。我会预约的。我只是觉得应该事先和你商量一下。"

我快步离开了他的办公室，恶心与绝望的感觉不住地在心底翻涌，没想到我竟懦弱至此。我不知道我应不应该平复一下心情，去找我最好的同事帕蒂。十六年前，我们在同一天加入了公司，现在回想起来仿若昨日，又好像已经过了一辈子似的。帕蒂也离婚了，但她有个上大学的儿子。我们晚上经常小聚，表面上是宣泄对公事的不满，但三两杯下肚，话题就会转到私情烦恼上。我们确实是工作上的好搭档，但就像酒总有满溢的时候，同事也总有不聊公事聊私事的一天嘛。

经过她的办公室，我在门外徘徊了片刻。她在打电话，看见我在门外张望，招手示意我进去，打手势问："要喝茶吗？"但一道无形的屏障挡住了我，我抬不动脚。不知怎的，我频频低头看手表。我冲她做了个口型："晚些吧。"

回到办公室，我开始踱来踱去。我想，在帕蒂眼里，我并不是个懦夫。不告诉她是对的，她一个人承受不了这个沉重的秘密。对她来说，保守秘密太难了（每个人都要和别人分享秘密，这是人类的天性）。如果消息传了出去，尤其是在我告诉弗兰克之前，那就麻烦了。我身上暂时没有出现任何明显的迹象，还是先保密吧。如果我表现正常，我就会觉得我压根儿没病。忽略症状，当没这回事算了。

我坐在办公桌前，盯着电脑屏幕，不知道现在应该做什么。我试着回想这个点我通常都会忙什么。

"珍妮弗？"

我从迷茫中清醒过来，抬头一看："黛博拉，不好意思，我刚走神了。"

站在门口的是伊桑所在的信息技术部助理黛博拉·皮弗。她在这里工作两年半了。大学毕业后直接入职，本科就读于诺丁汉大学的社会学专业，和青梅竹马的未婚夫保罗订婚失败。但老实说，她还是太年轻了。至少我的大脑还在运作，我庆幸地想。虽然脑子里记的全是八卦，让我有点尴尬。这些信息就像电视屏幕上的新闻报时器一样飞快地在我的脑海里掠过。如果你也在人力资源部工作，这种能力会非常宝贵。

"请问我有没有打扰到你？"她问，"我是说，我知道我们没有安排会面，但我能进来吗？"可怜的女孩满脸通红，高耸着双肩，缩紧了脖颈，"我个人的一些事，有点急。"

"当然，"我有点太急切了，"这就是我在这里的原因。"

她犹豫了："你还好吗？我是说，如果时机不对……"

我意识到我时日无多了，待在这里只会无所事事，所以解决她的私事，将我们其中一个从痛苦中解救出来也许会更好。"我没事，黛博拉。我刚才在看一份文件，太专注了。请说吧。"

她走进来，坐在我面前，哭了起来。

"慢慢来。"我把纸巾盒推给她，她伸手抓住，脸朝里一埋。我想抱抱她——我不忍心看到别人哭——但这不合适。这份工作不允许我以朋友的方式做出回应。我必须坐在座位上，压抑着我的感情，尊重公司的规章制度，因为在工作中，你永远承受不起妥协的后果。

"对不起。"她抽泣着说道。

"不必道歉。"

她耷拉着嘴角颤抖地看着我说："我想正式投诉伊桑。他冲我大发雷霆，还对我使用暴力。"

真的吗？伊桑·韦伯？那个和我们共事了七年，晋升了三次的闷葫芦？他可是极客，还是国际象棋俱乐部的领袖，完全想象不出来他是这种人啊！"你能描述一下暴力情形吗，黛博拉？"我在做笔记，"肢体暴力？"

"口头暴力。"

"你能告诉我他说了什么吗？"

她痛苦地低吼一声："他骂得很难听，我……说不出口。"

"你得告诉我他说了什么，黛博拉。"

"我做不到。"

"你能拼出来吗？"

她深深地吸了一口气，嫌恶地吐出两个字母。

"明白了！"我立马反应了过来。天哪！伊桑，你到底在想什么？

好吧，我说我在人力资源部工作的时候，你的眼神可能失望地黯淡了下去。但说实话，这是一份相当有趣的工作。你参与人们的生活，洞察他们的心理，阅遍人性的好坏。你需要运筹帷幄，这远比你想象的复杂。另外，如果情况允许，你要挺身而出，为正义而战。在一个不公的世界里为他人争取公正，这一点对我而言最有意义。

现在我关心的是黛博拉能否得到公正。我知道她感情上受到了伤害，希望这就是全部了。

"听着，黛博拉。我无法原谅他这样侮辱你，但他不像是会说这种话的人。你知道他为什么这么骂你吗？"

她咳了咳："知道。"

我静静地等着。

她灌了一口茶，忸怩道："我删除了一份重要的文件，当时我慌得不行，就怪到了他的身上。我是说……垃圾箱的文件是可回收的，看在上帝的分儿上，我们只需要找一个专业技术人员下来帮忙。"

"我明白，黛博拉，真的。但他并不能因为这个就辱骂你。"我同情地说。我解释了提出正式投诉的各种后果。可不能随随便便就投诉别人，在任何情况下都不能。

她听了，支吾了几声"但是"，郁闷地看了我一眼，耸了耸肩："你说得对，对不起，珍妮弗。我想我只是需要发泄一下，不是去女厕所就是来找你了。你赢了。"她露出了笑容。

"谢谢你。"我说。

"所以……那就这么算了?"

"不!不是!"我说,"我们绝对需要认真对待这个问题。我不想就这么算了,我会和伊桑谈谈的。"

"那太尴尬了。"

"相信我,正式投诉要尴尬得多。他应该向你道歉。我会处理的。也许如果你觉得可行的话,我可以安排你们在一个房间里谈谈,这样他就可以向你正式道歉了。老实说,我相信他已经后悔了,但这并不意味着我不用找他谈话。"

她叹了口气:"如果你认为这是最好的办法,那好吧。"

"我确实这么认为。不如你先回家?我要和伊桑谈谈。你们今晚再冷静冷静,我们明天就把这事解决了。我想他以前从来没有骂过你吧?"

"从来没有。"

"没事了,回家吧。"

"你说得对,谢谢。"她双手撑着大腿站了起来,"明天我很乐意和他见面。对不起,我惹恼了他。我准是太累了。"

"老实说,黛博拉,我完全理解你。"

"嗯。"她没有察觉我的话外音,"珍妮弗,谢谢你开解我,我知道你有多忙,真的很感谢你。"

我看着她离开。我想和"罕见的血液病"相比,"贱货"听起来不算太糟糕。我不知道现在对我来说,其他人的创伤是不是都微不足道。话虽如此,有那么短暂的一刻,我完全沉浸在黛博拉的问题中,忘记了自己的麻烦。我发现,只要身体情况允许,我应该尽可能埋头工作。我需要努力忘掉发生在我身上的事。但我知道,这很难。

"你会习惯的。"我大声对自己喊道。

我立马瑟缩了一下。天哪，我在自言自语！我要疯了吗？我得向别人倾诉一下。我不能再独自承受了，我要消灭这个最黑暗的秘密。

我想到了我最亲密的朋友奥莉维亚，我居然想要让可怜的她承受这个噩耗？真是抱歉。

我不让自己多想，直接给她发了短信，这样就没有回头路可走了。

有个棘手的坏消息。你今晚有空来我家一趟吗？

我踱来踱去，不停地查看手机，确保它没有静音。十分钟过得就像十小时那么漫长。

叮！

当然有空。有多棘手？要不要带蛋糕？

要。

哦。会议应该在六点半结束，然后我马上过去。芝士蛋糕？

老实说，我不想吃蛋糕，但我想奥莉维亚可能需要。

好。

我现在根本摆脱不了这个噩耗。

回到家，我盯着卧室镜子，想知道里面的人是不是真的我。昨天、前天、大前天我在镜子里都看到了这个人，这个人也看着我。但我已经不是我了，一切都变了。我还是无法接受这个事实。我想一直待在"否认"阶段，因为否认是安全的。这档子事总怪罪不到我自己头上吧？但是我必须向某个人敞开心扉。结束一天的工作，独处一室，就该最好的朋友上场：无论你的情况是好是坏，无论你得了病还是身体健健康康的，好朋友就是要相互扶持。

奥莉维亚喘着粗气站在门口，好像从办公室一路跑过来似的。她把一头棕红色头发松松地绑在脑后，露出红彤彤的脸颊。她上身穿着一件白色的无扣衬衫和敞口风衣，下身穿着一条卡其色的丝绸裤子，裤腿镶着红边，完美地展现了她修长的腿。奥莉维亚从事时尚行业，我跟着她跑遍各大贸易销售会，学到了不少。即使工作时我只能穿正装，我选的正装也相当优雅得体。注意，我说的是以前。

她将一个扎着丝带的盒子递给我。

"芝士蛋糕。"她说，"怎么了？你看起来死气沉沉的——没有冒犯的意思。"

"没关系。你想喝点什么吗？"

"我要喝浓红茶。"

"我是说酒。"

"配芝士蛋糕？"

"我正喝着呢。"

她狐疑地打量我："今晚我不是来吃芝士蛋糕的，对吧？"

"不是。"

"你吓到我了。"

"哦，别担心，没什么可怕的。"我撒谎了，因为我立刻察觉到了她的焦虑。我不确定我准备好坦诚相告没有，也许我永远都做不到。

"威士忌？该死，亲爱的，我们不喝威士忌！到底怎么了，珍妮弗？你被炒鱿鱼了吗？"

"先喝着。"我淡淡道，"我没有被炒鱿鱼。"

我们各自捧着一小杯麦芽威士忌，慢慢地从厨房走到客厅，并肩坐了下来。

她睁大眼睛盯着我："我们先聊天气，还是直奔主题？"

我的脸抽搐了一下，没有说话。我喝威士忌是为了一逼酒后之勇。逼酒后之勇是什么意思？给自己壮胆吗？我脑海里反反复复地想着这个词。

"珍妮弗？"

"对不起，对不起。我们直奔主题吧。"来了。我仿佛从最高的跳板上一跃而下，胃里如同塞满千百只振翅的蝴蝶，心咚咚地跳动着。我在自由落体，等着感受水面的冲击。

"你记得前几天我去看医生了吧？"

"记得……"

"嗯，我知道验血结果了。我以为医生会告诉我，我缺铁或者类似的情况，但结果我得了一种罕见的血液病。"

奥莉维亚的下巴缩进了修长的脖子里。"噢。"她说，"我真为你感到抱歉。"

"而且是晚期。"

"别开玩笑了。"

"我也希望我是在开玩笑。"

她盯着我，等着我否认。我不知道该做何反应。有没有什么方法可以帮助我的朋友度过这种时刻？

"天哪，珍^①！你说的是真的！"她一把攥住我的手。仿佛有人按了暂停键一般，周围陷入死寂，我们呆呆地瞪着对方。随后又有人按下播放键："我很抱歉，珍妮弗。我不知道该说什么。"

"我也不知道该说什么。"我轻轻地说道，松开她的手，拿起威士忌。除了喝酒，我想不出其他没那么尴尬的事。

"你需要再做一次检查。"她挺直腰，像要上战场似的，"我们会帮你找到全国最好的血液病专家，不，全世界最好的！"

"老实说，我也想这么做，但麦肯齐医生详尽地研究过这种异常罕见的血液病。我妈妈称他为'圣手'，这证明了他的能力。他是你能找到的最好的诊断学家，而且你也不会怀疑我妈妈的眼光吧？再说，我不确定自己还有没有时间。"

她脸色一沉："当然有。还有多久？你们讨论过了吗？"

---

① 珍，珍妮弗的昵称。

"几个月而已，丽芙①。最多三个月。"

她用手捂住嘴："不！真的吗？谁说的？"

"你说呢？唉……我累了。"

她皱起眉头，抿紧嘴："珍妮弗……"

"嗯？"

"你……哭过了吗？"

我指着我的眼袋："我整个周末都在哭。我觉得我的眼泪都哭干了，可没少哭。"

"你为什么不给我打电话？为什么要独自承受？"

我耸了耸肩："我不知道。我已经吓蒙了。你以为你会——你知道的——拿起电话，求助你最好的朋友……但你没有。至少我没有。我做不到。"

她终于忍不住颤抖地抽泣起来："我很抱歉，非常、非常抱歉。噢，珍妮弗，没有你我该怎么办？我不该哭的，你这么勇敢，我却——"

"丽芙，"我哽咽道，她的名字从我的嘴角滑出，"我刚说我可没少哭……"

她抬起一张湿漉漉的脸，疑惑地看着我。

"好吧，我撒谎了。你能抱抱我吗？"

她沉默地点点头，朝我这边挪动，张开双臂将我拥入怀里。终于，她的爱意将我包围。我不由自主地卸下心防，将头埋在她散发着清香的脖颈，她枕着我浸满悲痛的油腻头发。我们一起颤抖着号啕大哭，两个人像是融为一体了。"生活太不公平了。"她抽噎道，"我不要失去你。我决不允许这种事发生。"

"我爱你，丽芙，谢谢你这么说。"我凝视着她噙满泪水的双眼，"但让我们面对现实，世事没有公平或不公平一说。死亡对一切生命都一视

—————————————————————————
① 丽芙，奥莉维亚的昵称。

同仁。我的父母都是好人，但他们死亡的过程非常漫长、可怕。至少我的不会拖得那么长。"

"噢，珍妮弗，太可怕了！你不能这么说！你不能认命。"

"不，不，我不是这个意思。这不是认不认命的问题。相信我，为了这件事，我苦苦地想了很久。麦肯齐医生说，也许有治疗方法，但我的病是治不好的。该来的还是要来，只是推迟了而已……那又何苦？我只会病得更久，再苟延残喘几个月。不，我不想那样。剩下那么一点时间，我宁愿好好享受。"

"当然。但是——"

"我不想将时间浪费在搜寻替代疗法上，那只会让我空欢喜一场，没有意义……就像我们之前在电影里看到的安迪·考夫曼，你忘了我们后来的评价了吗？我们就觉得太悲哀了。"

"但那是电影，是我们不认识的人。现在我们说的是你！"

"对！这就是为什么我要做出正确的决定。"我深呼吸一口气，"这是我的选择。我不知道我的病情会发展得多糟糕，蔓延得多快，但只要体力允许，我就想正常地生活下去。"

"天哪，你真是勇敢。那现在到底怎样才算正常？"

"等我倒下，我想我们就会知道怎样才算正常了。不过，只要我能做到，我就不想浑身贴满吗啡贴片，也不想吃一堆麦肯齐医生给我开的药。我不吃药，但我尽量保持积极向上的心态。你要帮我，别再哭了，好吗？"

"对不起，我不该哭的。"她吸了吸鼻子。

"不，不！我很开心你会为我哭，很开心我们能抱在一起发泄。但现在我们说好了不哭，咬咬牙就过去了。"

她打了个哆嗦："好吧，这是你的决定，我们照你说的做。"

"谢谢你。续杯？"我举起空杯子示意道。

"这种情况下当然要来点啦，"她说，"虽然威士忌很难喝。"

"是的。但它可以让人麻木，我想这就是它被发明的原因。"

我从厨房拿出酒瓶，倒满了我们的杯子。

"所以你想做什么？"她胡乱地擦拭着沾在脸上的睫毛膏。

"什么意思？"

"我是说，你想怎么度过这三个月？"她双肩轻颤，摇摇头，仰头灌了一口威士忌，"我不敢相信我竟然问出口了。你不想说就别说。"

"噢，不，丽芙。我必须敞开心扉来谈。"

"好吧，但如果我触碰到了你的底线，你要告诉我，好吗？我没遇到过这种情况。"

"当然可以。"

"那……你的打算呢？"

"好吧，我能工作多久就工作多久。"

"真的吗？我是说，我知道你想正常地生活，但你不能把剩下的日子全投入到工作上。有谁一辈子的最后一顿还吃茄汁豆加多士？"

"我喜欢吃茄汁豆加多士。"

她似笑非笑："拜托，我可不会就这么放过你。你有没有什么一直想去的地方？"

我闭上嘴，陷入了沉思。"古巴、越南，"我数道，"柬埔寨、日本、意大利、阿根廷。你的假期有多长？但我不想旅游，我要留在家或医院附近。我怕坐飞机，怕不小心就变成了需要急救的可怜人，让机长呼叫'机上有医生吗'。"

她点点头："是的。我想我和你一样担心。"

"不过我确实应该做个计划，不是吗？"

"做个工作以外的计划，我认为很明智。"

"是的，我应该尝试做一些有意义的、值得做的事情。"为什么我没想过这个？我不会真的想一直工作下去，假装一切都没发生过吧？

"好吧。那么，等我准备好了，我就放弃工作。"

"你告诉他们了吗？"

"不，还没有。你是第一个。本来我今天想要告诉弗兰克和帕蒂，但话却卡在喉咙里说不出口。这样反而好点，我需要大哭一场来发泄，但在那种专业的场合里，我可不能哭。"

"都这种时候了，我不觉得还有人会要求你表现得专业点。"

"好吧，但我想专业点。我不需要人们的同情。我不想变成那种人，一旦不知道应该怎么和我聊天、打交道，他们就会躲着我了。"

"或许他们会给你惊喜。"

"我在人力资源部工作了那么久，还没有遇到过能给我惊喜的。"

"所以……你有没有什么一直想去做的事情？"

我沉思了一会儿，却被难倒了，我只能努力搜寻出一个答复："我从来没有写过愿望清单。我一直觉得那是悲观主义者做的事情。"

她微微一笑："那你有什么后悔没做的事情吗？"

"噢，当然，有很多。我后悔没多吃点枫糖薄松饼和鸡肉煎饼，后悔为了什么特殊场合就把最漂亮的衣服压在箱底，好像在等穿着闪亮盔甲的骑士现身，再穿上最美的长裙，让他带我逃离这种生活。但我还挺喜欢这种生活的。我多傻啊！"

"不傻，听起来很熟悉。还有什么？"

"嗯……芒福德太太购物回来，我没有帮她提东西。"

"谁？"

"住隔壁的女士。她一直住在这里，现在已经八十多岁了。我偶尔会看到她拖着脚步，辛苦地推着一辆装满商品的老人手推车。我对自己说，我应该过去帮她，但每次我都在打电话或准备去开会，时间都不对。直到现在，我才意识到没有合适的时间，我就该抽出时间。我应该出去帮她提东西。但我从来没这么做过。"

奥莉维亚笑了："天哪，珍妮弗！我甚至连想都没有想过。你太体贴了，你不应该难过，毕竟是出于好意。"

"光想不做对她有什么帮助？现在再去做我做不了的事情已经没有意义了。噢，奥莉维亚！"我啧了一声，"你没必要听我在这儿抱怨。让我闭嘴吧。"

"当然有必要！你必须把你的心愿说出来，尽管说吧，我想听。"

我扑哧一笑："噢，还有很多。我总是回想过去，有很多事情，我都希望自己当初能处理得更好。"

"比如？"

"嗯……首先，我希望那个糟糕的周六，安迪说要离开我的时候，我能告诉他我内心的真实想法。你知道的，当时他坦白自己背叛了我，和伊丽莎白偷情。"

"我总是说你太善良了。"

"但是他在哭，这让我感觉很难受。"

"这正是他的目的，好让你心软，放过他。"

"你认为他只是在耍心机？"

"当然！"

"不会的，"我果断地说，"你错了。如果不到绝望的时候，安迪连装哭都装不出来。他真的后悔了。我当时没让他好好思考一下他都抛下了什么，就放他走了。我本该告诉他，我们的婚姻很美满，值得用心经营，也值得挽救。尽管他背叛了我，我受到了伤害，但我仍然不想失去他。相反，我只顾着听他忏悔，什么话也没说。"

"那你必须告诉他！马上！"

"别傻了，都过去那么久了。他和伊丽莎白结婚了，比和我结婚的时间还长。只是现在在想起来，我气自己太过畏畏缩缩了。我想，如果当时把我的感受告诉他，他可能会留下来，那现在就有人陪我渡过难关了。"

"我就在你身边。"奥莉维亚神色晦暗。

"是的,你当然在啦,丽芙。"我捏了捏她的手,"谢谢你。但你还有丹。我希望能有个人二十四小时陪着我,他非常了解我,不必问我的感受,一眼就可以看穿我的心思。"

"安迪是这种人吗?"

"不是!"我叫道,"但如果他给我们的婚姻一次机会,现在他可能就是。还有哈利,我一直觉得我们会复合,但也没有希望了。我一直都在想他,一直都在思考那件事我能不能处理得更好,我是不是太冲动,太着急给他下定论了。"

"真的吗,珍?他也太渣了,你还帮他说话?"

"他真的很渣吗?也许他说他和梅丽莎只是朋友的时候,我应该相信他。"

"你在镜头上看到他和她抱在一起!"

"他只是用胳膊搂着她,这也不算亲密。"

"噢,拜托!"

"好吧,行。但这就是压倒我们感情的最后一根稻草了吗?谁说我们不可能回到正轨?我知道你一直都不喜欢他,但他很聪明、很成熟,对我也很好。他帮我重塑了信心。"

"没错,然后又摧毁了。"

我翻了个白眼:"无论怎样,我希望当时我能给他一次机会。"我扬起手,"噢,你听!我无药可救了,总是重蹈覆辙。我从来没有吸取过教训。"

"不是这样的。"

"就是这样的。我很懦弱,永远都不敢和别人当面对质。"我泄气地点了点头,"我想我一定很无趣,所有男人都背叛我。"

"那是因为所有男人都是骗子。"

"你认为丹是个骗子吗？"

"不是！"她羞愤道。

"看吧。"

"不管怎样，"她反驳道，"你不是个懦弱的人。看看你处理这个坏消息的态度，你很勇敢，很了不起，机智又善良。你是我认识的最真实的人。"

"别说啦！"

"不，接受我的赞美吧！"

"谢谢你……"我想了一会儿，"但是，承认吧。我一直都有点唯唯诺诺，从来没有争取过最想要的东西。"

她抚了抚裤子上不存在的折痕，双手捧住我的脸，凝视着我的眼睛："所以你当时就应该把想说的话都告诉他们。他们需要知道你的心声，这既是为了他们，也是为了你自己。"

"别搞笑了。"我说，"我只和你说，因为我想发泄出来。"

"这有什么搞笑的？还有比这更好的宣泄途径吗？如果你想勇敢地面对这种病，你就要完成你没完成的事情，让自己安心。"

"你听听自己都说了什么！你就像安娜·玛丽亚一样胡说八道。"安娜·玛丽亚是我们友谊三人组中的第三个人，第三个火枪手，可以这么说。只是她和我们很不一样，她对一切另类事物都很感兴趣。她以前不是这样的。她曾经有点像个交际花，直到有一天，她一觉醒来，发现自己和一个陌生男人躺在一张自己毫无印象的床上。但她还活着，也没有怀孕，从那一刻起，她就改邪归正了。

老实说，我觉得我们更喜欢她交际花的形象。因为在学校我和奥莉维亚是书呆子，有一个狂野的朋友让我们觉得自己也沾染了一点狂野的气息，反过来，安娜·玛丽亚可能也是这么想的。但我不知道这个喜欢灵气、脉轮和藏族佛音碗的朋友是怎么评价我们的，这就是我们不常见面的原因。偶尔约一次很好玩，太频繁你就避之唯恐不及了。但是，像家人一样，冥冥之中有些朋友和你有着亲密的联系，安娜·玛丽亚就是其中之一。

"好吧，但是有时候她说得也有道理。"

"她喝了死藤水①，她重生了，还喝了三次呢！她疯了！"

奥莉维亚大笑起来："这几年我一直在跟你说这事。所以……你还想和谁谈谈？"

她脸上的阴郁一扫而光，变得神采奕奕。我决定迎合一下她。我想到了我的老朋友艾米丽，从一出生我就认识她了。她和我住同一条街，我总是看到她，她就像家人一样。上中学的时候，我开始和奥莉维亚、安娜·玛丽亚一起玩，但她和她们总是不太合得来。她有时会找我们，但我和她大多数时候都是在校外见面的。几年前，艾米丽突然断绝了所有的联系。我说了一些话，惹恼了她，她没有给我解释的机会。她是我唯一闹翻的朋友。现在，追忆往昔，我真的很想她。但一言难尽，我不想翻旧账，而且奥莉维亚对她一直没有好感。"先是医生吧。"我说。

她看起来很惊讶："真的吗？"

"是的。他很可恶，告诉我这个可怕的消息后，就把我打发走了。"我重复了一遍麦肯齐医生的责备，"'我真希望你能早点检查'，说得好像我累了，却没有联想到可怕的血液病，就是我的错似的。"

"他告诉了你这个噩耗，你讨厌他，这无可厚非。"

"还有伊丽莎白。"我来劲儿了，"毕竟出轨的不止安迪一人。她是同犯，但她对待我的方式好像我才是有罪的一方。她神经兮兮的，一直怀恨在心，我和安迪努力缓和关系时，她就挑拨离间。一定要有人告诉她，她是个邪恶的婊子。"我笑了，"就这么骂两句都很痛快了。"

---

① 死藤水，一种在南美亚马逊丛林印第安人部族的萨满教治疗中使用的具有致幻作用的植物，或指由其制成的汤药。

"想做的事多得是！你看吧！"她伸手和我击掌，抚上一缕头发，将它撩到耳后，"所以……安迪、伊丽莎白、哈利和医生。还有其他人吗？"

"伊莎贝尔。"

"你的姐姐？"

"是的，我的姐姐，我也爱她，但她为人很刻薄。出于各种原因，我懒得跟她较劲。"

"好吧，坦白说，她以前就有这个苗头了。当年还是学生的时候，她就很自私。这些年来，你也告诉了我不少事情，我很惊讶，你居然没和她闹翻过。"

我耸了耸肩："她一直都这样。我父母一句也没责骂过她。我从来没有告诉过她我流产的事，因为我觉得她只会让我感到更挫败，我还让我父母发誓要保密，这说明了什么？她可是我的姐姐！她应该是我最亲近的闺密。幸好我还有你，真是太幸运了。"我握紧她的手，"所以，现在你知道了我所有不堪的一面。我快累死了。"

她搂住我的肩膀，让我偎依在她的颈窝："不过，最好还是不要憋在心里，不是吗？"

我点点头，甚至能感觉到自己在微笑："是的，谢谢。"

"那么，你打算怎么告诉他们呢？"

我往后退去，迎上她的目光："拜托，丽芙，我跟你说了。但我不会告诉他们的。"

她蹙起眉，相当吃惊："为什么不呢？"

"因为这太疯狂了。"

她紧紧地盯着我："珍妮弗，你在等什么？都到这关头了，疯狂一点有何不可？"

第 **8 0** 天

　　他们说，你应该给那些伤害过你的人写信，当作一种宣泄，存起来或者撕掉。"他们"指的是印度教的古鲁。是的，你已经猜到了。我可能没有安娜·玛丽亚或安迪·考夫曼那么精通灵气，但还算有所涉猎，读过几本书，上过几门动力课程。不是那种跨过火炭堆的课程——那不是我的风格——而是那种有人冲你尖叫几个小时，你又尖叫回去，保证会永远改变你的人生的课程。但等你回家，睡了一晚，第二天起来一看，生活还是老样子。除了一点——你比以前穷了，因为这些课程花了你一大笔钱。

　　奥莉维亚说得对。现在是时候把该说的话都告诉那些我在意的人了。我不想满带遗憾地死去，我要找回平和的心态，这个想法可能很疯狂。但我没有什么可失去的了，不是吗？

　　所以，如果写信是一种宣泄，那我决定给每个人都写一封信。对，就用那种老式纸质信件，而且要寄出去。不然怎么有收获？当然，我也可以发送电子邮件，但人们会忽略这玩意儿的，而手写的纸质信件，他们无论如何都会读一读。如今这种信件可不常见，他们会觉得值得读一读。好吧，这正是我所希望的。

最后，我只写了三封信，但每封信我都逐字斟酌，每一行都苦苦思索。最后我再三检查，确保没有任何一句话有歧义或可能被误解。我想让他们完全理解我的意思。

第一封是写给安迪和伊丽莎白的。最后一次见面时，伊丽莎白冲我恶狠狠地怒吼，声称他们俩是"一体"的，让我滚出他们的生活，那我写信也把他们当作"一体"好了，显得我坦坦荡荡。我不想让他们之间有任何的秘密。我在信中写道，我以为既然他们是出轨的一方，他们的态度应该更友善些才对。我当时忍辱求全，并不意味着我毫不在乎。他们伤害了我，直到现在，我的伤口还没愈合。

当时我刚刚经历了第三次流产。我伤心欲绝，可是安迪，我们没有互相慰藉，你也没有陪我渡过难关，反而去找了别人。伊丽莎白，即使当时你不认识我，你也很清楚自己在做什么：在我最脆弱的时候背叛了姐妹之情。而你最让人愤怒的就是把责任推到我头上。我才是那个被剥夺了一切——我的孩子、婚姻、信心以及我的信任感——的人，而你们两个表现得好像那是我活该，好像我忘了锁门，然后你就堂而皇之地走了进来，肆意掠走你想要的东西，甚至不允许我追索。而我也是够蠢的，一句话也没有说，反倒助长了你们的气焰。

最后，我告诉他们，我本不该对他们重提这段伤心事，但我命不久矣，所以才不得已怀着无比悲痛的心情，写了整整三页。

我一边给哈利写信，一边不住地流泪。泪水模糊了笔墨，我不得不重写了几次，确保字迹清晰可见。

我亲爱的哈利，看到我的信件，我相信你一定会大吃一惊。提醒你一下，这不是什么好兆头。但我希望你一切安好。

我要告诉你一个令人难过的消息，我只剩下三个月可活了。之所以写信告诉你，是因为我并不想让你从别人的口中得知这个消息，我觉得你值得我亲口将这个消息告知。这真的很奇怪，因为你对我的伤害仍让我刻骨铭心。你确实深深地伤害了我，哈利。你可能会说你从没意识到这一点，你是对的，因为我从未跟你说过。但你确实伤害了我，现在我要告诉你了。

事实是，我爱你，你却背叛了我。我知道你会坚持你当时的说法，说你没有背叛我。但我认为，是时候坦诚以待了。因为我知道，现在不说，以后就没有机会了。所以我要向你敞开心扉。

我最亲爱的哈利，我永远不会忘记那天晚上在奇奇城酒吧，你朝我们几个女孩走来的悠然模样。当时我忐忑不安地想，你是不是在看我呢。你有种立刻让我放松下来的魔力。曾经沧海难为水，再没有人给过我这种感觉。真是不可思议。

我总是和你说，你重塑了我的信心，那你应该能想到，你从我的生命中离开后，我那好不容易重塑的信心也被你带走了。背叛会对一个人产生恶劣的影响，哈利，更糟的是，你明明知道，那是我致命的弱点。

遭遇婚姻背叛，这是我最害怕的事情，这个话题我们谈得有多频繁？而你那么善解人意，那么真诚，我觉得我可以信任你。但事实上，我没法信任你，对吗？

你称之为女人的直觉也好，或者别的说法也好，我知道梅丽莎对你虎视眈眈，不管你如何狡辩她只是朋友。谁信呢？我承认，我确实好几次都希望我能相信你说的话。但在那一刻，在那尴尬的讨论中，我不想再成为受害者了。我要掌握主导权——因此我结束了那场闹剧。

现在我真希望自己当初没有那么自负。我太急了。一直以来，我都在不断地假设，如果我争取过你呢？如果我没有假装满不在乎，而是告诉你，你对我来说非常重要呢？如果我选择了相信你呢？我们曾经有过一段美好的时光，这种恋情可遇而不可求。我很想你，哈利。

所以，你才看到了这封信。我希望为这份缺憾画上一个圆满的句号。

最后，为了坦诚相待，我想抛却一切，和你见一面，如果你能接受的话，让我好好地与你告别。

珍妮弗

写这封信耗尽了我所有的心神，过了好几天，我才有力气给伊莎贝尔写信。

你该怎么告诉你亲爱的姐姐，你快死了？你要拔出手榴弹上的安全针，释放出她对你造成的伤害。你以前从来没在意过，现在你却要掀开旧伤口了。但因为你从来无法鼓起勇气告诉她，所以，她从来不知道曾让你受过伤。这会儿，你又该怎么说明这一切呢？

但我就这么做了。我告诉她，我爱她，然后控诉了她对我造成的伤害。我细数了她的每一次欺骗。

还记得你曾抢走了我的男朋友吗？不是别人，而是尼尔！那可是我的初恋！我曾以为我们会永远相爱。你甚至连句道歉都没有——像是有条中世纪的法律允许你从妹妹那里窃取任何你喜欢的东西。我告诉过你我有多伤心，但你听后只是讥笑我。这件事造成了严重的后果。我不会让你为我糟糕的学位负责，但我知道，如果我没有那么伤心的话，我本可以取得更好的成绩。

我继续声讨下去。我告诉她，不仅她的行为很伤人，她的尖牙利齿也很伤人。她逃脱了惩罚，并不意味着她的行为是合理的。此外，我写道，我肯定不是她手下唯一的受害者。她知道了我的感受，即使我没有受益，其他人也可能会受益。

我不想写信给医生了。我不想伤害转达信息的人。我需要他。几周后，我和他有个会面——接待员尤妮丝找上我了！——我希望他表现得像个医生，而不是一个满怀歉意的受害者。我想，他只是在完成他的本职工作。

我呆坐着，盯着这些该死的信封好几天了（日历上打的叉太多了）。我意识到自己在浪费宝贵的时间，于是我终于鼓起勇气要把信寄出去。现在，我正站在一个鲜红的邮筒前。

如果有人在看着我，他们可能很好奇我到底在做什么。我把手伸出去，又缩回来，站在那里思考着。我数起信封来，好像我可能弄丢了一封一样。我又检查了一遍地址。我怀疑我的动机。我真的想寄出去吗？写下来，再简单地存好，难道还不够吗？随后我又提醒自己，我快死了。

所以，我一握拳，把信塞进了红色的夹缝里。

最后，我动作夸张地投完了信。

这感觉很可怕。我的心跳漏了一拍，希望我能爬进邮筒，把它们取出来。但我转过身，往家走去。

我做到了！我真的做到了！我觉得自己很勇敢。

第 79 天

　　如果皇家邮政局顺利完成工作，那么我的收件人今天应该就能收到信件。最迟明天。我既紧张又期待。

　　我在想什么？

　　显然，你不会因为快死了，就一夜之间变得勇敢，脸皮也变厚了。

　　凌晨四点，我大汗淋漓地醒来，惊慌不已，希望我能收回信里的每一句话。从我的行为中，我感到了恐惧。但是现在，曙光乍现，鸟儿开始啼啭，恐惧的感觉渐渐退去，在我的内心深处，我反而感到非常自豪。

　　我想知道他们会如何反应。伊莎贝尔会联系我吗，还是被我的坦诚冒犯了，宁愿让我死也不道歉？不，她不会那样的。她会感到被冒犯，但是她永远不会保持沉默。哈利会觉得我只是他生命中的一个过客吗？那些话本该早点说出来。安迪会不会仍然为伊丽莎白神魂颠倒，连一丝羞耻、负罪感或懊悔都没有？我无法想象伊丽莎白除了轻蔑以外，还会有什么感受。但我也可以忍受她的蔑视，反正我已经习惯了。

　　伊丽莎白缺乏自信，她把所有女人都看成是潜在的威胁，一边鞭笞男人，一边不怀好意地盯着任何靠近的女人。我们一提起离婚诉讼，她就明目张胆地来到我家，一点羞耻也没有，死死地粘着她的新男人。我和安迪见面讨论离婚程序，她一定会跟着，眼睛瞪得大大的，装出一副无辜的模样，目的只有一个，确保我没有抢回他的意图，好像我才是心怀鬼胎的那个人。如果说她将他那天在厨房发表的离别演说全都记下来了，我也不会有半分惊讶。

我们一离婚，他们就结婚了。他们的宣誓包括"不拈花惹草，尤其是珍妮弗"。说真的，她做出这种事也不奇怪。不管怎样，现在她知道我的想法了。她是我唯一不觉得亏欠的人。

我昨天把我的病情告诉老板弗兰克了。信寄出去，我也终于敢实话实说了。听到这个消息，他的反应非常友好，甚至称得上体贴。我从没料到他会这样。他说我照顾好自己才是最重要的，其他一切都是次要的；他说我想什么时候离职就什么时候离职，但我应该缩短工作时长，最多十一点到三点；他还拥抱了我。弗兰克，世界上最不喜欢拥抱的人，居然拥抱了我！我激动难抑，但后来他又变得烦躁不安，我只好努力克制住自己。我告诉他，目前我唯一想要告知的人是帕蒂。他说无论我想要做什么，他都会尊重我，因为只有我才能决定什么对我来说是合适的。多好的人啊！

然后，我立刻去了帕蒂的办公室。"你有时间吗？"

说出真相很痛苦，比告诉弗兰克更痛苦。毕竟，她是我的好伙伴。她惊呆了，哑口无言地坐了片刻，最后崩溃了。我恳求她不要把这个秘密告诉公司的其他人，即使是我的组员。如果有人问起我为什么缩短工作时间，就说这是人力资源部在裁员，我对此完全没意见。我告诉她，我不想让他们感到难过。

"但是我们都爱你。他们会想知道的，也会想尽一切办法帮助你。"

"然而谁也帮不了我什么，我真的不想让他们尴尬，觉得被什么义务束缚了。"

"你确定吗？你可能比你想象中更需要支持。"

"那样的话，我保证我会主动说出来的，帕蒂。"

她郑重地点了点头。"你很勇敢。"她说。

"如果有人一直这么赞美我，总有一天我会信以为真。"

"那就信以为真啊。"她说。

所以，从今天起，我十一点开始工作。我不再需要七点起床了，但这点改变对我没什么影响。六点半醒来，七点起床，已经是我日常生活的一部分。不管需不需要，我都会早起。今天早上，我六点就醒了，有那么一瞬间，我觉得一切如常，直到我记起了我的病，哪还有什么正常的。一切都不会正常了。

我不想和这些消极的想法纠缠，所以我决定要去上班，告诉弗兰克，我精神还不错。拖延下去，我又能得到什么？我站起身，昏睡感沉沉向我袭来，这种感觉从我的血液渗透到骨子里，越来越强烈。我意识到我的动作太慢了，即使我现在开始准备，也可能要到十一点才能上班。弗兰克怎么比我还了解我的病情？

我坐在床边，暗暗给自己鼓劲。我告诉自己必须克服这个问题。心胜于物。于是我慢慢地站起来，走进洗手间，洗了很久的澡。我摸到什么就穿什么，动作异常缓慢地换上衣服，又泡了杯茶。

我看着厨房墙上的钟，还不到七点半。这太荒谬了。我得找一个目标。我应该把我的后事安排好。我已经立了遗嘱，离婚后我就立了。

我想，我应该安排我的葬礼，让它按照我想要的方式举行。这么说，好像葬礼很重要，好像我看得到葬礼现场一样！但那样做，至少我的朋友不必猜测我想要什么样的仪式。天哪，我的葬礼！我的葬礼！小时候，我和艾米丽玩游戏，幻想过几次以后的葬礼。实际上，这个游戏是她发明的。我应该联系她吗？这就是葬礼给我的启发吗？不，这太奇怪了。时光荏苒，我的葬礼不再是愚蠢的童年游戏，而变成了活生生的现实。

我走到小桌旁，打开笔记本电脑。我看着它开机，又关掉它。我不能安排我的葬礼。

还不能写。

我还没准备好。

也许今晚再写。

也许明天再说。

也许我该出去散散步，让肺部吸收新鲜空气，为我的血液提供急需的动力。野外乐趣甚多，虽然那里荒无人烟，但我可以捕捉到树叶颜色的变化，在大自然中亲近孤独。我不能再把自然的馈赠视为理所当然了。

健康对我来说一直很重要。我在汉普斯特德乡村长大，那里美景如画，适合散心消遣。我们一家人经常去参加每年复活节举行的集市，吃粉色的棉花糖，开碰碰车，给独臂强盗押注，看父亲为赢得金鱼拼命摇晃椰子树。

我八岁那年，父亲带我和伊莎贝尔去混合泳池。那里的水又深又冷，为了活命，除了拼命地踢腿、摆臂，我们什么也做不了。他托着我们的肚子，哈哈大笑道："我会把你们锻炼成男子汉的。"

我和艾米丽曾偷偷地躲在一棵大橡树后，抽了人生中的第一支烟，抽到咳嗽和窒息，我们立马宣布，那就是人生中的最后一支烟了。

我甚至在健康谷附近献出了初吻。

我曾常和安迪去健康谷浪漫地散步。他也在汉普斯特德乡村长大。我总是遇见他，但他不是我喜欢的类型。他身材高挑，金发璀璨，所有女孩都喜欢他。她们认为他性感、风趣，我却觉得他既傲慢，又爱挖苦人。某个星期六，我们在地铁上遇到了对方，别无选择，我们只能聊了起来——令人惊讶的是，我们很合拍。他在我前面的托特纳姆法院路站下车，问我要了电话号码。我承认，我受宠若惊。第二天他给我打了电话。我们第一次约会，他准时到了。他证明了自己是个可靠的人，我喜欢这一点。尼尔之后，我交过几个男朋友，有些是不受世俗陈规约束的人，还有一些则完全不合适。所以，和安迪在一起，就像是在忍受了高跟鞋的痛苦之后，终于换上了舒适的平底鞋。他给了我安全感。

我们结婚时，我想住得离家人近一点，安迪也不反对——这也是他的地盘。值得高兴的是，我们在福音橡树路上发现了一栋负担得起的房子。有些人说福音橡树路属于汉普斯特德村的范围，但这话可千万别对真正的汉普斯特德村民说，对他们来说，福音橡树路差着十万八千里呢。

不过，福音橡树路没有我姐姐住的高尔夫俱乐部郊区那么远，她嫁给那个不可一世的律师马丁后，搬去了那里。如果说我一定会嫁给邻家男孩，那伊莎贝尔必然会嫁给钱，再会搬到豪华的地方去。她对地位的渴望远远超过了对家庭的依恋。

现在，我走在汉普斯特德的野外，思考命运，沉浸于往昔中。这是我唯一熟知的地方。我走过这片广阔的公园，清晨的露珠在脚下啪啪作响，像是有人在享受美味的牛排发出啧啧的赞叹声。在生命的最后时刻，树叶顽强地攀附在树枝上，低矮的阳光将叶面渲染成金色、红色和橙色。这是最美丽、最奔放的一天。我觉得我在用新的眼光看世界，在斑斓的色彩褪为灰色，让路给春天和新生命，化为腐物之前，欣赏它们绚烂的光华。尽管不情不愿，但我还是必须承认，我看不到春天了。这般想着，我不禁悲从中来。

我甩开消极的情绪，沉溺于眼前的美景和周遭的沉寂。一个男人高大的身影吸引了我的注意，打断了我的顾影自怜。他的身形令人惊叹，阳光在野外洒下圣洁的光辉，折射出他宽阔而清晰的轮廓。他是来遛狗的，我想。但他身边似乎并没有狗，我的女性第六感亮起了红灯。他走近时，我变得不安起来，我应该转去另一条路，但我不想表现得太明显。我们之间的距离越来越近，这让我很慌张。他穿着一件裁剪得宜的黑色厚呢大衣，一头深色的卷发蓬乱地披在笔直竖起的衣领上。他衣着光鲜，应该不是什么危险人物吧？不管怎么说，他沉浸在自己的思绪里，根本没有察觉到我的存在。我立刻为自己无缘无故地怀疑他而感到抱歉。事实上，他相当英俊。我移开目光，后悔自己不化妆、头发乱糟糟的就出了门。

我暗自嘲笑自己的虚荣心，继续往前走去，不知该怎么绕过他才好，是目不斜视，还是盯着地面——四面空旷，我居然不知道该看哪里，好奇怪。我还没做出决定，就听到他说："早上好！你的帽子真好看！"

我摸摸自己的头，好像不记得自己戴了贝雷帽。"谢谢。"我回道，低下头，藏起笑容。

"今天天气真好！"他继续说道，然后停下脚步，我也随之停了下来。

"是的。"我说，"风景太美了，就是有点冷。"天哪，我听起来像在抱怨吗？

"那你为什么会在这个点到这里来？你的狗呢？"他环顾四周，张望着空地。

"我没有狗。"我答。心想，连环杀手长成这样吗？"你也没有狗，哈？"

"没有。"他说，"我要抖掉身上的蜘蛛网，呼吸点新鲜空气。早上起床真艰难。"他的微笑非常迷人，立刻吸引了我。"说实话，和人聊聊天真不错。我一直在胡思乱想，差点没把自己逼疯。"

"真有趣，我也是。"我说。如果他是连环杀手，那也是个好杀手。

"感谢上帝，你懂我。"他说，"别把我当成疯子。"

我别扭地支吾道："噢，我当然懂。"

"那你又是为什么快把自己逼疯了？"

不知为何，我几乎要脱口而出告诉他原因。因为他的声音？他的微笑？因为我需要净化自己的头脑？"好吧，如果你真的想知道的话，我只剩下 79 天可活了。"

什么？！我为什么说出去了？别管这个精确的倒数日期（谢谢你，日历）。为什么我要告诉一个陌生人？别的什么都可以说，比如工作问题，信用卡诈骗问题。莫名地，我突然觉得自己把话题终结了。

他惊愕得喘不过气来。"太可怕了！"他震惊地盯着我。我咬着下唇，用同样的眼光回望他，恨不得吞下好像在我头顶燃烧的该死对话框。

"的确可怕。"我懊悔道，"对不起，我不应该说出来的。不过，我并不是在寻求同情。"他脸上震惊的神色褪去，同情地皱起眉来。"只是……我满脑子都想着这件事。"

"噢，我能想象到。你对这个问题不加防备，请不要道歉。我很高兴你能告诉我。我才是那个应该说抱歉的人。"

他目露关切，我忍不住想相信他。

我们看着对方，都没反应过来当前的情形。随后，非比寻常的事情发生了，仿佛有人操控了局面，我不假思索，一个箭步冲上前去吻了他。是的！就在这里！我迎上他的英俊脸庞，吻了吻他惊讶的嘴。

你知道吗，他回吻了我！

对！他回吻了我！

突然，我们粘到了一起，拥抱、亲吻对方，他的身体纠缠住我的身体，他的体温温暖着我，为我抵御寒冷的空气。这个吻缠缠绵绵，充满了挑逗。他的嘴尝起来有香烟和薄荷的味道。我们揉入彼此的身体，带着一种熟稔的放松。他托起我，飘然转身，走向一棵高大的山毛榉树，扔下我的帽子，抚弄我的头发。

我们跌倒在地上。我的头撞到他的胸口，我们的嘴唇难舍难分。他身上柔软的羊毛衫散发出琥珀的香味，隐隐喻示了他皮肤的气息，这种气味深深地激发了我的欲望。

他的大手覆上我的肌肤，温柔地抚摸着我，我一激灵，体内遗忘已久的冲动重新被唤醒过来。我回以他同样细腻的触碰。身下坚硬的土地化为一堆羽毛，缠绕在彼此的衣物、围巾、皮带、纽扣和钩子中，变成了需要拆解的复杂物件。我们热烈地亲吻彼此，笑声从唇舌间逸出，目光交相缠绵。我从来没有这么自由过。

"你还好吗？"

"还好。"我答。

"可以吗？"

"嗯。"

最后我们拥抱着彼此，周围弥漫着甜蜜的静谧，除了交融的心跳声和急促的呼吸声，别无其他。他紧紧地抱着我，好像永远不会放开我一样，我也不想放开他，但……

"我呼吸不了了。"我嗔道。方才我还没察觉到他的重量，现在我觉得他压得我骨头都生疼。他放声大笑，翻过身去。

"你还好吗？"他龇牙笑道。

"可不只是好。"

"性让人放松，对吧？"他说话带着点颤音，让人感到异样舒缓。

"我从来没有这样笑过。"

"哦，亲爱的，"他说，"你是那种内向的女孩吗？"

"嗯，"我咯咯地笑道，"可能吧。"

他抓起我脱掉的贝雷帽，盖在我脸上："现在开心一点了吗？"

多少个日日夜夜，我都在顾影自怜，如今只一个亲密的陌生人，就让我露出了真心的笑容。他掀开贝雷帽，柔软的唇在我的眼睑上印下轻吻。我们仰躺在茂密的秋枝下，微笑地看着树叶中闪烁的光影。

我回味着刚才的激情，惊讶地发现我竟然不抗拒这种亲密。我们刚刚就像处于完全私密的空间一样，根本没想过会有路人经过。路人！我们很有可能被发现的。但没有什么阻止得了我们！

我打了个寒战。

"冷吗？"他问。

"老实说，我有点暴露。"

他拉过大衣，盖在我的身上。

我们身下的羽毛又变成了一堆杂乱的衣服和沙土，我把他的臂膀当成羽毛枕头枕了上去。我觉得自己有必要收拾妥当一点，便摸索起衣服来。见状，他也起身把衣服穿好。

"我觉得我滚了半身泥。"他说。

"我滚了另外半身泥。"我大笑起来，粗鲁地甩掉身上的沙砾。

他在上衣口袋里摸索了一会儿，掏出一包被压扁的万宝路香烟，用嘴叼出一根烟，抖开一个比克打火机。他让我用手围住打火机，他一按火石，火苗蹿了出来，摇曳片刻后燃烧了起来。他点着香烟，深深地吸了一口。他的颧骨很高，轮廓分明，早晨冒出的胡楂遮住了他的些许面容。

他把烟递给我，我接过来，假装这是我做过千万次的动作，努力不让自己看起来傻乎乎的。我吮着过滤器，拼命让这该死的玩意儿不灭掉。

他嗤笑一声："你不抽烟，对吧？"

"你看得出？"

"这不难看出。"

我笑了："听起来很蠢，但我一直都担心香烟会害死我。"我看着香烟，又吸了一口，仿佛要验证他的说法一般，烟雾呛到了我的后喉，我突然咳嗽起来。

"呼吸。"

"我在努力呼吸。"

他看向我，突然严肃了起来。

"你是在笑还是在哭，还是快窒息了？"他问。

"我不知道。"我气急败坏地坐起来。远处传来两个慢跑者沉重的脚步声。我不作声了。

"掐我，"我说，"我们真的做了吗？"

他伸手拂去我额上的一缕头发，手指游移过我的脸颊曲线。

"我们真的做了，"他轻声说，"而且感觉非常好。"

我涨红了脸："是的。"

"非常抱歉听到你的坏消息。真的很抱歉。"

"噢，别这样。你成就了我的今天。每一天对我来说都很重要。"

"你不应该倒数，"他不赞成地甩了甩一头乱发，"你应该好好过下去。"我摆着笨拙的业余手势，他从我手中接过香烟，重新点燃它，以一种奇特的倨傲姿态深深地吸了一口，又把它还给我，似乎要给我第二次机会。

"我想我会草草过完剩下的日子。"

他扬起眉毛笑了笑，仰躺回地上，嘴里叼着香烟，抬头凝望着茂密枝叶间晴朗的蓝天。"至少现在，所有事情你都可以尝试一下了。"他说。

"什么意思？"

他停顿了一下："你知道的，所有你认为会害死你的事情。"

突然间，我想到了那些信，那些勇敢、诚实又鲁莽的话，此刻正躺在信纸上，可能已经被他们握在了手中。我感到一阵战栗，他把我拉过去躺在他身边，将我拥进怀里，用体温温暖着我。

"首先，你可以一天抽八十支烟。"他邪邪一笑，吐出烟雾，"我会很嫉妒你。"他回头看着我，香烟自然地垂在他的下唇上，"嗯……我想那是我才会做的事。"

"不准你抽烟！"我说。

"不准？"

"是的！因为你让香烟看起来很吸引人。他们应该只允许像我这样的人在公共场合吸烟。我将会是有史以来最好的警告范本。'天哪，她真让人讨厌！她好臭。'"

他动容地笑了笑，仿佛我是世界上最有趣的人。也许他是装出来的，我才不管。

"那我臭吗？"他问。

"我喜欢你的臭味。"

他哼了一声："我应该戒烟。"

"是的。"我做了个鬼脸，"噢，天哪，我听起来真是假正经，是不是？"

他虚虚地指了指周围，假装那是卧室的墙壁，咧嘴一笑："不。你不是假正经。"

"噢，我是。"我说，"你不知道我有多勇敢，我以前从没做过这么出格的事，更别提四周空荡荡的。"我突然想到这茬，但现在谁还需要墙壁呢？

"我也不是会做这种事的人。"他说。

"但我不觉得你是思想传统的人。不像我，我一辈子都在走平平稳稳的路。你带偏了我，正好我确实需要放肆一回。你看，我感觉很好。"我转过身，用手肘撑起自己，凝视着他，"你让我豁然开朗。"

他也在我身旁撑起自己，用手肘轻轻地推了我一下。

"真的吗？"

"是的……告诉你我要死了，我反倒觉得可以活下去了。"

他哀叹一声，在草地上碾灭烟头。"不客气。"他说。

我们站起身，他向我要电话号码，但我告诉他，他不需要太客套。

"不是客套。我想再见到你。"他反驳道，使劲拍掉皱巴巴的裤子上的湿草屑和泥垢。

"这又有什么意义呢？"

"拜托。"他坚持道，"答应再和我见面吧。我们可以做其他事情。逛美术馆、看电影、去酒吧打飞镖。就像再也见不到明天一样，让我们来试试闪电约会。注意，我可不是在诅咒你。我们能完成多少事情就完成多少事情！或者，我们可以直接，你懂的……"他头歪向一边，坏坏地咧嘴一笑。

我笑了，被他轻松坦率的态度所打动。我喜欢这个人。我被诱惑了。

"给我吧，"他说，"不然你要做什么？玩手指？数日子？"

他这是在折磨我。在黑暗而孤独的岁月里，我渴望有人拥抱我，安慰我，但不知为何，我觉得这不是他想要的。再说了，他为什么要和一个连这个季节都活不过的女人交往呢？"不。"我说，"让我们把美好的回忆留在这里吧。为什么要破坏当下呢？"

"因为我希望改善当下。首先得有床垫，有干净的床单。听起来很诱人，不是吗？"

我笑了笑，听起来的确很诱人。但我是为他好，我在救他，他不会想插一脚进来的。"确实很吸引人。但这次体验很特别，我宁愿将它铭记在心。"

他耸了耸肩："你喜欢就好。"他看着我，好像能看穿我的窘境一般，"你确定我说服不了你？"

我摇了摇头："确定。"我从未如此确定过。

我们像朋友一样拥抱彼此。"别太逞强了，"他说，"你知道，有时候你可以不那么中规中矩的。"

"我尽力。"天哪，他太有洞察力了，该死的……

我拿起贝雷帽离开了。我紧紧地把帽子抱在胸前，仿佛这样他手的印迹就永远地留在了我的身边。我感觉好像失去了亲人一般，这太疯狂了，我才认识他不到一个小时。

我的生活会沦落到这般境地吗？不断失去，不断道别？

我知道他在看着我——你知道，有时候你能感觉到——但是我忍住了回头看的冲动，我怕我感觉错了。我幻想着他在等待我最后的回眸，就像我攥住了他最后留给我的印迹一样。最重要的是，我幻想着，我给他留下了恒久的印象，因为这是我倾尽所有能给的了。

回办公室时，我对着电梯镜子检查了一下仪容。我洗了澡，换了衣服，清理了头发上的草屑和沙砾，看起来还像欢愉过后的样子吗？同事们看见我，会不会察觉出一丝异样，还是说，我想太多了？毕竟，如果他们都看不出我病了，又怎么看得出我放纵了一回？也许我脸上的窃喜会出卖我。傻瓜，别想了。但我还是感觉到了变化——我生出了负隅顽抗的念头。对，我快死了。对，这很可怕。但我不会让它吓得我节节败退。写信是好事，我要冲破桎梏。

我回想了一遍整个情形。我竟然和一个陌生人在郊外发生了关系！我！我一直都是奉公守法的好公民！天哪，我们很可能会被拘留的。我们很幸运，侥幸地逃脱了。我感到豁然开朗，我不再否认、生气或害怕了。我现在斗志昂扬。

等一下！我在想什么？我不能因为得了不治之症就随意和陌生人发生性关系。虽然……性爱让人释放自我。我很高兴我当时顺从了生理冲动，我感觉这是正确的。

我不能告诉任何人。帕蒂不行，奥莉维亚也不行。如果我说出去，这种曼妙的魔力可能会消失得无影无踪。我想把它当成宝藏一样，深藏在心底。我已经证明了我也具有狂野不羁的潜质，但自己知道就够了。

我把外套挂在架子上，在桌子前坐下，从包里拿出手机，看了看屏幕。什么也没有。没有任何来自他们的未接电话和消息，甚至我姐姐也没联系我。

伊莎贝尔会怎么看待我的信？她一直认为我这个妹妹假正经，循规蹈矩，不知变通。我会告诉她野外这件事吗？可能不会。但如果是为了证明自己的话，我还挺想告诉她的。

他们说年幼的那一方应该更活泼，更有安全感。但我始终认为，年幼的孩子只是栖居在年长的孩子的阴影下，伊莎贝尔依旧霸占了所有的宠爱。她楚楚可人，只消一个微笑，凡是她想要的，大人都予取予求。她只比我大四岁，但看起来却很通达人情，发号施令的也总是她。在我们家里，伊莎贝尔不仅享有特权，她做出任何逾矩行为，都能被轻易揭过。如果伊莎贝尔领了一份糟糕的成绩单（常有的事），似乎无关紧要。但如果我敢带一份不够完美的成绩单回家，就要付出沉重的代价。"伊莎贝尔脸蛋好看，珍妮弗脑子灵活。"大家经常这么说，好像是为了安慰我。听了这话，姐姐自然心花怒放，但她总故作羞涩，而我却像吞苦口良药一样，把所有情绪咽下去。

别误会，我的父母并不是偏心，我相信他们认为这是因势利导，像其他父母一样合理赞美、尽力鼓励我们。但他们又不像其他父母——不管怎样，他们不是汉普斯特德村里那种自由开放的父母。他们非常传统，坚持着以前战时教育的指导思想。60年代风雨飘摇，但当时仍衍生出了进步思想，只是这些思潮在我们家没有生长的土壤。我的父亲是市检察官。公司名称后面的"&"就跟着他的名字。我的母亲从离开皮特曼学院那天起，就成了他的秘书。他们结婚了，母亲认为她是伦敦周围各郡中最幸运的女人。她事事唯他是从，父亲每周按时给她一笔微薄的家用，但她从来没有用完过。那个年代的分配制度很严苛，后来，即使制度已经被废除很久了，那些蓝色的小书也被撕毁和丢弃了，父亲和母亲仍然过着朴素节俭的生活，他们觉得舒服就好。他们的爱意充沛而饱满，他们是彼此的全世界，凡事都以对方为先。

后来，姐姐出生了，然后是我。兄弟姐妹必有严格的长幼之分，但我们却以寻常对待。任何偏袒，在我们看来，都很可笑荒谬。我们和睦相处，相互尊重。父亲和母亲的纪律观念烙印在我们的基因里，我听话顺从，遵循了他们定下的每一条规则。而姐姐则不然。

伊莎贝尔很精明，总是能快速发掘机遇。她看中了我的责任心，想将我驯化为一个听话的仆从，我倒是欣然接受。这并非因为我无私忘我，而是因为跟着她，只要我乖乖地完成她们的吩咐，就能融入她的朋友圈。我是那么诚惶诚恐，为了留在这个圈子里，我会任劳任怨。

"帮我们梳头发！"她们会这么命令我，而我会尽职尽责地拿起梅森·皮尔逊的梳子，顺从地或轻或重地梳起来。还有诸如"去厨房拿些饼干""拿一瓶南瓜汁和一壶水来""拿几罐汽水来"等等。

看着我俯首帖耳，母亲却助纣为虐。我在狭窄的维多利亚式楼梯上来回跑动，尽力应付她们的要求。走动时，我会咬着舌尖，竭力稳住自己，避免摔倒或把任何东西溅到浅米色的羊毛地毯上，惹母亲生气。

"现在去多拿点！"伊莎贝尔颐指气使，我便快步小跑开来。

她们从来没有邀我坐在她们中间，也没有和我分享我送到她们面前的美味吃食。那时我最亲密的朋友是艾米丽，我们走得很近，关系也很好。她会走到角落里和我坐在一起。我们手牵着手，艳羡地注视着我的姐姐和她的朋友们，她们的一举一动都散发出优雅的韵味。

伊莎贝尔进入青春期后，父亲和母亲公平理性地决定，是时候重新装修我们的房间了。母亲借了一册罗兰爱思的墙纸回家，从伊莎贝尔的表情来看，这是她见过的最让她激动的书。

我们并肩坐在旧松木餐桌旁，那本罗兰爱思的宣传册就放在面前。为了增加仪式感，父亲和母亲给了我们一袋麦提莎巧克力豆，让我们一边吃，一边选择最想要的设计。

"你吃吧。"伊莎贝尔把巧克力豆推到我面前，"反正不会有人在乎你胖没胖，长不长雀斑。"虽然我很想吃，但我没有拆。

也许是为了弥补这个刻薄的讥讽，她不情不愿地让我先选。这太大方了，完全不像她。趁她还没来得及改变主意，我飞快地敲定了一个可爱的蓝黄花卉的款式。

"这太幼稚了，"她嗔怒道，"你应该选这个！"她指着一款暗红色与深绿色相间的不规则条纹图纸。我并不喜欢那一款，但我觉得她的品位比我好，所以我告诉母亲，我想要她说的那款。

房间装修完毕时，我的房间又沉闷又朴素，伊莎贝尔的房间又明亮又夺目……蓝黄相间的花朵铺满了她整个房间。

"我想要的是那个。"我哭着说，"为什么伊莎贝尔用了我的？"

"我按照你选择的图纸来安排装修的。"母亲无辜地说。

"那是伊莎贝尔让我选的。我想要的是这些花，但她说它们很幼稚。"

"噢，别抱怨了，珍妮弗！"母亲不耐烦地说，"你的房间非常可爱，它反映了你的性格。我觉得伊莎贝尔为你做出了正确的选择。她有一双慧眼。"

我想冲着那双慧眼来一拳。

"伊莎贝尔……"她坐在梳妆台前打扮时，我看着镜子里的她，试探道，"也许……或许……你觉得我们可以交换房间吗？"

"珍妮弗，"她顿了顿，"也许……或许……你应该比我先出生！"

我走回自己的房间，瘫倒在地板上，盯着那些暗红深绿的条纹，想知道他们在背后是怎么说我这个人的。

艾米丽向我保证我的房间很漂亮。"太美了，很时髦。"她赞道。但等我们偷看伊莎贝尔的房间时，我看见她的眼睛都移不开了。

"你们两个白痴在看什么？"伊莎贝尔问。

"你的房间真漂亮。"艾米丽告诉她。

"我知道。"她说，"快滚开。"

伊莎贝尔很快就将她与生俱来的禀赋运用到那些追求她的男孩身上。她动动小手指头，就能让他们听她摆布，任她揉捏，而他们还死心塌地的。不管怎样，我们都很仰慕她。她能让我们围着她团团转，还对她感恩戴德。

她的魔爪伸到了我的身上。尼尔·阿伯纳西是我的初恋。对我来说，尼尔是我的"真命天子"。借用一句流行的格言来表达："初恋最难忘，这是一条举世公认的真理。"

我们是在大学认识的。我们住在同一栋学生宿舍里，从我房间出来，沿着走廊一直走，就到他的房间了。因为他的头发，他第一眼就吸引了我的目光。大多数男学生都骄傲地顶着胭脂鱼发型①或难看的飞机头时，尼尔一头光滑的长发柔顺地披在肩上。我觉得他帅得要命。可悲的是，他并没注意到我。

直到有一天，第二学期快结束时，一个朋友把我拉到了学生会的例会上，当时尼尔正在演讲。演讲结束后，他过来和我聊天，我受宠若惊，当场报名加入了工党，尽管我对政治毫不关心——这个话题太敏感了，在家里连提都不能提。

参加了几次政治会议之后，我梦想成真了。尼尔成了我的男朋友，我们很快发生了性关系。他让我发现了自己迷人、叛逆的一面，我以为他就是我想要共度余生的人。

最后一年的复活节假期，我不顾父母的反对，把尼尔带回了家，心里却为他们的反对感到窃喜。我们自然不能住同一间房，因此伊莎贝尔很爽快地去找她的朋友米兰达，而尼尔则住在她那铺满蓝黄花卉的闺房里。

"我不睡这里。"他猛地往她那堆鼓鼓囊囊的印花棉布垫子上一躺，踢开运动鞋，拍了拍床让我过去，"一到半夜，我就去找你。"

---

① 胭脂鱼发型，一种男子发型，前面和两侧的头发短，脑后的头发长。

"你必须睡在这里。"我叮嘱道，我半坐在床垫的边缘，对他的提议感到十分不安，"如果我爸妈发现你偷偷溜进我的房间，他们会把我赶出家门的。"

"我会轻手轻脚的。"

"想都不要想。"

"好吧，如果他们把你赶出去，你就过来和我住。反正现在你基本上也和我住在一起。"

"别这样，尼尔。我会很不自在……你懂的，不管怎么说，你这么做是没有意义的。"

"天哪！你怎么了？就让我看一眼你小时候的卧室，你还变矜持了？"

"你就待几晚而已。"

尼尔只好服从。

我很失望，伊莎贝尔见不到我第一个正式的男朋友，我的爱人。我想向她炫耀尼尔，也想向尼尔炫耀炫耀她。不过，幸运的是，好奇心征服了她，最后一天晚上，她回来吃晚饭。尼尔谈起了政治，她目不转睛地盯着他，我津津有味地观察着她的神情。尼尔高谈阔论，称撒切尔的倒台是罪有应得，梅杰是个白痴，听得我父母沉下脸来。

我知道尼尔让伊莎贝尔印象深刻，尽管他不是她喜欢的类型（她喜欢那些开着豪车、腰包鼓鼓的男孩）。但让我真正欣喜的是尼尔甚至都没有看她第二眼，于是我提高了对他的评价，也增强了自己的信心。

事实证明，人是具有欺骗性的。那晚尼尔并不是独自睡在伊莎贝尔繁复华丽的房间里。父亲母亲还要在我的伤口上撒盐，就在眼皮子底下发生的事，他们居然声称没有注意到，也没有怀疑为什么姐姐大清早会出现在餐桌上，面颊绯红，头发蓬乱。更没有质疑姐姐那天大清早窜出来，只是为了和尼尔说声"再见"的拙劣借口。当然，如果主角是我，他们准保早就知道了，而且肯定趁早把我送去修道院。

坐火车回大学的路上，我不得不在拥挤的车厢里忍受了尼尔整整两个小时，听他豪言壮语地诉说对伊莎贝尔永恒的爱，看着他像一个失恋的白痴一样傻笑，乞求我的原谅，劝我说，他配不上我，我值得更好的。

但我能看穿所有虚假的悔恨。他和其他人无异，被姐姐俘获了心，每分每秒都在沦陷。

那学期的最后几个星期，我把自己关在房间里，一边准备考试，一边哭个不停，下定决心对曾经的真爱避而不见。

夏天回到家，我终于鼓起勇气告诉伊莎贝尔，她伤得我有多深。她玩味地看着我，笑了。"你真的以为他会和你这样的人在一起吗？"她嘲弄道，"他背叛你只是时间问题。就算不是我，也可能是别人。肥水不流外人田，不是吗？"

但她至少知趣地把尼尔寄来的明信片藏了起来（母亲却觉得有必要告诉我这件事）。伊莎贝尔出去的时候，我便偷偷溜进她的房间。我发现了塞在枕头底下的明信片，上面写满了他曾经对我说过的甜言蜜语，我不由得又落泪了。

更让我痛苦的是，大家都看好我能以一等荣誉毕业，结果却不尽如人意，我辜负了他们对我的才华的期望。父亲母亲对我很失望，但我对自己更失望。我回到房间，拒绝了母亲的食物和安定药。相比起那些，我更喜欢听玛丽亚和惠特尼的歌来激励自己。但以前的我，常听的都是关于"我们"的情歌。

当然，后来伊莎贝尔抛弃了尼尔，就像随手扔掉一颗西瓜子一样。这并没有改善我对他们中任何一个的观感。尼尔伤透了我的心，但一颗年轻的心还可以拼凑起来。而伊莎贝尔失去了我的信任，信任一旦不再，便难以弥合了。

我一生中最大的痛苦，除了痛失孩子，还有我和她脆弱且虚伪的姐妹关系。直到现在，我才有勇气承认这一点。

　　我的思绪又飘回了办公室。我不由自主地看了看手机，仿佛我在想伊莎贝尔时，她也有可能在想我似的。但我们平时都想不到一块儿去，又怎么会有心灵感应呢？想想看，我绝对不会告诉她，我和陌生人发生了关系。就算她知道了，也可能完全不以为意，但她一定会找机会把事情说出去的。

第 75 天

　　日子波澜不兴地过去了，我痛苦地意识到，收到信件后，他们都保持了沉默。又一个周末来了。周末曾是忙里偷闲、友人相聚、放松快乐的美好时刻，现在却变得令我恐惧。我才发现工作是多么重要的分心方式，不用工作，我变得茫然无措。我开始整日昏睡来逃避自己，因为假如让我自由安排时间的话，恐惧会完全占据我的身心。

　　我很孤独，很无助，尽管在某种程度上，这是我强加给自己的。今天奥莉维亚邀请我去吃早午餐，我拒绝了。

　　"你必须出去走走，别总待在办公室了。"她说，"丹想请我们吃一顿传统的英式早餐。来吧，珍！有香肠、烤豆、油炸面包，你怎么能不喜欢呢！"

　　"啊！不，丽芙，谢谢丹。但周六我不想出去，外面人太多了，太吵了。"

　　"我们可以去些安静的地方。"

　　"现在哪还有安静的地方？考文垂——那里连和你说话的人都没有。"

　　她笑着说："但你一个人待着，我会很担心你的。你在干什么？"

"随便干点什么。"我说,"我在看报纸。"

"天哪,现在的新闻有什么好看的?噢,来吧,和我们一起去。"

"我没事,真的。"我撒谎道。

"'我没事'在我这里行不通。"她说,"我知道你不喜欢人多嘈杂的地方。如果你需要人陪,打电话给我,我一定马上过去。"

这才是真正的朋友,她总能看穿你的强颜欢笑。

我整个晚上都在看电视,但我看不进去。我的心神有一半都在各种杂乱的想法中游移,思考着为什么除了奥莉维亚,我对其他人来说都是无关紧要的角色。思考着我明天会感觉如何,我性格中根植的软弱最终何时会打败我。听着,我很清楚悲观是有百害而无一益的,它会加重我的病情,但有时我根本无法自拔。有时候你就是勇敢不起来。我抓过一个垫子,抱在胸前,试着集中注意力看电视。但画面在晃动,一切都在飘浮。

某处传来声响。我环顾四周,努力分辨这种嗡嗡声。我突然意识到,是手机在响。我懒得从沙发上下来。星期六的晚上,谁会打电话过来?我本来想忽略它,但我转念一想,还是找个人谈谈吧,就算电话那头是个机器人,误以为我发生车祸,打错电话也好(虽然我不会开车)。

但机器人又怎么会知道我的电话号码呢?我从垫子的包裹中跳出来,循着振动声找到了卡在扶手椅里的手机。我一定是随手一扔,它就滑进了缝隙里。我刚捞起手机,它就不响了。典型的桥段!我一看屏幕,心不由得颤了颤。来电者不是冷冰冰的机器人,而是伊莎贝尔。

伊莎贝尔!多么讽刺!我这几天老想着看手机,眼下却错过了她的电话。

我先是一阵欣喜若狂,倏而又惊惶不已。我一直渴望收到她的回信,但当她联系我的时候,我却不知所措。我坐回沙发上,叮着手机屏幕,好像它能告诉我为什么她那么久才打电话给我一样。Siri[①],为什么姐

---

① Siri,苹果智能语音助手。

姐这么久才联系我？她生气了吗？她觉得伤心吗？还是说，她依然死性不改？

事实上，我很高兴错过了她的电话。我要做好准备，才敢和她聊。我要冷静一点，为自己争取一些时间。如果可以的话。

我的语音信箱叮的一声，她留了个语音信息。她从来不会留语音信息的。我听着姐姐的声音，她在哭，我唯一一次听见她哭是在母亲的葬礼上。此时我发现自己不由自主地跟着她哭了起来。

"珍妮弗，"她抽泣道，"我刚读了你的信。我好绝望。平时马丁负责取信，他把我的信件堆在一起。但我太可恶了，总是放在一边不管，因为大多数信都很无聊，没什么意思。但你的信非常重要。如果马丁把你的信放在上面，我就会马上认出你的笔迹打开来看。但他没有，所以我都不知道你什么时候寄的信。哦，天哪，珍，快回我电话！马丁，有时候我都不敢相信……"她挂了。

我很感动，知道她这么担惊受怕，我非常想立刻和她通话。她这么迟才联系我是有合理理由的，我释怀了。我擦掉眼泪，深呼吸一口气，拨通她的号码。她马上就接了。

"能听到你的声音，我真是太高兴了。"说完，她失声痛哭起来，"我真不敢相信这个消息。"她哭着说，"对不起。上次见到你的时候，我告诉过你，你的嘴唇发青。我就知道有问题，但怎么会得了这种病！"

"不要哭，伊莎贝尔。"

她忍住抽噎，结结巴巴地说："你还好吗？我这么问是不是很蠢？"

"我好极了。"我说话的音调很高，听起来不太像我。我觉得听了她的话，我的心都快要碎了。

"噢，我真为你高兴。"她吞口水的声音清晰可闻，她的呼吸急促而轻浅。"珍妮弗，"她说，"是……这个病……你懂的——"

"肯定是晚期了。"我帮她说出口。

"噢，太糟糕了。"她抽了抽鼻子，沉默了许久，"但是……它……嗯……会遗传吗？"

你看，这就是我需要做好准备，才能打电话给她的原因。你都忍不住发笑，不是吗？怎么会有人坦诚到这么厚颜无耻的地步？他们首先担忧的不是你，而是他们自己。我想吓唬她说："是的，伊莎贝尔。这个病是遗传的！从母亲那边遗传下来的！"但我一向做不出这么刻薄的事。

"不会的。"我说，"纯粹是我运气不好。你不会有事的。"

"哎呀！"她长叹一声，显然是松了一口气，"我不是为自己考虑，你明白吧。我在担心我的女儿。"

"当然，你是在担心你的女儿。"我说，"我完全理解。"虽然在一定程度上，我确实理解她，但她的如释重负却让我痛苦地失望起来，这证实了我内心最深的忧虑：她只接收了信中第一部分内容，对她来说，最重要的内容。

"我真的很抱歉，珍妮弗。真的非常抱歉。我很想见你。我们需要谈谈……你知道的……谈谈其他事情。我……好吧，我们得谈谈。"

我几乎无法抑制自己心中强烈的喜悦。她一定每一个字都读过了。她要敞开心扉和我谈。"好！"我说，"我们谈谈。"

"噢，那就好。"她说，"我还担心你会拒绝我。你什么时候能来？现在？不，现在当然不行。什么时候？我们可以单独见面，但如果你能见见我的女儿们，她们一定会很开心。我的意思是，虽然你在聚会上见过她们，但时间很短暂。"几个月前，我去了我的外甥女索菲亚的十岁生日聚会。当时伊莎贝尔告诉我，我的嘴唇发青。我本应该听她的话的。

"我想，你还可以出门吧？"她说，"对不起，我应该先问问你的。你没有卧床养病，对吗？"

"没有。嗯，还没有。"

"那太好了。我会叫辆出租车接你过来。"

"没关系。我打个优步^①过去。"

"别傻了，"她说，"这要花很多钱的。你得让我照顾你。我用马丁的账户叫车。"

我很想相信伊莎贝尔想照顾我，也许她是真心的。但如果是那样的话，她会来我这里的，不是吗？事实上，她从来没去过任何人家里。你总要主动去找她。我都快死了，她还是认为应该我去找她。

说实话，我可以过去。尽管我最不愿意的就是到她那豪华时髦的家里去，但那也比她来我这儿强。当年，即使我和安迪重新装修了一次房子，她来了也只有一句淡淡的"还行"。现在房子又变得破旧不堪了，我不想被迫关注起它的缺陷来。我知道，伊莎贝尔会夸大前窗下那条长长的裂缝和斑斑点点的石膏装饰，并且绝对会批判这台老旧的锅炉，说它总是哐啷作响，却连一个房间都暖不起来。我知道，我的生活有别于她那精致舒适的日子。我不需要她提醒我。

所以，是的，下个星期五，我要去伊莎贝尔家。她要替我叫辆出租车，还要给我做晚饭。这感觉像是第一个好消息。

---

① 优步，即 Uber，美国热门打车软件，硅谷同名科技公司旗下产品。

第 7 3 天

新工作的第二周，我开始适应这种节奏。我总是感到疲惫，这已经成了我的一种新常态。哈利、安迪和伊丽莎白到现在都没有给我发消息，虽然我很失望，但收到了姐姐的问候，我还是高兴不已。我不断地提醒自己，不要心怀任何期待。

我把外套挂在落地衣架上，瞄了眼手机，看看他们其中有没有人找我（一个新习惯），又失落地坐在办公桌前。我刚按亮电脑屏幕，帕蒂就出现在敞开的门前。

"叩叩。"她俏皮地说道。她走了进来，关上玻璃门，我立刻察觉到了异样。

"你怎么了？还好吗？"她问。

"没什么，我很好。"

"如果你说的是实话，那我很为你高兴。"

"真的。我只是在调整状态。"

她在我对面的椅子上坐下，倾身向前，肘部撑在桌上，双手紧张地摩挲着嘴巴："听着，我不想让你担心，但我想人们开始怀疑了。"

"哦。"我的心沉了下去，"为什么？有人说了什么吗？"

"这倒没有。"她说，"这是一种直觉。"

我向后靠去："帕蒂，那是因为你知情，才产生了怀疑。你在胡思乱想呢。老实说，我一直去参加会议，和大家交流，我身边的每个人都表现得很正常。除了你，没有人知道死神来找我了。"

她皱起眉："我不太确定。"

我的胃在翻腾："你谁也没说，对吧？"

"没有！我不会告诉别人的，除非你愿意。"她叹了口气，抬起头来，"你不想收到人们的关心吗？"

"当然想。但我已经选择了我想要的关心，那样我会轻松点。"

"好吧，那我想我应该感到受宠若惊。"她咬住下唇，"当然，我会守口如瓶的。"她停顿了一下。我在等她说出"但是"。

"但是我想告诉你，我觉得你很了不起。"

我微微一笑。这不是我想象中的"但是"。"不，你才不觉得我了不起。你觉得我很古怪。"

"我是觉得你古怪，但你古怪得很了不起！"

我们都笑了。她无奈地咧嘴："我想抱抱你，但我知道，你会觉得我过于激动。"

"你想抱就抱吧，但过于激动的可能会是我，所以我无论如何都会躲开的。"

她送了我一个飞吻："那就用个吻代替吧。"

我伸出手来，好像要抓住她的吻似的。"谢谢。"我回她一个飞吻。但她已经转过身去了，她肩膀耷拉，悲伤地垂着头。这正是我不想看到的，这正是我坚持保密的原因。

我怀着沉重的心情回到电脑屏幕前。今天的工作还没有开始，我已经筋疲力尽了。

我没有吃麦肯齐医生开的任何药物，无论病情好转还是恶化，我决定死守我的誓言。我还不需要吗啡贴片。这个周末我会去见他，虽然只有几个月可活的人不吃药实在很奇怪，但我不确定我会不会向他坦承，我在回避药物治疗。

我千方百计地逃避吃药，我想，恐怕我要开始读一些关于死亡的博客了。只要有心找，这种博客到处都是，它们有时候有用，有时候让你恨不得不看，但是读着读着，我觉得自己不孤单了。很多博主都选择不吃药，只要我的身体受得住，我就敢坚持无药治疗。

现在我还能起床，还能走路，还能泡茶，对此我心怀感恩。这些琐事很重要，我就是这么度过每一天的。在大多数情况下，我的状态都很好。但是只要有半点机会，不管我是否愿意，消极的想法就会乘虚而入，所以我很高兴能继续工作，对它们敬而远之。

不过，它们总会有得逞的时候。每到深夜，我心头对信件的焦虑就萦绕不去，这时，那些消极的想法就出现了。我躺在那儿，一想到哈利在讥笑我说的话，像扔掉一张讨人嫌的传单一样扔掉我的信，安迪和伊丽莎白一起放声大笑，干脆地否认他们的罪过，我的肚子就抽搐起来。你一失眠，严重睡眠不足时，想象力就会玩弄起危险的把戏。

第 71 天

我终于看了那些传单，有几张是关于如何面对绝症的，只有一张写了如何治疗绝症。那些症状非常可怕，包括急性高烧、骨痛、呕吐、容易瘀伤、牙龈出血、鼻子出血、心率加快——最可怕的我就不说了。

但我还没有出现这些症状。

现在我只是极度疲劳，积极的安慰剂效应①占据了逻辑的上风。

我打电话取消了和医生的预约。这可能看起来有点鲁莽，因为虽然安慰剂确实有效，却很不科学。但老实说，再坐在那间办公室里，闻那可怕的临床气味，听那些坏消息，我可受不了。我非常直截了当地告诉接线员——这次不是尤妮丝——我谨遵医嘱了。我说，除非麦肯齐医生有什么特别的顾虑，否则我就不管了，等到我个人觉得有必要时，我再去见他。

伊莎贝尔的电话无疑让我的精神好了许多，但坏就坏在，姐姐的回应提高了我的期望值。现在，实话实说，我比以往任何时候都想收到哈利的回复。

---

① 安慰剂效应，指病人虽然获得无效的治疗，但却预料或相信治疗"有效"，而让病患症状得到舒缓的现象。

旧事重提也许是为了挽回自尊，但我一直都觉得哈利和我冥冥之中有要事未了。他仍然爱着我。我经常为这样的念头纠结：如果当初我换种方式处理事情，不那么仓促，他今天会不会陪在我身边。抑或在将来的某个时刻，我们会重归于好。我还没有收到他的消息，这并不是一个好征兆。但是，他应该还是经常出差。我不是在替他找借口，哈利的大部分工作都在国外。更重要的是，他给我回复消息总是很慢。

"发个'是''否'或者发个'稍后回你'需要多长时间？"我会这么问。

"我很忙！"

"我也忙。但我还是会回复你。"

"我会尽快回复你。你希望我回信息，我却没有及时回复，并不代表我不爱你。"

你看，他总是这样轻易地将我拉回身边。但说真的，你得有多忙，连在电话里输几个字的空当都没有？

尽管有些不妙的征兆，但我的内心深处依然希望哈利能给我一个答案。

至于安迪和伊丽莎白，谁知道呢？我说了我想说的话，也许这就够了。但我仍然很好奇，迫切地想知道他们收到信后的反应。我很想看看伊丽莎白读信时的表情。

奥莉维亚和丹一起去了健身房，结束后她就要过来。谢天谢地，我再也不用进健身房了。我侥幸地逃过了某些事情。

奥莉维亚和丹在一起很幸福。她在他面前很放松，我第一次看到她完完全全地展露真性情，我相信他就是她的"真命天子"。但说句公道话，我觉得广告文案撰稿人理查德才适合她。奥莉维亚也这么认为！她和他在一起八年，我以为她会嫁给他的。她是个传统主义者，一直向往童话般的爱情。不幸的是，理查德却不相信这档子事——他俩就这么一拍两散了。我真希望丹能和奥莉维亚想到一块儿去。

奥莉维亚坐在我对面的扶手椅上，双脚隐没在绿色的百褶裙下。

"你看起来很不错。"她说，"我不是为了哄你开心才这么说的。你神采奕奕，眼里闪烁着光芒。我感觉有好事发生。"

"伊莎贝尔联系我了。"我眨巴眨巴眼睛。

"噢，珍妮弗。她终于联系你了。她说了什么？"

"没说太多。当然，她很伤心。她说她早就发现我不对劲了，但没有意识到我竟然得了这种病。星期五我要去看她，吃个晚饭。她听起来非常想谈谈。我是说，和我正儿八经地聊聊。"

"这样啊，我真为你感到高兴。冒昧问一下……还有其他人联系你吗？"

"没有，暂时还没有。也许永远都不会有了。"

"但至少你做了。这才是重点，不是吗？"

"是的，我一直记着这一点。"我倾身向前，"听着，我需要你的帮助。"

"说吧，"她说，"你想干什么？"

我从沙发上站起来，身体摇摇晃晃的，有点失去平衡。奥莉维亚吓得脸色苍白。"我没事，丽芙，真的。这种失衡是正常的。没什么好担心的。"

"当然。"

我打开笔记本电脑："我一直在策划我的葬礼。"

"噢！"她颤抖起来，像是尝到了什么恶心的东西。

"我不是绝望了，而是要做好准备。你会为此感谢我的。我新建了一个文件，存储在桌面上，名为'大限将至'。我会在那个抽屉里给你留份备忘录和一张写了全部密码的便条。过来看看，给我点意见。"我在沙发上坐下，她走过来，坐在我旁边。我点开了那个文件夹。

"我很喜欢这个策划。"她说。

"策划自己的葬礼并不容易，但我想，如果我提前告诉你，我希望如何处理我的后事，你就不用愁我到底想要什么了。"

"你说得对，对不起，我太消极了。开始吧！"她把头靠在我的肩上说道。

"我写了一份服务订单，详细地列举了我最喜欢的赞美诗等读物。事实上，我把我能想到的一切东西都列举出来了。"

"好，那教堂礼拜仪式呢？我以为你不信上帝。"

"我确实不信。但我喜欢他的悼词。"

她笑了。"我也是。"她说，"就当他是个男的。"

"他不是一个优秀的倾听者，这说明他绝对是个男的。我最喜欢的花是百合和小苍兰，当然，必须是白色的。另外，我想让你致悼词。"我看向她，观察着她的表情。

"那是我的荣幸。"她说。

"我写了一些细节，可能对你会有帮助。"我向她展示了要点。

"你不觉得我足够了解你吗？"

"你对我当然很了解，但有些事情你可能不清楚。你去参加追悼会，难道没有过在听逝者的生平时，有种'什么鬼，我从来不知道这些事，我真希望我能更了解他（或她）'的感觉吗？"

"是的。但你是我最好的朋友，我不会有这种感觉啊！"她抿住下唇。

"也是！"我指着屏幕，"第一，我有没有告诉过你，我们很小的时候，在我认识你之前，我和艾米丽发现了一只流浪狗。当时我们记得看到过失物招贴，就把狗套在一根绳子上，在汉普斯特德周围转悠了好几个小时，直到找到地址为止。父母找不到我们，都快急疯了，但我们却变成了那家人眼中的英雄。"

"你们真善良！"

"第二，你知道吗，在克里特岛度蜜月的时候，安迪让我陪他蹦极，我很害怕，但又不想让他失望，所以就算他最后打了退堂鼓，我还是跳了。"

"他退缩了？真是个笨蛋！我居然不知道！你从没告诉过我。"

我回想起了那一刻。我一直都将它埋在心底，直到最近才想起来。它提醒了我，我为他做了很多，我也可以很勇敢。"公平地说，当时我想维护他的尊严。现在我不在乎了。"

"噢，珍妮弗。"她叹了口气，"这样真让我难过。"

"我知道。我也是。但我们必须这么做，试着把它当作普通的对话，忘掉背景。"

她急促地喘了几口气："好，好！普通，都是普普通通的，就像我在你的生日派对上发言一样。"

"没错！让我们把它当作一个派对。乐观一点，洒脱一点，你就不会那么紧张了。我存了一些钱，可以支付这笔费用。我原本以为，这笔钱可以用来加强屋里的中央供暖，或者翻修一下房子，但无所谓了，就用来举办派对好了！"

"交给你了，闺密。你似乎什么都考虑到了。"

我几乎把全部事情都考虑过了。我不用和奥莉维亚分享我疯狂的想象力，但我甚至幻想过葬礼的场景，有几个版本。其一，哈利在场。事实上每个版本他都在场。但在这个版本里，他痛哭流涕，说他希望自己能早点发现我有多好，他后悔离开了我。他说我将会变成他心头一根永远拔不掉的刺，他永远都不会忘记我。我喜欢这个版本。还有一个版本，安迪也是抹鼻子掉眼泪的，说接下来的日子里，他会多么想念我。伊丽莎白站在他旁边，脆弱得像一块炖熟的鸡骨头，紧紧地抿着那张丰满的唇，拧着头看向远处。

"真可惜，不是吗？在这种场合，我才是众人瞩目的主角，却不能目睹现场的盛况！你确定你不介意负责安排葬礼吗？"

奥莉维亚转向我："你可以让我来操办。我向你保证。谢谢你这么坦诚，你很有创意。"

我合上笔记本电脑，放在地板上："好吧，我们来说些开心正常的事。丹怎么样？"

"这个话题可不太正常，谢谢！聊这个挺无聊。但他很好，他让我问候你呢。"

"你觉得你们会结婚吗，丽芙？"她看起来很慌乱，很不自在，好像我问了多么难以启齿的事情一样。"怎么了？"

"没什么。"她勉强道。但她的情绪在脸上写得一清二楚。

"他求婚了，是吗？"

她皱起小脸："上个周末就求了。"

"你为什么没告诉我？"

"我这是在保护你。"她为自己辩护道，"我不想让你心烦，一想到……我就非常痛苦。"她的声音渐弱，什么都不用解释了，"明年春天我们就要结婚了。非常、非常抱歉。"

大颗大颗的眼泪顺着她的脸颊流下来。我抓住她的手，告诉她，我为她感到高兴，不要难过。但后来，我也开始哭了，尽管我真的为她感到高兴。

"说好不哭的呢。"她抽泣着，"我们现在可以哭了吗？"

"我批准了！"说完，我们放声大哭，把什么都抛在了脑后。"我想帮你挑选礼服。"我流着鼻涕抽噎着说。

她吓了一跳，愣愣地看着我："你确定？"

"非常确定。安排葬礼之余，我总得做点吉利的事吧。"

奥莉维亚目光灼灼地注视着我。我不安地发现，她凝视着我的眼神是如此炙热。父母弥留之际，我也是用这种眼神深深地凝望着他们，似乎这样就可以将他们的音容印在我的虹膜上，永远不会消逝。现在我的朋友正这样看着我。

我躲开她的目光："我想知道你步入婚姻殿堂的时候会是什么样子。我猜你想要那种像蛋白酥一样蓬松、三层蛋糕似的教堂婚纱。"

"是的。"她说，"我要做一块超级大、超级时髦的蛋白酥。"我们硬挤出笑容，奥莉维亚继续说道，"最重要的是，我爸爸说，这辈子他一直都在等着给我一个盛大的婚礼。他以前从来没有提过这些。他说他不想让我有压力。我不敢相信我的婚礼对他来说如此重要。他爱丹。我想，我的妈妈也会爱丹的。"奥莉维亚二十出头时母亲就去世了。那么多朋友中，她第一个失去了母亲。她的父亲再也没遇到心动的人，也没想过另找一个。多浪漫啊！我的父母对彼此忠贞不渝，伊莎贝尔对她丈夫马丁深情不移。而我发现，我永远都遇不到这样的人。爱情中的幸运竟然无法遗传，真是遗憾极了。

奥莉维亚无声地叹了口气，轻轻地点了点头："珍妮弗，世上再也找不到比和你一起挑选婚纱更美妙的事了。你的建议真的太慷慨、太好了。"

奥莉维亚一走，好消息带来的激动情绪也随她去了。虽然今天是星期三，但整个房间陷入了星期天特有的低气压中，这是我唯一能想到的表达。暮夜早早降临，凛冬将至。是时候梳理旧事了。

我睡不着，便在电视机前躺下。我的眼睛注视着屏幕，却心不在焉地想着奥莉维亚的婚礼。她的旧友中只有安娜·玛丽亚会在场，因为到那时我已经死了（奇怪，我想问题的时候也能听到自己说的话），而艾米丽多年前就疏远了，她们从来没有特别亲近过。

我想起了艾米丽，她现在过得开心吗？但问题又来了，她怎么会开心？她从来没有为幸福生活规划过。

艾米丽嫁给了与她青梅竹马的迈克尔，跟我嫁给安迪的时间相仿。我们两对夫妇还会定期见面。那时她似乎过得很幸福。她甚至会加入我、奥莉维亚和安娜·玛丽亚，一起度过"姐妹狂欢夜"。但她后来无缘无故地，迷上了生病的感觉。

她从小就对疾病和死亡很好奇，但这次动了真格。她开始千方百计地让自己定期生各种各样的病，直到她生病的日子比健康的日子还长。她不断地取消约会，或者干脆不露面——当然，她不再让人信赖，我们也不再同情她。

奥莉维亚和安娜·玛丽亚很快就对她不抱希望了。但我认识她最久，我觉得自己有责任帮助她调节臆想症。我附和她，只想给她精神上的支持。我以为这只是阶段性的，终有一天会过去，但事实并非如此。

她的借口越来越频繁，也越来越极端，直到有一天，我决定不再迎合她的幻想。那太荒谬了，我能做的最仁慈的事，就是提醒她尽快抽身出来。我尽可能婉转地告诉她，不要折腾了。那么多年来，肉眼可见的恶疾不断地消耗她的生活，以及她跟我们的友情。她才三十多岁，却活得像个隐士似的，人生还有什么意思？她应该寻求帮助。

我再也没有听到过她的消息。我试过打电话给她，但她不接。我还去看过她几次，但她家大门紧闭。她执意回避，冥顽不灵，让我既震惊又受伤。

现在，知道自己要死了，我却奇怪地想要重温过去。而艾米丽又奇怪地浮现在我的意识中，尤其在我策划葬礼的时候。毕竟，发明葬礼游戏的是艾米丽。

她称之为"聚灵"。当时，这就像是一个类似"医生和护士"的正常游戏，但现在回想起来，孩子们讨论死亡和葬礼之类的事情有多么奇怪，而玩这种游戏的我们有多天真。

我第一次玩"聚灵"是在假日营地，在那里，艾米丽很想家，总是闷闷不乐。从八岁起，每年夏天，我们、伊莎贝尔和艾米丽的哥哥约翰都会被送去营地。

我和艾米丽的母亲都要求我们两个住同一间宿舍。母亲会让我多照顾她，因为她有点"神经质"。我一直以为这是说她的身体总摇晃，虽然我从来没有见她摇晃过。尽管如此，我还是一本正经地扮演自己的角色。

艾米丽和我睡双层床，我一直睡上铺，因为艾米丽说她恐高。第一次露营的一个晚上，我正熟睡，突然感觉到脸颊上拂来轻浅的呼吸。

"我睡不着。你呢？"艾米丽的脸近在咫尺。

"我已经睡着了。"我打了个哈欠，"但没关系，爬上来吧。"我翻过身，给她腾出地方，她蜷缩在我身边。

"我们能玩我发明的那个游戏吗？"

"如果你想玩的话。"我太累了，我只想睡觉，但是没关系，我有责任照顾她。

"这个游戏叫'聚灵'。"

"听着好可怕。"

"不可怕，很好玩。我在家里睡不着的时候和约翰玩过几个晚上。"她也打了个哈欠，"拨开你的刘海，珍，我要看着你的眼睛。"宿舍里伸手不见五指，我们凭着自己白人的肤色才能隐约认出彼此。

"那……"她低声说，"你得告诉我你想怎么死。"

"我不想死！"

"不是现在！"她说得好像我很可笑，"是以后，比如你一百岁的时候。"

"我从没想过这些。"

"那就想想吧。"

我努力地想啊想，想起了母亲在来路上讨论维克多·比斯利的话，他在睡梦中突然过世了。我低声道："我妈妈说心脏病发作是最好的死法，但她也说，被留在世上的人才是最痛苦的。一想到死亡，我就很难过。但我想，我愿意死于心脏病发作，最好是在一百零三岁的时候。因为三是我的幸运数字。"我对此沾沾自喜。

"我明白了。"

"你呢？你想怎么死？"

她眨了眨眼睛，双手温柔地捧住我的脸："我去非洲度假，刚回来，被蚊子咬伤了。我病得很重，但没人发现我得了疟疾。等热带病医院诊断结果出来，我已经死了。"

"哇！太棒了！你真的认真考虑过，你到底是怎么想到的？"

"这是发生在我母亲一位朋友身上的事。大家连着议论了好几个月。"

"你都没告诉过我。"

"我又不是事事都向你报备。"她叹了口气，晃了晃我的肩膀，"别不高兴了，大多数事情我都告诉你了。"

"好吧，谢谢。"

她继续问道："你想放什么圣歌？"

"嗯……"我陷入了沉思。她已经把这个游戏上升到了另一个层面。我没想过放什么圣歌，但我觉得我应该说些什么，跟上她的思路。"《不能朽，不能见》？"我没有灵感，只能这么说，"你呢？"

"《奇异恩典》，我想让我哥哥约翰弹吉他，让他的朋友迈克尔唱歌。"

"听起来不错。迈克尔很帅。"

"是的。而且他的声音很好听。"

"呃，你的眼光倒是很好。"

"现在就告诉我呗，你会给我致什么悼词。"她说，"你知道的，我想你给我写悼词。"

"那我先要听听你给我写的悼词。"

"你听不到的。"她笃定地叹了口气，"因为我会比你先死。"

艾米丽喜欢听她的悼词，一听到关于她的好话，她就会哭，哭累了就睡着了。

我挖空心思地给她说甜言蜜语，她吸着鼻子，伤心地埋进我的枕头，那平稳轻柔的呼吸声渐渐掺入哭声，还时不时地发出一声几不可闻的呜咽。

我一发现她睡着了，就爬到她的床铺上躺下，清醒地盯着上方我的床垫，脑子里想着艾米丽，她是多么聪明的一个人。

但有一件事她搞错了，不是吗？先死的是我才对。

第 **70** 天

第二天早上，我收到奥莉维亚的短信：

我一直在想你的葬礼，现场一定会很漂亮。

我回复她：

我一直在想你的婚礼，你一定会很美。你是赢家！

我赖在床上，发现自己越来越难养足精神起床去工作了。几天前我迟到了，去找弗兰克道歉，他看着我，好像看着一个疯子一样。"一切你说了算。"他说，"只有你才能决定自己能做到什么程度。放宽心！"弗兰克真是个奇人。我和帕蒂讨论过他，她觉得他完全变了个人。好吧，我在绝境中已经看到了一丝曙光。

我听到邮递员打开信箱的声响，知道是时候起床了。我挣扎着爬起来，摇摇晃晃地拉开窗帘。又是一个灰暗凄惨的日子。我忍着身体的酸痛，一步步挪下楼梯，弯腰取出信件，放到一边，准备下班回来再看。

有一封信却滑了出来，我定睛一看，是手写字体，不由得精神一振。我把它从一沓信里抽出来，立即认出这是我前夫安迪的字。我大吃一惊，紧张得差点没站稳脚跟。我手里拿着信，不住地颤抖。

我还不能去上班。我给自己做了一杯姜茶，倒了一小杯威士忌，眼巴巴地瞪着信封，好奇信里究竟写了什么，心里既紧张又兴奋。我在沙发上坐下，心明明跳到了嗓子眼，却又不急不慢地吹了吹茶，浅酌一口，往后靠去，缓缓地将手指移到封盖下，一点一点地撕开。我抽出里面的东西，是两张（居然有两张！）漂亮的牛皮纸，他的地址华丽地凸印在第一张纸上。他还一本正经地续了页。这无疑是受伊丽莎白的影响。

我大致扫了眼两张纸的内容，知道没有什么唐突的话语，开始认真地看了下去。

亲爱的珍妮弗，收到你的信，我难以言说心底有多难过。我每天坐在这里，不知该做何回应。虽然我的第一反应是拿起手机，但我不想说错话，而且我认为写信肯定是最好的回应方式，所以我这么迟才回复你。

言归正传。首先，我很抱歉，这个消息真是晴天霹雳，我无法想象你会有什么感受，会经历什么样的痛苦。这太可怕了。我希望有人可以照顾你。

我们的婚姻走到了尽头，我想，现在更坦诚些也无妨了。你也知道，那时候我年轻愚蠢，我们的婚姻持续了六年，正如我所说，失去孩子后，你一味沉湎在悲伤之中，我感到很孤独，也得不到你的理解。问题在于，我理解不了你内心深处的痛苦。对我来说，失去孩子并不是世界末日，但对你来说，就是末日。所以我感觉你和我再也无法沟通，你将我拒之门外。这是大实话。我们也没有性爱了。

男人需要性，我真的感觉很孤独。所以，我开始去外面转转悠，看有没有合适的人，有没有能理解我孤独的人。我不认为我是第一个这么做，或是最后一个这么做的人，但我想，这样解释无济于事，对吧？你似乎只想在自己的世界里一个人待着，所以我顺从了你的心意。对不起，我太混蛋了。

说实话，我可以告诉你，我从来没打算离开你。这么多年过去了，知道这一点，你能感到丝毫安慰吗？也许不会吧。我是骗你的。我一直都只想游戏人间而已——多潇洒的一个词，嗯？游戏人间。我从来没有想过我的离开会给你带来什么样的影响。我以为单单看着我离去的背影，你就松了一口气。

不知道能不能安慰到你，我觉得自己被困住了。也许你认为，这是我罪有应得。我出轨了，和出轨对象结了婚，而我们之间并没有爱情。

珍妮弗，我希望我能让时光倒流，但一切已成定局！真是对不起。我知道，我说什么都不能让你感觉好一点，但请放心，我依然很在乎你。你的信让我仿佛回到了我们往日的家。

对了，我不知道伊丽莎白给你打过电话，说什么"我们再也不想见到你"之类的，那些话都是假的。我会一直和你保持联系，你曾是我最亲密的朋友呢。

联系你并不容易，但我很快就会找你的，好吗？

请你明白，我以前爱你，以后也会永远爱你。

"小丑进场了"，宝贝！

你伤心的傻瓜

安迪

《小丑进场》，我愣愣地坐着，盯着信里的内容。他以自己特有的笨拙方式记住了我喜欢的这首歌。我想安迪的心里也充满了遗憾。

他的信让我又一次为这段婚姻感伤了起来。到底结局能否有所不同？如果我不那么渴望孩子，他会留下来吗？如果我怀胎顺利，孩子会改变些什么？是因为我一直郁郁寡欢，把他赶走了？是因为我每次失去孩子痛苦不已，连累了他，让他觉得自己也一文不值？是这样吗？

该怎么处理婚姻中的创伤，才不会让它毁了你？我知道只有沟通才能解决问题，但当你深陷悲痛，或因痛苦而失去理智时，你怎么能有效沟通？我做不到。所以我想，他是对的。我确实将自己孤立了起来，因为我需要这么做。而且他说得没错，我们不再有性爱，他笨拙地试探过几次，老实说，他当时都开始排斥我了。但我确定，我本可以恢复的。但他连一次机会都没给过我。

安迪的意思很清楚，他没有告诉伊丽莎白他回复我了。我打赌她要是知道了，一定会让他别理我。这是她的典型作风，自私自利到极点。但我很高兴听到他的消息。他依然关心着我。我在想那句话，"联系你并不容易，但我很快就会找你的"，他离婚了吗？我希望没有。不管我有多讨厌那个女人，我都不希望她品尝那种难言的苦痛。

我正坐着思考各种可能的情况，手机响了。我看了眼屏幕，愣了一会才反应过来。是哈利。我是说真的！是哈利！

我真的相信，无论你多大，二十三岁、四十三岁还是八十三岁，一谈到心底的感情，你都会立刻回到少年时代。

"你好？"我漫不经心地打招呼，好像不知道是谁，也没把他的电话号码存在手机里似的。

"莎莉？"他喊道。不要惊慌，他指的是我。哈利叫我莎莉，因为我最喜欢的电影是《当哈利遇到莎莉》①。这并不是说他长得像比利·克里斯托，我长得像梅格·瑞恩，而是有一年除夕我要求他陪我看这部电影，我们兴头一起，就这么称呼下来了。第二年除夕夜我们还是在一起看电影，这几乎要变成了一种传统。但两年后，我们就分手了。

"哈利？"（听起来很惊讶。）

---

①《当哈利遇到莎莉》，一部经典爱情喜剧片，1989 年在美国上映，由罗伯·莱纳执导，比利·克里斯托和梅格·瑞恩主演。

"噢，亲爱的，听到你的声音真高兴。你到底怎么了？"

"噢，天哪，哈利！"我只憋得出这几个字。我已经喜不自胜了。这就是他对我的影响力。他俘获了我的心，单是一声呼唤，我就感激涕零了。我笔直地坐起来，打起精神。我不能让自己抱有任何期望，叫我莎莉可能只是个老习惯。他也可能用那些百用不腻的爱称随便叫我：达令、甜心或宝贝。他承认过，使用这些称呼是因为他认识的女人太多了。他不可能记得她们每个人的名字。他记得电影里的莎莉，我过去常常受宠若惊，以为这就是真爱的象征。

"我应该早点联系你的！但我不在家。我刚刚看到你的信。见鬼，甜心！我没想到……"

"是的。对不起，时间太短了。"

"我很抱歉。三个月！太糟糕了。"

"好吧，现在连三个月都不到了。"

"你还好吗？这个问题不会太可笑吧？"

"时好时坏。今天状态挺好的。"

"那就好。我不确定这算不算安慰，但我姨妈得了某种癌症，我记不起是哪一种了……一下忘记了……直到死前的最后一刻……她状态都很好。如果不亲眼看见，谁又能想到呢？她在丈夫的怀里安详地离去了。"

"谢谢。"我无奈道，"虽然有点奇怪，但还挺令人鼓舞的。不管怎样，我们继续聊聊其他的呗。说说你的情况，你还好吗？"

"是的，很好，还是老样子。你知道的，没完没了的工作。"

告诉我梅利莎的事，我心想。但他说："听着，我们直奔主题吧。很抱歉，我伤害了你。但老实说，我也有遗憾。"

"是吗？"

"当然。"

我们沉默了一瞬，我害怕他把该说的话说完就没下文了。

说出来！说出来！我告诉自己，趁你还没退缩！

"那你想见一面吗？"我大声说，"你懂的，把话说清楚，让我们的心里不留半点遗憾。我自己觉得这很有帮助。"我做到了。

"我也想见面。"

"你愿意？谢谢你，哈利。这对我来说很重要。"

"听着，接下来几天我又要走了，还有一堆准备工作要做。"我的心沉了下去，他退缩了。"听起来像在敷衍你，但我没有。我只是……我们明天有机会见面吗？会不会太仓促了？"

"我的时间很充裕。"我说。

"那明天见可以吗？"

我猛然想起一件事。

怎么会这样？我是说，为什么？明天我要去伊莎贝尔家。该死！这要见的人就跟公车似的，半天一辆都等不到，突然就一窝蜂全来了。我该怎么办？

我迅速地盘算起来，我相信伊莎贝尔会理解的。实际上，她不会，但你知道吗，我会接受后果的。和哈利见面对我来说很重要，我可以肯定的是，如果同样的情况发生在她身上，她一定会放我鸽子。

"明天可以。"

"很好，"他说，"这是个好消息。你能出来吗？"

"我需要出去走走。我讨厌这四堵墙。"

"好，让我们把你从那四堵墙中解放出来。我们在碎片大厦碰面，老规矩，七点半？"

"听起来很完美。碎片大厦，老规矩。"

我放下电话，几乎要在房间里跳起舞来。哈利让我感觉棒极了！

现在对我来说，保持心情愉悦是最重要的。不然我会恼恨自己，居然放任他随意挑拨我的情绪。

但我没高兴多久。我得给姐姐打电话。每一丝曙光背后总有一大片该死的乌云。

不过，趁我还跳得了舞，我雀跃了好一阵儿。

伊莎贝尔听起来很生气："但我都订好了餐馆。大街上新开了一家超级棒的熟食店，做的菜特别好吃。我知道这听起来很可笑，毕竟我家里还摆着几十本食谱。但有了这家熟食店，镇上就像来了个约坦·奥托伦吉①。为什么还要做饭？说实话，珍，这一带变化太大了。你敢相信即使是在脱欧这样混乱的局面中，我们的房价还翻了三倍吗？！真是疯狂，对吧？不管怎样，熟食店三个月前就开业了，伯特家的。超级热门，超级受欢迎，你得预订才行。我希望他们能送上门，但他们不做外卖。我们都说，这家店太高级了，怎么会自降身价推单车！"她大笑起来，"伯特一定会喜欢你的。每次我点餐，他总是坚持让我去取，不让马丁去。"

"那他可能喜欢你。"伊莎贝尔最受用的就是阿谀奉承。

"别傻了。"她咯咯地笑着，"他是同性恋！"

但我敢说，我这么说她很开心，我说了，她就不用吹嘘自己了。她不笑了，懊恼地呻吟起来："该死，我取消预约，他会不高兴的。"

"对不起，伊莎贝尔，但我不太舒服。"我的手指在身后紧紧地交叉在一起。我知道，我知道，这很让人看不起，但伊莎贝尔不会在乎真相是怎样的，因为无论如何，她就是不能排在别人后面，这比什么都重要。

"听到这个我很难过。我知道我犯了自私的毛病，我总是忘了你身上发生了什么事。我真的不愿想起你这档子事来。"

"别担心。我也宁愿把它忘掉。我只是推迟了见面而已，不是取消。你知道吧？"

---

① 约坦·奥托伦吉，英国美食家，出版多本美食教材，自创多种美食佐料。

"噢，我明白。"她说，"我只希望伯特能接受推迟预约。"

我笑了，她也笑了。她这么快就接受了这个突兀的消息，让我不由得松了一口气。

我们约定下周三再见。但从现在起，我不会再按部就班地安排好未来的每一件事了，我要打消这样的念头。我们挂断电话，但她几乎立刻打了回来，告诉我，伯特同意延迟预约。没有被列入黑名单，她的语气雀跃不已，和方才截然不同。"我们可以尝到美味的塔津柠檬鸡，配上苏麦和椰子粗麦粉。"她雀跃道。

"听起来不错。"

"因为不需要做饭，我就有更多时间陪你了。我要挤出所有可能的时间。"

这根本不是我印象中的伊莎贝尔。

姐姐的关心、安迪的来信、哈利的电话，给我带来了巨大的变化，我的精神振作了不少。尽管身体越来越虚弱，但想到死亡，我不再唯恐避之不及了。当时我坚决不肯使用民间偏方，现在反而想知道安娜·玛丽亚说的其他疗法有没有作用了。世间有那么多牵挂，我想活得久一点。我知道，我就像个伪君子，没有多少筹码，却还想讨价还价。我从来没有真正关注过上帝或宇宙，却希望无条件地得到他们无私的援助，额外给我些时间。

我给安娜·玛丽亚留了语音信息，为之前没有联系她道歉。她立刻打了过来。

"你去哪儿了？那天吃完早午餐，就再没收到你的消息了。我给你留了至少十五条消息。"

"是吗？"我讶异道，"真奇怪，我一个都没收到。"

"你和我根本不在同一个频道上。"她揶揄道，"那是鬼来电。"

她大笑着，"噢，兄弟，我在开玩笑呢！很高兴听到你的声音。"

"我需要你的帮助，安娜·玛丽亚。"

她快活的语气一下子沉了下来。"我在呢，怎么了？噢，该死！"她说，"我该问你的，你刚才在验血吗？"

"是的，但别担心。"我打掩护道，"验完了。"我发现在电话里说不出真实的感受。可以见面的话，我宁愿当面告诉她。"但是我感觉到了一些负能量！"嘴里竟然说出了她的行话，我自己也很惊讶。

"真的吗？"她听起来非常激动，似乎也不敢相信我说了什么似的。"什么负能量？邪灵吗？它们是什么颜色的？你看到它们了吗？"

"不是。"她的行话对我来说还是天方夜谭，"我觉得好像有一片乌云笼罩着我。这让我感到非常疲惫，我得想想办法。"就算听不懂，我还是很高兴，这说明她懂得不少。

"你有没有多喝水？"她说，"保持充足的水分是非常重要的。多喝水，你会感觉舒服很多。这是头等大事。"

"好吧。"我答道。我一直都在喝很多水。因为我总是口渴得很，嘴里那种腥咸的金属味挥之不去。

"现在我可以输送一点灵气给你，但我认为在这种情况下，我们最好还是去见个人。"她听起来得意扬扬的，越来越颐指气使。毕竟多年来，她一直都在布道宣传，眼下她以为自己终于感化了一位皈依者，"我认识一个叫丽塔的女人，她是神奇的灵气大师，也可以净化气场，她一眼就能看穿你周围的一切。我好久没见她了，但她是最出色的灵气大师。我相信她。你懂的，有些人是不可信的，外面太多江湖骗子了。"

"真的吗？这我没想到。"我必须端正我的怀疑态度。

安娜·玛丽亚避而不谈："丽塔是真的厉害。你什么时候想见她？我试试让她帮你安排见面。她太受欢迎了。"

我在想自己什么时候能挤出时间。"我下周有空。"我说，"星期三晚上不行，我约了我姐姐。"

"好吧，越快越好。这个星期六怎么样，宝贝？"

"我星期六恐怕没空。"我要和奥莉维亚一起去选她的结婚礼服，没有什么比这更重要的了。

"那星期天呢？"

"可以，星期天很好。如果她星期天有空的话。"

"兄弟，能量永不眠！她每时每刻都在工作。她太受欢迎了，可能会被提前订满的，但我们值得一试。收费很贵，要四十英镑。没问题吧？"

"当然，只要有效果。"

"当然有效果。你只要相信她就行。就这么着！我去看看她有没有空再给你回电话。"

十分钟后她给我回了电话。我已经开始相信了。

安娜·玛丽亚说我们运气太好了。虽然很忙，但星期天中午，灵气大师有两次免费的预约机会，所以安娜·玛丽亚也会和我一起去。

丽塔住在尼阿斯登，安娜·玛丽亚来接我。我想，她是想确保我不会变卦。她并不知道我对此寄予了多大希望。我不会轻易改变主意的。

第 **6 9** 天

　　我努力稳住自己，但我做不到。从电梯里出来，我迅速用化妆镜照了照脸，抬脚就走。我心里十分紧张。下到水上碎片酒吧，我像往常一样，透过开放式的楼梯井看向里面。哈利已经在那儿了，他坐在靠窗的位置，桌上放着一杯饮料，肯定是他平常喝的伏特加奎宁水。他看着手机，屏幕的光照亮了他的面庞，他额前浓密的刘海温顺地低垂着，在漆黑的酒吧里，他整个人就像银白的发光体一样迷人。他穿着休闲装，上身是黑色的圆领羊绒衫，领口露出一抹白，看得出他里面套了件白色的长袖。

　　深呼吸。

　　我朝他走去，他似乎感觉到了我的到来，头抬了起来，接着他猛地放下手机，跳了起来。他歪着头，小心翼翼地打量着我，随后，好像强迫自己打起精神似的，咧嘴一笑。

　　"你真美。"他说，"我一直都很担心。"他把我拉进怀里，给了我一个拥抱。我闻到了他身上熟悉的味道，想起了我错过的一切。

　　"你以为我会驼背，身体萎缩？"

　　"我也不知道我在想什么。很高兴见到你，你也太漂亮了。你是怎么保持的？"

"死神上了我的身，"我说，"给我涂脂抹粉，加上这里灯光昏暗得很。"

他笑了："好你个莎莉，还是老样子，生死关头还能开玩笑。"

我是在开玩笑吗？

我们坐在雪尼尔天鹅绒椅子上，眺望窗外的夜景，整个伦敦在我们的脚下熠熠生辉，像无数闪耀的灯光，在回应着酒吧里鼓噪的音乐。我的脉搏不由得加速。光天朗日下的塔桥美不胜收，夜间就更加摄人心魄了；42 号塔楼屋顶上闪烁着绿莹莹的光，明亮得仿若一块抛光的翡翠。我爱眼前的景致，我爱伦敦，这比想象中的还要难以割舍。

我转过身去，发现哈利正目不转睛地看着我。他倏地撇过头，干笑了一声，试图忽略方才那一幕。对别人来说，那也许是一种尴尬的失态，但在他身上依旧自然无比。"对不起，我只是……我不知道，也许就在'我只是'这儿停下吧，剩下的就不说了。"他点了点头，似乎没有反应过来发生了什么事，好像这对他来说也是一场梦。

"这几个字说中了我的心声。"我说，"也许很短，但我明白了。"

"你总是能明白，不是吗？"

我们之间激荡着一种奇怪的感觉，这种感觉如此正常，又如此脆弱，好像我们都想承认自己是多么难过，却又害怕大声说出来，以免破坏了此刻的默契与平静。我们默不作声地盯着对方看了一会儿。

"我们能别伤心了吗？"我说，"我不习惯这种气氛。"

"好。"他说，"我想我现在有勇气了。我能再说一遍吗？我真的、真的很难过。"

"哈！行，说一次就够了。"我说，"我也很难过，如果你想知道的话。"

他把饮品菜单递给我。"对不起，"他说，"你没来，我就喝上了。你准备好了吗？我要续杯了。"

"我要我平常喝的鸡尾酒。"我并不在意。虽然我这段时间没有喝酒的欲望，但我想，来到鸡尾酒酒吧，不喝酒会很奇怪。虽然现在对我来说，酒精尝起来就像毒药，但他不需要知道这一点。

"好。"他答道。我才发现我说得好像他应该了解我的习惯一样。

"你还记得吗？"

"嘿！我们以前来过这里多少次了？你一直都是喝同一种酒。"

"你也是。我敢打赌你点的是伏特加奎宁水。"

"发现有些事情并不会改变。"他叹息道，"真让人欣慰，不是吗？"他冲服务员做了个手势。

哈利给我点了皇家啤酒，自己续了另一种伏特加奎宁水。"噢，还要一瓶纯净水。"他看着我说。他知道我酒量很浅。

我感觉到脸上的肌肉在抽动，我知道我一定咧着嘴，露出了热切的笑容。我控制不住自己。幸运的是，他的表情没变，依旧令人惊叹，让人开怀；那双深邃的大眼目光如炬，明亮剔透。但他看起来却不一样了。我不知道为什么。换作不久前，我从不会出于礼貌而搭话，我只会静静地坐着，沉浸在自己的世界里。但现在我的生活重心已经发生了转变，我没有时间坐着胡思乱想，所以我直接就开口了。

"你看起来很帅气，哈利。"我说，"但是感觉有点不一样了，你做了什么吗？"这种直截了当的方式让我感觉很畅快。

"有吗？"他用指尖点了点自己的脸，"哪里不一样了？"

"我不知道，就是不一样了。别告诉我你打过肉毒杆菌。"

"你觉得我是那种会打肉毒杆菌的人吗？"

是的！

"不是。"我还没勇敢到说真话。我突然想到："你动了牙齿？"

"噢，我的牙齿！"他的舌头划过那排晶莹亮白的上齿，好像刚想起它们在嘴里似的，"我镶了瓷贴面。"

"真好看！"

"谢谢。"

"但是干吗要做呢？我也不认为你是会镶牙的人。"

他耸了耸肩："如果你真想知道，梅丽莎觉得我应该去镶牙。"

"真的吗？"一听到她的名字，我立刻汗毛直竖。很明显，她还阴魂不散。我对自己的反应很恼火。你在期待什么？破镜重圆吗？"我都没发现你为牙齿烦恼过。"他注意到了我音调的变化，尴尬地往后靠在椅子上，手臂垂在身侧。

"我没有为我的牙齿烦恼过，是她。"

"如果我让你去整牙，你会去吗？"冷静，你这个妒妇，冷静！

"为什么？你也看不顺眼吗？"

"没有，事实上，我喜欢你的牙齿。弯曲的小门牙很有个性。"

他笑了："这就是为什么我要来见你。"

"好吧……也因为我快要死了。"

我能感觉到他的痛苦。为了这句话，我已经练习几个星期了。

"对不起，亲爱的。"

"我们换个话题吧。我不是故意提起的……你前段时间在哪里出差？"

"慕尼黑。"他说，"下一站是米兰。"

"我喜欢你的生活。"

"你现在真的让我很难过。"

"我不是故意的。我喜欢听人说开心的事情。"

"不过这都是工作，算不上开心。"

"梅丽莎怎么样了？"

他几乎要跳了起来。我情难自禁，我必须要知道，就算他不自在，我也要问。

他拨了拨头发："我听说她过得很好。我们分手了。我以为你知道。"

这回我差点跳了起来："不，我不知道。对不起，哈利。"

"不，不用说对不起。"

"你说得对，我确实没什么对不起的。"我们都意味深长地笑了。

听到这个消息感觉如何？又意味着什么？

"到底怎么回事？"

"没什么大不了的。"他说，"就这样分了。"他长吐一口气，"我们别聊她了吧？"

"好，你肯定还难过吧？"

他烦恼地瞪了我一眼："不，我只是不想一直谈论她让你不开心。我觉得我已经说得够多了。反正和她在一起，我并不是特别开心。"

"噢，是吗？"我揶揄道，"我以为和我在一起，你才最开心。"

他拉下脸，不自在地动来动去，好像想起了什么似的。

我想知道他会不会像我一样，清清楚楚地记得每一个字、每一个手势、每一个细节。我的思绪飘荡，回到了记忆深处……

"我今天在本地新闻上看到你了。"不等他脱下外套，我就说道，"记者在报道购物中心的消息，你一开始在幕后，后来站到了前面。"我看着他脸色一白，"你搭着一个女孩的肩，她看起来很漂亮。"

"我不知道你在说什么。"他说，"我为什么要去购物中心？"

"你这么说可真有意思……我也好奇你跑到购物中心干吗去了。但那肯定是你。嗯……要么是你，要么是一个模仿你的男人，穿着你的卡其色夹克、橙色运动鞋，还顶着你这张脸！"

他穿着卡其色夹克和橙色运动鞋，站在那里，眉眼如画。

"我很抱歉让你看到了这种场面，珍妮弗。"他说。

这不是个好兆头，他只有在生气的时候才会直呼我的名字。他脱下夹克，甩到扶手上："我说，这有什么大不了的？一个本地新闻节目而已，不管怎样，她谁也算不上，只是一个生意上的熟人，普通朋友而已。我本来要告诉你她的事，但挤不出时间来。"

"你是认真的吗？"

"是的。"

"那么我们应该腾出时间谈谈。"我说。

我们谈了，他向我保证，他和梅丽莎——那个"谁也算不上"的女人却很快有了名字——真的不过是朋友罢了。

"男人和女人是做不了普通朋友的。"我说，"性器官在那儿挡着呢。"

"那只是一部破电影里的台词。"他回避道。

"好吧。"我说，"我恰巧很喜欢那部电影。我只是很难过，你觉得我们连谈话的时间都没有？"

"嗯，确实没有。"

"所以……你放弃我们之间的感情了吗？"

"没有，没有！绝不可能。"他一脸无辜，"除非……你放手。"他就这么暴露了自己的真实想法。他把手插在口袋里，开始来回踱步。"这就是你想要的吗？放手？"

好吧，我暗示了，不是吗？因为这正是他想要的，只是他不想先提出来，那会让他背负骂名，没有哪个男人愿意这样。所以现在我确信我对梅丽莎的判断是对的，我想要直入正题，结束这一切。

我先说出口，他会好受些。于是我告诉他，是的，他是对的，我们没有时间谈话，也许这象征着我们的关系已经摇摇欲坠了。我说，也许在潜意识里，我们害怕最终会不欢而散，所以一直没能好好谈谈。他侧耳聆听，不发一言。我硬着头皮，发了他一张"越狱卡"，告诉他，如果他想和梅丽莎发展朋友以外的关系，那就随他便吧。他说那根本不是他想要的，他不明白为什么我一直把他推向梅丽莎。

"我没有推你。但我总感觉你还有事瞒着我。"

"嗯，那你就错了。"

"有什么所谓呢？至少有一点我没说错，我们之间结束了，不是吗？"

"是的。"他说，我心中一凛，"看来这正是你想要的。"

他又一次把问题抛回给我，让我确认这是我的决定，现在我已经不可能回头了。

那个夜晚，我们努力安然相处，假装什么事情都没发生，我们仍然关心彼此，也理性地处理了这段关系，第二天早上可以再谈。但他突然说："我现在回家也许会更好。我是说，我不想再装模作样了。我只希望你能相信我。"他穿上那件卡其色夹克，离开了。

不知怎的，我将自己逼入死角，灰溜溜地退场，还双手奉上他的未来。不到一个月，我就听说他和梅丽莎在一起了。

"别生气，莎莉。"他说，"现在还有什么所谓呢？我们已经走到这一步了，不是吗？"

"话是这么说。"我说，"但我还是想和你好好谈一下，把思绪整理整理。"

"我明白。"他说，"但我真的以为你想分手。也许是我太迟钝了，但你真的给我传达了这样的讯息。很抱歉我误会了。"他似乎真的很懊悔。他揉了揉额头，叹了口气："坐在这里感觉很可笑，不是吗？我觉得……自己太愚蠢了。你的信让我很难过。"

"我写那封信不是为了让你难过的。我只是想让你知情，仅此而已。"

他耸了耸肩："我真的很抱歉。相信我，我从来没有这么后悔过。"

"我也是。"我说，"我不知道为什么我那么害怕把你抢回来，害怕告诉你我有多在乎你。我猜是因为我不想让自己看起来像个傻瓜，但你说得对，现在看看我们。"

他面带悲伤地点头，表示同意："所以你真的想过把我抢回来？"

"是的。但我也希望你能争取一下我。"

"噢，上帝。"说完，他把手放在我的脸颊上，手指顺着我的下颌来回轻抚。他的动作很温柔，我感到一阵难过。

在没生病之前，我就无数次地幻想过这一刻，但我从未想过哈利会像现在这么温柔、感伤。

酒水呈在了我们面前。哈利把鸡尾酒递给我，他举起了杯子。"敬老朋友。"他说。

"敬老傻瓜。"我回道。他笑了。

我们喝了一口，尝到酒精，我的舌头卷曲了起来。

"那边有一个盆栽，"他戏谑地笑道，"请允许我……"他笑得很忧伤，眼角皱了起来。他假装偷偷摸摸的，倒掉了鸡尾酒再回来："我姨妈也不能喝酒。得了这个病，你什么都干不了，是不是？"

镶没镶牙他都赢了我。他住进了我柔软的心房中，我想，他从来没有去过那里。为什么有些人能占据他们不配拥有的空间？为什么他们能做到？

"那么，"他给我倒了点水，"老朋友们都还好吗？"

"奥莉维亚很好，她要结婚了。"

"真的吗？好家伙！"

"她很幸福。"

"我敢打赌她一定被你的坏消息吓到了。"

我点了点头，一时说不出话来。"安娜·玛丽亚还是……老样子。"

"啊，安娜·玛丽亚。她总是很有趣。"

"我想每个人都能被她逗笑。"

"我也觉得。"他抿了一口伏特加，盯着杯子，"所以……剩下的时间你打算做什么？"

"嗯，我暂时还在工作。"

"真的吗？"

"真的。我必须工作。好吧，也不是必须。但我想工作，这对我有好处。我缩短了工作时长，可能很快就停职了。但目前看来，工作让我有了目标。"

"天哪，你真坚强。如果是我，我就逃到某个海滩上，喝个天昏地暗。"

我笑了："是的，嗯……我们都以为自己会中规中矩的，按照一定的轨迹走人生道路。但当意外真正发生，我们根本无暇顾及，只能紧紧抓住让自己有安全感的东西。"

哈利拉住我的手："来吧，让我们冒一回险，坐到沙发上去。那样自在点。"他向服务员做了个手势，示意他拿上我们的酒水。我和他并肩走着，我喜欢他牵着我的感觉。我们在长沙发上坐下，他搂着我，我像从前一样蜷缩进他的怀里，好像什么都没有改变一样。

"我很高兴我们能这样坐在一起，哈利。"我说，"但这就是结局，这就是路的尽头，真让人伤心。"我悲伤得难以自抑，一滴热泪从我的脸上滑落。

"嘿！那个女人好好的，怎么哭起来了？"哈利调侃道。

"因为她旁边的男人太温柔了。"我压低声音说道。

"我再也温柔不起来了。"他擦掉眼泪，"该死！该死！该死！这到底是怎么回事？怎么好人总遇到坏事？"

"世事难料，再好的人也有倒霉的一天。"我调侃道。

他把我拉近："和你在一起的时候，我总是很开心。"

"真的吗？"我不想哭，但泪水涌了出来，"别再那么温柔了！"我现在几乎要哭出声了，"哈利，你知道吗，我们在一起的时候，你从来没有对我说过这句话。"

"不，我说过！我总是和你说我爱你。"

"那不一样。"我啜泣着说，"人们就算伤透了彼此的心，仍然说得出'我爱你'，好像一切都会好起来似的。"

他递给我一张纸巾："给你。"

"我看起来很糟糕吗？"

"是的。"

"谢谢。"我说，"别说啦。"

我擦干眼泪，尽量斯文地擤了擤鼻子："大多数时候我都很好，一点也不像现在这样，真的。"

"你说什么呢？"他看起来很吃惊，"你不需要强迫自己，那太难受了，想哭就哭吧。"

"我知道，我知道。但我不想哭，至少和你在一起的时候不能哭！我真是个白痴，哈利。我怎么会把你放走了——"

"求你了，别自寻烦恼。"他吻了吻我潮湿的脸颊，迟疑地看着我，"我有个想法。你现在不必回答，但是……你愿意让我帮你吗？如果你想要我陪你的话，我想陪在你身边。"

好了，我们就在这里暂停。你听见了吗？请帮我证明，免得我误以为这是自己的幻想。

"你说真的？"我说，"我的意思是，你真的愿意陪我到最后？不管过程有多么糟糕、混乱、令人不快？"

"好吧，你这可有点太过分了！"他大笑起来。像往常一样，他漫不经心地把玩着我的手指，"对！不管过程有多么糟糕、混乱，无论它有多丑陋、多恶心——"他重复了我的措辞，"好吧，现在是我太过分了。"他眼带笑意，"但说真的，是的，我会陪你！我是说，很明显，你还在工作，我也还要工作……但你需要我的时候，我保证，我会在你身边的。"

我咽了咽口水："天哪，哈利。我没想到你会这么说。"

"为什么？我有那么不通人情吗？"

"不！不！当然不是。"我又一次责备起自己毫无由头的疑虑。

哈利提出开车送我回家。

"别担心，我可以叫一辆优步。"

"别开玩笑了。你不用再故作坚强了，我在你身边呢。未来至少 10 天，我都没空再来了，趁我还在，就让我帮帮你吧。"

"10 天？"我叹了口气。

"对不起。你知道我要工作，但我可以随时回来。"

我点了点头调侃道："好的，司机！请送我回家，地址没变，什么都没变。"我想，绝对还是老样子，至少现在还是。

我们一路手牵手，说说笑笑，气氛融洽无间，像是时光倒流，往日也不曾逝去。有那么一瞬间，我仿佛可以假装自己又恢复了健康。他的大手包裹着我的小手，驱散了一切忧虑。

我们走在街上，他搂着我，让我免受秋风和湿气的侵袭。我们向一个改造过的工业仓库走去，他的公司就在那里。我们穿过现代化的中庭，等待电梯。

"我想请你上去看看，但你看起来没兴致。"

"是的。"我有点蔫。

我们搭电梯去地下室停车场。就是它，一辆奔驰老爷车，停在老地方。

我退缩了。

"你还好吗？"他说。

我一直觉得他的车是奔驰中最不舒适的双门轿车，减振功能微乎其微，当作废品卖掉才对。当然，这废品很昂贵，但即便如此，也应该卖掉。我觉得哈利爱这辆车更甚于爱女人。这可能是他有史以来最长的一段感情了。

"你一直都不喜欢这辆车，是吗？"

"从来没喜欢过。"

我们一路颠簸着穿过伦敦，我家外面罕见地有个空车位，他停了进去。

　　"我本该请你进来坐坐。"我说，"但我可能要吐了。"

　　"噢，对不起，你没事吧？"

　　"我下车呼吸下新鲜空气就没事了。"

　　"我早该想到的。我应该和你一起叫辆优步。"

　　"是我太夸张了，坐你的车体验也不错。晚安，哈利。"

　　他俯下身，转过我的脸，轻轻地啄了我一口。

　　他双手捧住我的脸，贴上了我的唇。我放松身体，好像我们不曾心碎过，不曾痛苦过。我还和他在一起，还是他的女朋友，我们第一次接吻的刺激又翻涌起来……

　　我和我的团队在城里一个酒吧庆祝。这种酒吧镶嵌了很多玻璃和铬合金，装着最新流行的灯泡和设计感十足的灯丝。我们赢了一单雇佣纠纷，案子大获全胜，公司决定今晚请大家玩个痛快。

　　"有个家伙一直盯着你。"奥菲说。

　　"别傻了。"我匆匆地瞥了一眼。我知道她在说谁，我也注意到了，这么英俊的人很难不去注意。"他肯定不是在看我。"

　　"肯定是，他盯着你很久了。"

　　我隐约地意识到了，但我以为自己想得太多。"我应该做些什么吗？"我问。

　　"是的！对他笑一个！"

　　"不行，这太做作了。"

　　她放声大笑："看在上帝的分儿上，你做作一点，男人才能明白。"她年轻漂亮，有这个自信。

　　"我觉得太尴尬了。"我压低嗓音，生怕他能听见我说话，即使他坐在这拥挤嘈杂的酒吧的另一头。

"你们俩说什么呢？"帕蒂问。

"嘘。"我说，"小声点。"

奥菲却很享受这种感觉："帕蒂，那边有个家伙一直在盯着珍妮弗看。"

"别看过去。"我急喊道。

太晚了。

他意识到我们在谈论他，微笑着举起了杯子。我窘迫地转过身去。

"该死。"我说，"他发现我们知道了。"

"对他笑一笑，珍妮弗。"

"别开玩笑了。"

仿佛特地为了救我的场，米娅从洗手间回来了："我错过了什么？"

"没什么。"我说，"我们走吧。"

奥菲不愿意放过我："不行，还不能走。老板要上演好戏了。"米娅一脸不解。奥菲冲他那边点了点头："看到那边那个帅哥了吗？"

"别看！"我说。

太晚了。

"他一直在向我们的珍妮弗暗送秋波。"

"而你却想着走？"米娅说，"去把他拿下！"

我把手伸进包包里翻找公司的信用卡："我们走吧。"

"拜托，大小姐，你对他笑一笑会死吗？"奥菲就像一只叼着骨头的狗。"笑！"她命令道，"就当是为了我们，为了证明你能做到。"

我看过去，笑了笑。我觉得自己很滑稽。

天哪，他站了起来，在酒吧里穿梭着向我们走来。我简直想在地上挖个洞，跳进去，就没那么尴尬了。

"嗨，我叫哈利。"他酷酷地说道，"我能请你们喝一杯吗？"近看他更帅了，我好像配不上他。我在想什么？

"谢谢，但我要走了。"帕蒂说。

"我也是。"奥菲说。

"我也是。"我说。

"不行，你还不能走。"米娅说，"你得埋单，我们三个要闪人了。明天办公室见。"

说完，她们匆忙收拾东西走了。

看着她们离去的背影，我感觉自己像是被塞了个奖品，还不见得是个好的，就像捧着一盒甜甜圈一样。

哈利跳坐到我旁边的高脚凳上，信心十足，非常自然。而我讪笑着，扭扭捏捏的说不出话来。

"我叫珍妮弗。"我想不出更新颖的自我介绍了。

"很高兴见到你，珍妮弗。今天是你的生日吗？看起来你们像是在庆祝。"

"我们有那么吵吗？"

"没有！"他说，"一点也不吵。只是你看起来很高兴。"

"噢，对，我们刚刚打赢了一单雇佣官司。我在人力资源部工作。你觉得无聊吗？"

"倒不觉得，但要是一直像刚才那样，我可能会无聊的。"他调笑道。他的嘴巴很好看，牙齿也很整齐，只有一颗牙齿有点弯曲，好像其他牙齿都排挤它似的。这个小缺陷让我微微松了一口气，不然他就太完美了。

"恭喜你！"他说，"致胜利！"

"你人太好了。"我轻轻地甩了甩头发，我从不甩头发的，"那你是做什么工作的？"

"我是一家画廊的馆长。"

"真的吗？"我问。

"当然是真的。你不相信我吗？"

"哦，不是，我当然相信。只是……我没想到。"

他笑了："那你以为我是什么？保险推销员？"

我慌了："不！不！绝对不是……我只是没想到你的职业会这么特殊。我是说，你出现在这里，却不是个银行家。你一定是个非常独特的人。"我可能在给自己挖一个更深的坑。

"谢谢。我收下你的赞美了。我是一个非常独特的艺术馆长。但我确实和大城市的几家银行有工作往来，所以你差不多说中了。"

"说实话，虽然猜错了，但我挺高兴的。"

"你对银行家有什么看法吗？"

我故意拉下脸："难道不是每个人都对银行家有看法吗？"

他笑了："想必你不在银行工作吧？"

"我在建筑公司工作。"我说，"我想我的工作就没什么好谈的了。"

"当然不会。你们的工作在人们的生活中扮演着重要的角色。我也只是帮人们买画而已。"

"也许吧。但归根结底，人力资源只是人力资源，而绘画是艺术。你给人们带来快乐。噢，天哪！别听我胡说，我喝太多香槟了。"

"我准备再给你来一杯。"

我笑了："拒绝就太无礼了。"我喜欢这种微醺感。

我们点了酩悦香槟。他问我对艺术的品位，我说我喜欢沃霍尔、莫奈和霍克尼，我还担心自己太落伍了。但他将他们的历史背景娓娓道来，我被他渊博的知识所吸引，为他磁性的声音所诱惑。他谈什么我都会痴迷不已。我们靠在一起，不允许任何人侵入我们的二人世界，酒吧都准备打烊了，我们还意犹未尽。我都没有留意时间，我发现我们至少聊了两个小时。

"我要去萨奇画廊看赫罗尼莫斯·博什的画。"他说，"你愿意和我一起去吗？"

我不知道他说的是谁，但我一口应下。我很高兴他没有就这么走了，让我一个人胡思乱想我们究竟还会不会再见。"太好了。"

"你不知道我说的是谁，对吧？"

"完全没听说过！"

"别担心，我可以告诉你所有你不知道的他的事。星期天怎么样？"

"听起来不错。"我努力装出一副随意的样子，但我涨红了的脸颊却出卖了我。

哈利坚持要付所有的酒钱，包括我的团队的。我提醒他这是一次庆功宴，我可以刷公司的信用卡，但他没有理会。他记了我的号码。"我会给你打电话的。"他说，"星期天下午留给我。别用谷歌搜索赫罗尼莫斯·博什。"

"我连怎么拼写都不知道，更别提谷歌了。"

"那就好。我想看看你第一次看到他的作品会有什么反应。"他微笑道。

"我绝对不会用谷歌的，我以后都不用谷歌了。"

他给我叫了辆出租车，我要上车的时候，他一把拉住我，吻了上来。他深谙自己吻技高超，蹩脚的我只能任他摆布。

而现在我们又坐在他的车里接吻，我依旧甘拜下风。

回到家，在静谧的凌晨时分，我躺在沙发上凝视着天花板重温昨夜。我一遍又一遍地回想哈利说过的每一句话，许下的每一个承诺。我知道，我都知道。朋友们对他的负面看法影响到了我的个人判断，我慌了，为了那该死的骄傲，假定他有罪。但现在他又回到了我的生活中，我很感激。

最后我爬到床上沉沉地睡着了，在梦里有人抱着我，我抬起头，希望看到哈利，却只看到了母亲。她朝我微笑，欢迎我的加入。但我告诉她我还没准备好，她点了点头好像明白了。然后，她让我走了。

第 **6 8** 天

奥莉维亚得到了梅费尔一家婚纱店私人会面的机会。这就是你在时尚界工作的好处。我到的时候她已经到了，我松了一口气，不然我一个人，会像在美发沙龙里一样尴尬和不自在。她冲向我，兴奋地给了我一个大大的拥抱。

我情不自禁地注意到了她指间那颗镶着祖母绿侧钻的戒指。

"哇，太美了。"我握着她的手，仔仔细细地打量了一番，"这家伙可真懂女人！现在感觉真实了吗？"

"马马虎虎。试穿婚纱会让我觉得更真实。"

私人助理很迷人。她轻快地在丝绸雪纺中穿梭，从现成的一堆礼服中选出适合奥莉维亚的款式，并把奥莉维亚喜欢的礼服挂在配套的横杆上。我坐下来，静静地看着她兴奋的样子。

"两位女士，喝杯香槟怎么样？还是说你们更喜欢纯净水或汽水？"

"新娘想喝香槟，谢谢。"奥莉维亚说。

"纯净水就行，谢谢你。"我说。

"你还好吗？"奥莉维亚低声说，"你好安静。我是不是太迟钝了，在你面前炫耀我的戒指？"

我翻了翻白眼："少来，我很喜欢你的戒指，我只是在欣赏这个美好的场面。"

助理拿着香槟和水回来了。"噢，那是我最喜欢的礼服之一。"她看着奥莉维亚说道。奥莉维亚正在观赏一件缀有羽毛的米色露肩连衣裙。

奥莉维亚转过身来，将礼服比在身上："好看吗？"

"噢，丽芙。"我吸了一口气，"太漂亮了，我觉得可以。"

"那就好，我都要试试。"她指着一旁衣物越来越多的横杆说。

助理揽起一半礼服："我先把这些拿过去。请你们跟我去私人沙龙，那边更舒适。"

奥莉维亚看了我一眼。"噢。"她拿起香槟，"走吧！我们要去快活了。"

我们被带到了一个豪华的房间里，天花板上悬挂着水晶枝形吊灯，四面装饰着镀金镜子，像法式闺房一样。

助理挂好礼服，唰地拉开一块巨大的粉红色天鹅绒窗帘，将奥莉维亚严严实实地挡在后面，方便她试衣服。透过灯光的罅隙，我瞥见她身上性感的米色内衣。而我穿的是宽松的黑色短衬裤。内衣可以说明你生活的方方面面。

她穿着一身梦幻的白纱走了出来，看着像个电影明星。这套礼服完美地契合了她的身体，半透明的米色织物在膝盖处层层叠叠地翻飞。

"噢，丽芙，你真是一道风景线！"我赞道，"我们怎么选才好？你穿什么都很迷人。"

"我最狂热的粉丝是她。"她告诉助手，"她最狂热的粉丝是我。我们认识很多年了。"

"真难得啊！"

"是的。"她说，"她很特别。"我的心突然颤了颤。

她看着镜子里的自己，咬着下唇，似乎难以相信眼前的是她。她转了一圈，逐个角度审视着自己。"好美啊。"她说，"但感觉不太对，等到试穿'命中注定'的那件时，我们准会一眼就相中。"

"我昨晚去见哈利了。"我突然坦白道。她停下了所有动作。

她在镜子里凶狠地扫了我一眼。"哈利？"她转过身来，双手叉腰，像站在祭坛上一样，"你打算什么时候才告诉我？"

"现在！"我说。

"该死的。"她踱来踱去，但也掩盖不住优雅的气质。"好吧，先把这个话题搁下。我希望等到我能把所有注意力都放到你身上的时候，你再告诉他的事情。午饭时再讨论吧。"

"行啊。"我说，"我也想把所有注意力都放到你的身上。"

她转向助手："可以让珍妮弗拍照吗？我问过威妮蒂亚了，她说可以。"

"她和我说过了，完全没问题。"助手说。

"谢谢。"奥莉维亚转向我，"你能用你的手机拍吗？免得我不留意发给丹了。"

我笑了："当然可以。"她站在我面前，每一件都试穿了一遍，摆出各种姿势。我假装自己真的出席了她一生中最重要的日子。我本该难过，但哈利又回到了我的生活中，我下决心要保持愉悦的心情。

艺术俱乐部的接待员亲切而热情。这个地方雍容华贵，昂贵的蜡烛层层矗立，空气中弥漫着肉桂、丁香的香气，还有令人汗毛直竖的须后水和浓郁的香水味。这里很漂亮，但对我来说太压抑了，我觉得头晕晕的。

打扮时髦的女招待蹬着一双红色的鲁布托高跟鞋，咯噔咯噔地走在前头。我们跟在后面，一路轻声交谈，踏着光滑的黑白大理石地板，穿过一间雅致的房间，经过一个豪华的酒吧。酒吧里的皮凳子上坐着刚下班的年轻银行家，他们身上还穿着制服，嘴里吃着牡蛎，喝着香槟，一张张脸粘在手机上，生怕错过一丝机遇。

这个地方金光闪闪，到处都是俄国人、美国人、阿拉伯人和欧洲人。我觉得自己有幸得以匆匆一窥奥莉维亚珠光宝气的时尚界。我们被带到一张桌子前，很快有人过来点了菜。

"好了，快告诉我哈利的事。"奥莉维亚说。

"他打电话给我了。"我忍不住傻笑了起来。

"什么时候？"

"不记得了，几天前吧。他请我出去喝了一杯。"

"而你居然没有马上打电话告诉我？"

"我觉得你会担心。"

"为什么？我应该担心吗？"

"不用，他很棒。"

"好吧。"她说。

她喝了一大口香槟，眼睛盯着面包篮："法式面包不含碳水化合物，对吗？管他呢！"她拿起一块面包，开始抹黄油，"说说哈利有多棒吧。"

我喷了一声。奥莉维亚一直都不喜欢哈利，就算现在他主动打电话联系我也不行。"他似乎真的很关心我，真的很贴心，人很好。"

她大口大口地咀嚼着："谁曾想到呢？老哈利凭空冒出来，开始做好事了，真是没想到。"从她嘴里说出来的话刺耳得很，攥在手里，你能轻易将它们折断。"梅丽莎在哪儿？她也被甩了？"

"可以这么说。"

"他还是有承诺恐惧症对吧？"

我瞪了她一眼。

"噢，拜托。"她说，"抛开你的偏心，他很有问题，不是吗？我是说，我们别赞美那个混蛋了。他都快五十岁了，还没结婚，还背叛了你。

他离开后，你蔫了好几个月。还是说你好了伤疤忘了痛？"

"谢谢你的提醒。"我说，"你有没有想过，也许我们都误会他了？他真的想和我在一起照顾我，我也想让他陪我。"

她皱起眉来："真的吗？"

"真的！"

她惊讶地歪着头："噢，那就好。别在意我说的话。对不起，对不起，对不起。"她咬住下唇，"啊，珍。我真是个大嘴巴。只是……有点奇怪，我好像还在生他的气。我刚才一直在试穿婚纱，心里却明白，你根本出席不了我的婚礼，这样好奇怪……我不知道。哈利，当然，如果他能陪着你，那就太好了。我很高兴，说真的，我为你感到高兴。我知道那个混蛋对你来说有多重要！"

我扑哧一笑："我想，我应该说声谢谢。"

服务员呈上我们的沙拉。

奥莉维亚挑了些生菜吃。"我只是想给你最好的。"她说，"谨慎点。"

"我知道，你就像个家长一样，嘴上对我说着最严厉的话，心里却为我打着最响的算盘。"

"嗯，总该有人为你着想。现在我们能看看照片吗？我们得决定哪件漂亮的礼服最适合我。"

我们一边吃，一边讨论每件礼服，随后又各自陷入了沉思。她不停地叹气，喝完了这杯香槟，又点了另一杯。

"你喝得太多了。"我说，"一切都顺利吗？"

"那是因为你没喝酒，才注意到我喝了多少。反正我挺好的。你还好吗？这才更要紧，说实话，你看起来很累。"

"我就是这副表情，趁早习惯吧。"

"我应该送你回家。"她说。

"我宁愿陪你出来，也不要在家里自怨自艾，真的。"

她瘫倒在座位上，伸直长腿："该死，珍妮弗！我们这种气氛太寻常了，我几乎要忘记了可怕的现实，好像我们已经开始避重就轻了。"

"也许我们就应该忽视它，只要我们开心就好。"

"你说的是。"她摆弄着订婚戒指，微微一笑，"信确实有作用是不是？"

"是的，谢谢你，你给了我灵感。"

我差点想告诉她，我明天要和安娜·玛丽亚去看灵气治疗师。但我想了想，奥莉维亚肯定会觉得我疯了。换作不久前，我一定也这么觉得。但如果这并不是病急乱投医呢？如果安娜·玛丽亚才是那个对的人呢？

第 **6 7** 天

安娜·玛丽亚开起车来吓死人。她一个急刹车，停在了一辆铰链式卡车前，还怒气冲冲地咒骂卡车司机，好像这是他的错。司机冲她竖起中指，她猛按喇叭。

"混蛋！"她咆哮道。

"天哪，安娜·玛丽亚，"我惊魂未定，"你差点害死我们！"我心想，我必须下定决心活下去才行，被卡车撞到，一下子就魂归西天了，我才不乐意！

"不。"她说，"我可以活到九十五岁，我的出生图上写得明明白白的。我倒希望你以前做过出生图，那你现在可能就有心理准备了，你的命运也许都会扭转过来。"我把我的病情告诉安娜·玛丽亚了。

"非常感谢。"我说，"但你也许需要再做一次出生图。"

她叹息着，仿佛我很可笑。"那你呢？"她说，"我是说，医生也有可能犯错，你懂的。"

我伤感地笑了："所以我们要去见丽塔。"

"丽塔！"她呼道，像念祝酒词一样。

我的坏消息一点都没有困扰到安娜·玛丽亚，这让我感到很新鲜，但也莫名地让人恼火。她说只要找到正确的治疗者，任何病都能治愈。她不相信世界上有什么问题是能量治疗解决不了的。她说我要做的第一件事就是抛开消极的想法，保持开放的心态。

我告诉她，我的心态是完全开放的。"差点把我骗倒了。"她揶揄道。

不论怎样，我们总算一路平安到达了尼斯登。我们开到了一行普通的排屋外，屋子四处挂着网状窗帘，铁门都生锈了。

安娜·玛丽亚想找个地方停车。她往前开进一处宽敞的空地，好像受够了麻烦似的，急匆匆地停了下来。"到了。"她关掉引擎说道。汽车的后备箱像卡戴珊①的胸部一样，直直地伸出路边。她把汽车的后视镜推回去，好像这就解决了所有问题。

我跟着她走进一条碎石拼铺的小路，本能地避开了地上所有的裂缝。前门是黄色的，门窗上贴着一张彩虹色的照片，上面写着"爱住在这里，丽塔也是"。我轻轻地呼出了一口气。丽塔倒是挺幽默的。

"你紧张吗？"安娜·玛丽亚问。

"为什么这么问？我看起来很紧张吗？"

"噢，伙计。"她说，"这对你太有帮助了。大家都知道，丽塔能治愈癌症。她连癌症都能对付，那还有什么是她搞不定的呢？"

一个头发灰白的瘦小女人开了门，熏香的气味扑鼻而来。

"亲爱的，你们好。"她面带微笑，双手交叠，微鞠一躬，"Namaste②。"

"Namaste。"安娜·玛丽亚回了一个鞠躬。我轻声默念这个词，也鞠了鞠躬。

"丽塔！"安娜·玛丽亚恭敬地说，"非常感谢您抽空见我们。"

---

① 卡戴珊，即金·卡戴珊，美国娱乐界名媛，服装设计师、演员、企业家，以身材火辣闻名。
② Namaste，瑜伽中的问候语、致谢语。

我微笑着："是的，谢谢你，丽塔。"说罢，又鞠了一躬。

她穿着一件粉红色的碎花长袍，戴着一串紫色珠子，素面朝天，大方地袒露出脸上的皱纹和褶痕，好像在说"有什么好隐藏的"。她光着脚，我用余光偷偷地打量她发黄的指甲和弯曲变形的脚趾。也许，某些东西确实需要隐藏。

安娜·玛丽亚把鞋子脱了，我照做了。我估摸着所有人都得脱鞋吧，我只希望我穿的袜子不要太丑。我刚才怎么好意思评判丽塔？安娜·玛丽亚脱掉袜子，露出脚上漂亮的彩色指甲。我没有脱袜子。这一刻，我突然奇怪地反应过来，我再也做不了脚和手的指甲护理以及脸部护理了。虽然我以前也很少做，但我依然伤感起来。真是莫名其妙，那些看起来傻傻的微不足道的事情突然变得如此重要了。

丽塔带着我们穿过了一条阴暗的走廊。这里的气味非常刺鼻，一张镏金镀边的小桌子上放着一支顶部燃着红光的香。一根小小的树枝竟然可以散发出如此刺鼻的味道，实在让人惊讶。一旁放着一个橄榄绿镶边的老式拨号电话，我好多年没见过这样的电话了。我想，楼上应该是一间铺着粉色瓷砖的浅绿色浴室套房。这栋古色古香的房子停留在旧时光里。19 世纪 70 年代的狂热者肯定会愿意斥巨资来这里体验一番，而且不是冲着灵气来的。

我们跟着她走进一间小休息室，墙上挂满了色彩鲜艳的印度神画像。这里也插着一根冒着烟雾的熏香。我感觉有点恶心。

"我给你们倒点印度茶？"她说。

"好的，麻烦你了。"安娜·玛丽亚说，她看向我，"你会喜欢丽塔泡的茶的。你肯定从来没尝过这种味道。她不肯告诉我配方，对吧，丽塔？她乐于分享她的力量，但不喜欢分享她的药剂。"

丽塔微微一笑："我得保留点神秘感。"

我们静静地坐着等丽塔回来。安娜·玛丽亚闭上眼睛，伸出双手，拇指抵着指尖。我猜她是在冥想。

"我应该先告诉她我得病了吗？"我低声问。

"你什么都不需要告诉丽塔。"她依然紧闭着双眼，"她可能已经知道了。她非常厉害。"

"哇！"我叹道。我已经受到这种氛围的影响了。

丽塔托着一个小金盘和两杯茶回来了。她坐得笔直，看着我们啜饮茶水，不断地深呼吸。我的杯子边缘上有一条裂缝，喝的时候，我得尽量避开它。安娜·玛丽亚惊叹地哼起歌来。

"太好喝了。"我对丽塔说，好像在博取她的好感似的。

她坐着等我们喝完茶。杯底的渣滓很难吃，但我硬是咽了下去，欺骗自己它们其实很美味。

"谁想先来？"丽塔问。

"让珍妮弗先来吧。"安娜·玛丽亚说，"她才是重头戏。如果她的疗程超时了，尽管继续，我不介意我的时间短一点。"

我向安娜·玛丽亚投去一个感激的微笑，嘴里还在努力咀嚼沙质的残渣。祝福你。我做了个口型。我突然充满了灵气。

"那就跟我来，亲爱的。"丽塔说。

我们上楼，走进一间靠后的卧室，里面有一张大按摩台，几乎占满了整个房间。按摩台上整齐地覆着一条白色毛巾，房间舒适而温暖，同样也少不了烟雾缭绕的熏香。角落里有个小水池。她把灯关了。现在我真的需要躺一下。

"你以前试过灵气治疗吗，亲爱的？"

"从来没有试过。"

"好吧。躺在台上，你会很舒服的。我会解释给你听。"

"我需要脱掉衣服吗？"我问。

"这完全取决于你，亲爱的。"她说，"这不是按摩。我把我的手举过你的头顶，在你的身体光环四周移动。我要舒缓的是你的精神自我，而不是你的肉体自我。我只会触碰你的后脑勺。你可以脱下羊毛衫，以免太热。"

我脱下羊毛衫，扔到椅子上，到按摩台上躺下。

"你很紧张，亲爱的。"她说。我不知道她是在看脸，还是在读心，也不知道她是不是真的那么厉害。"试着放松下来。如果你觉得不舒服，我可以停下。"

她从床边挤过去，在水槽里洗完手，再挤回来。

"现在，亲爱的，深深地……长长地……呼——吸，呼——吸。"

我照她说的做。她的声音很柔和，我奇异地平静了下来。

"你会喜欢这个过程的。"她说，"第一次治疗完一般都可以感受到惊人的效果，我还没见过感受不到的人。"听着她的声音，我的手臂一阵刺痛，我发现自己正逐渐摆脱恐惧，放松身心，融入她的治疗。

我闭上眼睛。我听到房间里盘旋着某种开关的轻击声，还有类似鲸鱼唱歌的乐声。这些声音很奇怪，但又很舒缓。丽塔正站在我旁边喃喃低语。我睁开一只眼睛偷偷瞄了瞄，生怕她和我说话，却发现她眼睛紧闭，双手合十，正祈祷着。我马上闭上了那只偷看的眼睛。

她走到我身后，把手放在我下巴下面。她的手离我很近，我感受到了温热，闻到了她身上的草药肥皂味。"亲爱的，我想让你想想你的目的。"她说，"我问你，你需要什么？"

我考虑了一下："我想我——"

"不用说出来，亲爱的。把你的想法牢记在心，你在和能量交流。"

我点点头，暗暗叮嘱自己，必须保持开放的心态。我必须和能量交流。能量，你好。我心想，你介意给我个解药吗，如果可以的话？我希望这样不算太贪心，但我想活得久一点。如果这个要求太过分，也许你可以让我睡好一点，不要再在凌晨三点醒来了。那就算是一个良好的开端了。

丽塔散发着草药味的双手在我的脸颊上来回移动，不时停留几分钟，再移到我的额头上。最后，她把手放到了我的后脑勺下。现在她正如她描述的那样触摸着我。她很温柔，让我生出一种满足感。我开始放松了。

她在我身后站了好久，才慢慢地走回我身边。我感觉到了一种异样而神奇的温暖笼罩在我的肚子上。即使她没有碰到我，我也能感觉到她的每一个动作。在她温热的手掌下，我越来越放松。

等我再有意识，感觉到她在轻轻摇晃我的肩膀。

"亲爱的，醒醒。"她说。

鲸鱼已经停止了歌唱。丽塔在我旁边的小桌上放了一杯茶，还有一杯水。

"你刚刚睡得很沉。"她说，"你缓一缓，我们再谈。我会告诉你我感受到了什么。我要离开一会儿。请喝茶。"

我觉得头很晕。我慢慢地加深呼吸，感觉意识又回到了身体里。这种灵魂出窍的感觉特别奇怪。"谢谢你。"我对着空荡荡的房间大声喊道，"谢谢你，能量。"

我坐起来，看了看四周。在这里，我完全清空了自我，感受不到恐惧。太神奇了。我听话地喝起了茶，小口小口地啜着。茶很好喝，我根本不需要欺骗自己。一切都感觉好极了。丽塔回来了。她用调光器慢慢地调亮了光线，我的眼睛渐渐地适应了。我很想听听她的感想。

她把我的羊毛衫递给我，"穿上这个，亲爱的。"她说，"你的身体会凉下来，不穿会感冒的。"她在椅子上坐下，离我很近。

"你身体不好，亲爱的。"她说，"我觉得你的身体一直处于疲累状态。"

"噢，丽塔，你太厉害了。"我惊道，"是这样的。"

她的眼睑轻颤，似乎在说她知道，我不该打断她。"但你很强大。"她继续说，"人们总是会吸走你的能量。懦弱的人就像吸血鬼，他们吸收强者的能量。有人一直在吸取你的能量。是谁？"

　　我目瞪口呆。我不太确定，等着看她会不会告诉我。但她只是盯着我看。"我不知道。"我纠结地说。

　　"好好想想！"她语气强硬地说，"有个人，有段恋情，让你非常受伤。"

　　"好吧，我和哈利——"

　　"对！"她举起手，做了个哈利路亚的手势，"就是他！哈利，就是这个名字。"

　　我有点害怕："但我认为哈利和我现在的情况无关。我的意思是，在时间上……"

　　"时间不影响能量。"她解释道，"你这么痛苦就是因为他。他作为一股负能量一直在消耗你的身体。你的身体受到了侵害，造成了创伤。"

　　"是的。"我说，"你说得对。"她对我的应和点了点头。"但我还是觉得不是因为他。"我坚持己见，嗫嚅说道。

　　她的脸色一沉："就是因为他！"她喊道，"哈利！那个人吸走了你的能量。在我看来，这是显而易见的。但现在他死了！"

　　我高声尖叫了起来，丽塔用手捂住耳朵。

　　"不！"我哀号道，"我星期五还见到他了！"

　　"只是对你来说，他死了，亲爱的。"她责备道，"你不能再想着他了。我已经转移了他对你造成的伤害。他是个吸血鬼，他一直在吸你的能量。他对你来说已经死了。"

　　我不停地发抖："这么说太可怕了，丽塔。"

　　她啧了一声："我不是来给你讲动听的童话故事的，珍。"

　　"珍妮弗。"

"我有我的工作要完成。"

"但那些话还是太残忍了。"

丽塔突然站了起来，她的膝盖擦过我的脚趾，我忍不住往后退。

"人有时候很难接受真相。"她把椅子往后推去。

我暗想，噢，你才知道吗？

我发现她这个人很可怕，我想走了，但我在按摩台上动弹不得。

她深深地吸了一口气，再缓缓地呼出来："今晚你可能会很不舒服。"她的语气又温和起来，好像翻过了这页纸，我们的故事又开启了新篇章，"你会头疼得厉害，坏能量需要慢慢逸散，多喝点水。两天后，你会觉得自己由里到外都焕然一新。"她把我的杯子拿开，好像我失去了喝她那独家茗茶的权利，更别说知道茶的配方了。我感觉丽塔是个不喜欢被反驳的人。

熏香和茶水都让我觉得反胃。刚刚我还感觉良好，现在却感到恶心。

"我可以去找安娜·玛丽亚吗？"我颤抖着问。

"花点时间考虑一下我说的话。我已经清理过你的光环了，但是一些顽固的能量可能会留下来。如果有，你必须回来，这样我才能把它们清理掉。现在在这儿放松一下，等到你感觉稳定了再说。我在楼下和玛丽亚一起等你。"

"谢谢你，瑞亚。"我有意这么称呼她。

"丽塔。"她纠正道。

等她离开后，我动作徐缓地从按摩台上下来，在桌子和墙壁之间的狭小空间里小步踱来踱去。我环抱着自己的身体，试图让自己平静下来，让身子暖起来。我想我已经踱得够久了。

我想逃走。在那间恶臭的小前厅里，我一秒钟都待不下去。那些廉价的印刷品盯着我看，好像知道我是个无信仰者似的。

我飞快地下了楼，走回房间。她们俩盯着我看，安娜·玛丽亚看起来神采奕奕，热情地朝我点头，好像要我冲她眨眼示意自己好多了似的。丽塔则严肃而平静。我在手提包里摸索，给了丽塔四十英镑。"非常感谢你，丽塔。我一定还会来的。"我向安娜·玛丽亚要了车钥匙，"我要去散散步，我在车里等你。"

她好奇地看向我。"你尖叫了吗？"她低声问。

"那是高兴的尖叫声。"我笑了笑。

安娜·玛丽亚咧开嘴巴笑了，她坚信我的治疗成功了。她向我点头示意，然后跟着丽塔去了。

我走在寒冷的秋日里，将清凉的空气深深地吸入肺里。世界似乎在旋转，趁着还没吐出来，我赶紧扶住了一棵树，顺着低矮的花园墙滑坐在地上。我的鼻孔里还充斥着难闻的熏香味，喉咙后部粘着茶水的味道。我再也不想去保健食品店了。

我回车上拿了瓶水。我的衣服和头发都散发着臭味。回家后，我要做的第一件事就是洗澡。

我躺在车里，不住地发抖干呕。安娜·玛丽亚终于打开驾驶门，跳到方向盘后。

"她很了不起，不是吗？"她说。

"太棒了。"我说。

"就是太累了，是不是？"她一边把钥匙插进去，点火启动，一边兴致高昂地说道，"头一两天你可能会不舒服，这是你第一次治疗，就像吸毒成瘾一样，第一次效力总是最强的。"

"是的。"虽然我从来没有吃过比布洛芬还强效的药物，但我赞成她的话。安娜·玛丽亚想法古怪，和丽塔很契合，但我认为那不适合我。

她几乎没有往后看过一眼，就把车倒了出来。她挺直腰背，径直冲了出去，后视镜还朝着里面。

"后视镜，安娜·玛丽亚。"我提醒道。这是一辆小型的莫里斯旧轿车，不是那种可以在车内调节后视镜的车。

"该死。"她咒骂道，"我总是忘记转回后视镜。"她一个急刹车停在了马路中间，跳出去一把将后视镜打回去。"谢谢你。"她又爬了进来，"你不提醒的话，我一路开车回家都注意不到。"

"不客气。"我决心再也不让安娜·玛丽亚开车送我去任何地方了。她可能活得到九十五岁，但我不确定到那时她的身体是否还完整。

这趟回家之旅充满了痛苦，安娜·玛丽亚一直在吹嘘丽塔的丰功伟绩。

"你会好起来的，珍妮弗。"她说，"我感觉到了。你看起来已经好多了。"

我看了一眼遮阳板上晃动的镜子。她要么在说谎，要么就是瞎了。从她的道路安全意识来看，很有可能是后者。

"你告诉她我生病了吗？"我问。

她迷迷瞪瞪的："我不知道你怎么了，不是吗？今天才知道的。"她转向我，激动得睁大眼睛。

"请看路。"我说。

她立刻转了回去，但她的眼睛仍然斜斜地看着我。

"丽塔知道了吗？"她问，不等我回答，她又说道，"她知道了，对吧！所以你才会尖叫！她太令人惊奇了，是不是？这个女人太不可思议了。"她砰地拍了方向盘一把，"她的眼睛像 X 光一样能看透一切。"

"她确实很不可思议。"我说道。

我们现在回到了一条笔直的主干道上。真是一种解脱。我不想让她分心开车，但我有问题必须问她："那你预约的时候，跟她说了我的哪些情况？"

"什么都没说。"她说，"怎么了？"

"只是好奇。"我答。

她支支吾吾的："好吧……我好像告诉了她，你身上出现了一些负能量，就像你和我说的那样。"她鼓起脸颊，看着后视镜，这还是她第一次做出这种表情，"我想，我可能提到过你有个恶毒的男朋友。你知道的，哈利。嗯，就这些了。"

"噢。"我说，"行了。"这样线索就对上了。安娜·玛丽亚也是从来没喜欢过哈利。我转过脸看向窗外，一栋栋房子模糊的灰色阴影飞驰而过。

"我下周要去耳科做治疗，你应该一起来。"她说。

我不知道她在说什么："谢谢，但我想还是算了。"

"好吧，但如果你改变主意了……"她打开车载收音机，"辣妹组合！换频道！"她喊道。在剩下的路程中，我们都在听一些播放着劲爆复古流行音乐的无名电台。安娜·玛丽亚跟着一起唱："你可以把那个女孩从派对上领走，但你不能不许那个女孩参加派对。"

我一进家门，就去泡了个飘满气泡的热水澡。我躺在水下，透过斑斓的微光思索着我愚蠢的举动，痛苦不已。

我在想什么？没有希望了，面对现实吧！没有什么灵气大师，什么灵气净化能改变我的命运。而安娜·玛丽亚坚信她所热爱的事物，是因为没有什么可以挑战她的信仰。确实，她的生活顺顺利利，还有什么好埋怨的？只有在突发危机时，我们才会发现自己的信仰到底有没有用。但我还是理解安娜·玛丽亚。因为我也想相信丽塔，我也想敞开心扉，那样我才能充满希望。我很期待今天的体验，但它们却成了我在生命紧急关头最糟糕的经历，让我失望透顶。

我紧紧地抓住浴缸的两侧，面对现实吧。

我掌控不了自己的命运。灵气是治不好我的。

第 64 天

　　哈利还在米兰出差，活得好好的。对于我来说，死掉的是丽塔。我收到好几次他的消息了，我甚至给他打过几次电话。他的电话自动转到语音信箱，但他总是会给我打回来。这就是我们之间的相处模式，我觉得挺舒服的。

　　伊莎贝尔用马丁的账户给我预订了一辆豪华轿车，这会儿，我正坐在车上前往她家吃晚餐。我坚持要叫辆优步，但她赢了。赢的总是她。

　　我到了，还没按门铃她就打开了门，好像一直在跟踪出租车的动向一样，也许她真的这么做了。她拉我入怀："噢，珍妮弗。"她紧紧地拥抱了我，我也抱了抱她。然后她把我推到跟前，仔细打量着我，好像以为会发现什么不同。"你看起来并不像生病的样子，可能有点苍白，但没有什么是一个得体的妆容掩饰不了的。你的坏消息不是真的，对吧？"

　　"我倒希望如此。"

　　"好吧，我也希望如此。"我们拥抱彼此的时候，放松了不少。虽然我不知道气氛会怎样，但和家人团聚让我很有安全感。

　　"你看起来很不错。"我赞道。但事实并非如此，她脸部出现奇怪的浮肿，扭曲了她美丽的容颜。

"不，一点都不好。"她答。

"你好，珍妮弗姨妈。"西西里和索菲亚悄悄地从厨房走出来，穿过大理石走廊，害羞地微笑着。她们不好意思地抱了抱我，像圆括号一样一人一边紧紧地抱住妈妈的手臂。很明显，伊莎贝尔已经把我的消息告诉她俩了。

"嘿，姑娘们！"为了消除她们的不安，我故意欢快地喊道，"这些是给你们的。"我递给她们一大袋橡皮糖。她们拆开这个奇特的大包装袋，眼睛瞪得圆圆的。我松了一口气。一开始我还怀疑，送这些颜色鲜艳的蛇状、瓶状和熊状的橡皮糖给十岁和十三岁大的女孩，会不会是一种冒犯。事实证明，我完全误解了孩子们的思维——正如我姐姐经常提醒我的那样。

"哇！"她们惊呼一声，兴奋地看看对方，又看看妈妈，"太棒了！"

我还误解了一个人，那就是伊莎贝尔。她一点也不激动。我递给了她一盒比利时巧克力。

"谢谢你。"她僵硬地笑着说，"你太客气了。姑娘们，回房间去做作业！晚饭准备好了我再叫你们。这些给我。"她从她们手中拿过糖果。

"噢！"西西里哀声道，"这些糖果是给我们的！"

"拜托，妈妈！"索菲亚说，"求你了。我们可以拿一些回房间吗？"

"你们知道规矩的。"伊莎贝尔说。

"好吧。"西西里说，"但是我已经做完作业了，我想留在这里，跟你和珍妮弗聊天。"

我很高兴她省略掉了"姨妈"，那让我听起来太老了。

"我也是。"索菲亚说，"我想聊天。"

她们都可爱极了，我感到很难过。

"吃晚饭的时候你们可以和她聊天。现在，上楼去。随便做点什么……整理房间，或者玩玩 iPad。都可以。"

西西里想要抗议，伊莎贝尔沉着脸扫了她一眼。她只能和索菲亚转过身，泄气地蹬着楼梯上楼去。"不许跺脚。"伊莎贝尔说。

她转向我，翻了翻白眼。她有一边眼睑好像僵住了，但我不敢说。"孩子都是这个样子！"她无奈地说，举起巧克力，"你不介意我把这些收起来吧？我在节食。马丁和我正在尝试 5：2 轻断食法。但今天是正常饮食的 5 天之一，我们什么东西都可以吃。不过，巧克力不行，糖也不行。我的意思是，你可以吃，但是它们太不健康了。"她点头示意糖果，看着我无声地咂了咂嘴，"你能喝酒吗？"

"呃，我不喝。"

"噢，拜托。酒而已，能有多大伤害？"

"好吧，那就来一小杯红葡萄酒，一丁点就好。"

她一下绷紧了脖子。"尴——尬！"她呻吟着，把一个词分成了两个非常复杂的字，"我早该告诉你的。我们家已经不买红酒了，对牙齿很不好，我和马丁刚去美白了牙齿。"她咧嘴一笑，给我看她的牙齿。

"噢，你说得对！你的牙齿真漂亮。我想我现在不必担心这些事情了。"我停顿了一下，好奇是不是每个人都非常关注牙齿，"但我以前也没有美白过牙齿。"

"是的，你确实没有。"她说出了事实。

"那就随便喝点开了的饮品吧。"我说。

她转身走向厨房。"马丁。"她喊道，"给珍妮弗倒一杯有机霞多丽。"我却听成了"可怜的珍妮弗"，[1] 我能看见马丁来回忙活的背影，他在摆桌子。他可能想避开我。小姨子过得好的时候，他都不太会安慰人，更别提现在小姨子快要死了，他就更无法面对了。

马丁转过身来，双手搭在眼帘上，看向我们，好像在好奇到底是谁在外面，但其实他早就一清二楚了。他结束了这场自编自导的游戏，像

_____

[1] 英文中"pour"意为"倒"，"poor"意为"可怜的、贫穷的"，两者发音相同。

一只体形过大的小狗一样蹦出厨房，他的裤腰上塞着一条茶巾。"嗨，嗨，嗨！"

"你好，马丁。"我说。

他有些手忙脚乱，粗粗地抱了我一下，又将我推开。"抱歉。"他低声说，"真是抱歉。"

"谢谢。"我说。

他刚开始和伊莎贝尔约会的时候，我发现他虽然笨拙迟钝，却别有一番魅力，但我不确定伊莎贝尔是不是因为这个特点才喜欢他。现在看来很奇怪。他那头黑发不再浓密，蓝色细条纹衬衫暴露了他的啤酒肚。一定是因为5∶2轻断食法，明明伊莎贝尔苗条得很，我猜虽然她支持他，却没有监督好他。

"你还好吗？"很明显，他想要转变话题，但失败了。他那口洁白的牙齿闪闪发光。

"我很好，谢谢你，马丁。你呢？"

"有点痛风，但没什么好抱怨的。"他扬起眉毛，"比起你正遭受的，简直是小巫见大巫。"

"马丁！"伊莎贝尔哀号道，"看在上帝的分儿上！"

"怎么了？"他很无辜，"我不是有意要冒犯的。"他绞紧双手，"我想我走开你们会舒坦些。我调好酒，你们就可以叙旧了。你喝酒吗，珍妮弗？"

"喝。"伊莎贝尔明显地不耐烦道，"我刚说了，是霞多丽，不，是伯特推荐的有机霞多丽。冰箱里有一瓶开了的，我们昨天喝的那瓶。"

"昨天没喝完？我们胃口不好吗？"

"当时只有我们俩。"

"啊，只有虎爸熊妈。"他叹道，"亲爱的，为今晚击掌！"他举起手，伊莎贝尔迎了上去。

"感谢上帝！"她笑着说，想到能吃上一顿大餐，她没那么烦躁了。

马丁快步走回厨房，伊莎贝尔带我穿过大理石大厅，到客厅去聊天。这给我一种异样的不祥感，似乎除了自己，所有人都知道前方等着我的是什么。

客厅里面砌了一个巨大的乌木大理石壁炉，壁炉两侧摆放着宽大的灰色天鹅绒沙发，我们面对面坐下。伊莎贝尔身后的墙上挂着一幅恢宏的家庭油画，墙下摆着一张高雅的案几，上面放着一个高大的玻璃花瓶，插着芬芳扑鼻的百合。他们燃起了炉火，房间闻起来、看起来就像一个漂亮的乡村客栈。周围的一切都非常隆重，我却感觉舒适而惬意。我很感激他们为我所做的准备，但这也可能是他们一贯的风格。雍容华贵，香气宜人，一切都井然有序。

我看向对面的姐姐，她的脸让我一下子怔住了。她额头的皮肤光滑有弹性，双颊有些不平整，右眼睑微微下垂。

"不要胡思乱想。"她说，"我就微调了一下而已。"

"噢，真的？那倒是看不出来。"

她探长脖子："别笑话我。我不想被大家发现，而且，我确实没有告诉任何人。我的意思是，一切正常的话，看起来还是挺自然的。"她叹了口气，指尖抵在颧骨上，"上周我填充了脸，后遗症很明显。米勒医生说，再过几天就会消肿了。你本来会看到那时候的我，感谢上帝，你取消了见面，我当时看起来就像个怪胎。我宅在家里好久了，连门都不敢出，太糟糕了。"

"我都无法想象你当时的样子。"

马丁把酒端进来，他和伊莎贝尔交换了一下眼神，似乎在鼓励她，但这只会让我更忧虑。"好吧，我把空间留给你们。"他嘴里这么说着，却还是站在那里踟蹰，好像期待我们邀请他留下来似的，直到伊莎贝尔像遣散女佣一样把他赶了出去。

门咔嗒一声关上，我们举起酒杯敬彼此。

"谢谢你邀请我过来。"我说，"你家很漂亮。"

"安静多了。"她说，"不像上次你过来，家里都快被孩子们吵翻天了。"她啜饮一口，把杯子放在栗金花纹的瓷杯垫上，底下铺着一张超大的斑马皮楞条绸，权当咖啡桌了。巨大的艺术书籍整齐地堆放在中间，可望而不可即，但我觉得它们只是装饰品罢了。一旁放着一小堆不同颜色的瓷杯垫，她推给我一个松绿金色的杯垫。

"如果你不介意的话，请用吧。"她说。

"不介意。"我想，如果我有这么漂亮的收藏，我也会物尽其用的。

她双手在胸前交叉。"现在，"她说，"我想谈一谈你的信。"

我本不想喝酒的，但我没想到我们的谈话这么直入主题。我忍不住喝了一大口。刚喝下，我就后悔了。"好。"我说。

她的视线越过我的肩膀，好像在盯着房间里的其他人："首先，你的消息太让我震惊了。你不知道，我始终难以接受。而你现在就坐在我眼前，像个正常人一样，这让我更难受了。你在信里还谈到了其他事……"

我屏住呼吸。

"我很难过，珍妮弗。"她说，"我们白白浪费了这么多时间，都没有和对方聊过。我是说，我们正常地沟通过，但却没有深入地交流过，不是吗？真的没有。"

"没有。"我呼出一口气，"这可不像我们家的人，不是吗？让我们坦诚相待吧。"

"我想你误会我了，很明显，我也误会你了。"她抬眼直面我，我的皮肤感到一阵刺痛。"你说得对。妈妈和爸爸将我定位为花瓶，将你定位为天才，就这么规定了我们的一生。我永远都不会这样对待我的孩子，太两极分化了。但现在我意识到了，他们为人父母，只是竭尽自己所能而已。我们当了父母后也是一样。奇怪的是，你有多讨厌当天才，我就有多讨厌当花瓶。那让我觉得自己肤浅，毫无内涵。我也想变成天才，但那是你的领域。"

我感觉我惊得下巴直往下掉。我从来没有这样想过。

"我总是嫉妒你的聪明，嫉妒你因为考试得高分而受到爸妈的表扬，嫉妒他们鼓励你学习，却轻视我的能力。他们给我传递的信息是，我不需要多好的考试成绩，我永远只能凭借长相来取胜。你知道这种感觉有多糟糕吗？"

我耸了耸肩。我确实不知道，但我倒是很想知道。

"但是这也算是因材施教，不是吗？"

我点点头，是的。我依然被动地听着。

"我们扮演了各自被赋予的角色，因为我们没有其他更好的选择。但这恰恰导致我们针锋相对。"

我坐直身子："我从来没有要和你作对。"我说，"我崇拜你，伊莎贝尔。我一直都很崇拜你。"一种久违的感情在我心中汹涌。伊莎贝尔第一次露出如此脆弱的神色。

"我知道。"她说，"而且我利用了你这一点。很抱歉，我理所当然地利用了你的崇拜。"

这简直是平地一声雷，她一生中从未对我说过"抱歉"。

"谢谢你，伊莎贝尔。"我说，"你能这么说，我真的很感激。"

她晃了晃杯子里的酒，抿了一口，深深地吸了一口气。她那凸出的颧骨更明显了。她迟疑了一会，抬头看了看天花板，又转头看向我："我为那个白痴道歉，珍妮弗。我在信里看到他的名字，不得不认真地回想一下，尼尔到底是谁。我可以明确地告诉你，他不值得你这么牵挂。当然，我以前一直在寻找机会来证明我的价值，但这并不能作为借口，我若是没有勾引他，就什么事都不会发生。我应该向你道歉，而不是冷落你。当年的我实在太恶劣了，连道歉都不愿意。"

"谢谢你。"

"还有……还有……"天哪，她的眼里竟然噙满了泪水，"让我最感抱歉的就是宝宝的事情。你怎么会连这么重要的事情都不告诉我？太可恶了！我是说，我知道我们过着不同的生活，我知道我们很不一样，但我肯定会陪你渡过难关的，珍妮弗。我向你保证，我会的。"

"伊莎贝尔？"我的声音有些颤抖，"我们一定要面对面坐吗？我能过去坐在你旁边吗？"

她点点头，哽咽了。我绕过楞条绸，在她身边坐下。

她迎上我的目光，缩紧肩膀。"我会想你的。"她的眼睫不断颤动，"我只剩下你了。妈妈走了，爸爸也走了。我只有你了，现在却发生这样的事。你不应该先我而去……我看了你的信之后，就像有一把匕首狠狠地刺进了我的心。这个噩耗让我太心痛了。"

我沉沉地叹了一口气："很抱歉，我没有当面告诉你，反而采取了写信这种方式。我必须要告诉你这件事，我觉得写信，你会比较容易消化。我很害怕，写信对我来说真的很不容易、很让人难受。我很高兴你能坦然地接受这一切，也很高兴能听到你的心声。我带来了这么糟糕的消息，真的很抱歉。"我紧紧地盯着她，努力忍住不哭。

"我的脸看起来有那么可怕吗？"

"不！不！一点都不可怕。我看得太认真了吗？"

她摇摇头："我真是个白痴，珍妮弗。为了体面地活着，保持美丽的容颜，没少折腾，现在看看我。"她呻吟道，"不过，它会慢慢消解的。医生说脸部情况会稳定下来。噢，别听我在这唠唠叨叨了，也没什么大不了的。"

"这很重要。"我说，"你的一切都很重要。"

她端详了我一会儿，点了点头："天啊，珍，你真是善良体贴。你的基因中不但有聪明的特质，也有温柔的品质。怎么说呢，你知道你也很漂亮，对吧？你的淡妆很妥帖。看看你，虽然生病了，但看起来依旧很迷人。"

听到这些隐晦曲折的赞美，我扑哧一笑："用上一点像样的化妆品，还是看得过去的，对吧？"

"是的，化点妆也无妨。"她自嘲道，又叹了口气，"真是浪费啊，珍妮弗，一条生命，你的人生，我们的姐妹情，全都浪费了。我们太斤斤计较，耗掉太多时间了。"

"是我们太虚妄。"我解释道。她的温暖超乎预料，压倒了我复杂的情绪。

"你又来了，就喜欢用这么文绉绉的词。"她笑着说。

我也不好意思地笑了，但苦涩的笑意掩饰不了眼里的热泪。

"不要哭。"她说。这一直都是我的台词。

她站起来，递给我一包舒洁纸巾："我真的不想让你流眼泪，我只想道个歉。"

"你觉得你道歉就不会让我哭了？"

"噢，你害得我也想哭了。"她伸手搂住我，号啕大哭起来。这一发不可收拾，我们偎依着彼此，不住地呜咽，发泄内心的情绪，拥抱爱意和悔恨。这感觉就像我们本该如此，我们早该这样了。这就像多年以来压抑的失望终于得以释放。我们才意识到，彼此的生命本应并肩而行，却在分岔的十字路口迷失了方向。。

马丁在门后探出头来，看到我们抱头痛哭他看起来有点困惑。我们瘫倒在沙发上，我靠着伊莎贝尔，抱着她的腰，她的胳膊搭在我的肩上。这是我一直幻想的情景。

"晚餐准备好了。"他别扭地说，"是的，在你们聊天的时候。"

"我们马上出去。"伊莎贝尔还在抽泣，忍不住冲他吼道。

"好吧。"说完，他飞快地闪身出去了。

"噢，亲爱的。"她露出痛苦的表情，"听着。我知道，你在信里说我应该对他好一点，但他性子温吞，有时候就需要我狠一点对他。"她笑着说，"好在他心地善良，当爸爸、当律师都很尽职尽责。这就够了，毕竟没有人是十全十美的。"

"你做得很不错。"我说，"在我看来，已经十全九美了。"

"十全七美。"她说，"我们已经没有性生活了。那干脆十全五美吧。"

"你高估了性的比重。"

"你说呢？"她窃笑道，"实际上，这也是一种解脱。有了孩子，就没有哪天是不累的。"

"我知道。"我说。

"噢，不！"她摇着头，"情况也并非总是这样。一开始马丁很健壮的，你还记得吗？非常英俊，但他太不会约束自己了。干他这份工作，很难做到健康饮食，一直要出去陪客户。而我们终有一日会对性失去兴趣的，不是吗？这是为期不远的事。"她顿住了，一副若有所思的样子，"大家都差不多。"

"我好久都没有谈过一段长时间的恋爱，我自己都不记得有多久了。但是谢谢！你完美地诠释了保持单身的重要性。"

"我真羡慕你。"

"别傻了！"

"真的。"她说，"我很羡慕你。你的生活听起来总是那么令人兴奋，你离婚后，又那么自由……母亲总是说你的工作做得多么出色。不像我，宅在家里。当时我目光短浅，急于组建家庭，而我也并没有像想象中那么顺利地早早步入婚姻殿堂。我真希望我能考取一些资格证书。但我从来没有工作过，一无所成。"

"噢，伊莎贝尔，别开玩笑了。你有两个漂亮的女儿，还有什么比这更好的呢？我又有什么值得炫耀的呢？他们说我聪颖过人，最后不也只是换来了几次失败的恋情、一份成绩中等的毕业鉴定？"

她捧住我的脸，转向她。"我爱你，珍妮弗。"她说，"我真的很对不起你。"

"我也爱你。"我回应道。我想我们从来没有对彼此说过这样的话。我们之间还有许多没做过的事，但为时已晚。

"谢谢你写信给我，你很勇敢……我也没有那么坏，不是吗？"

"是的，你没有那么坏。"我说，"只是有点坏。"我们都露出了宽慰的笑容。

我感觉棒极了，我做到了。我打破了我和伊莎贝尔之间的僵局。并不是因为我觉得她变了，她还是以前的她。在家庭晚餐上，我看得出来，她依旧很专横，很有控制欲，但我看到了她的丈夫、两个孩子和她的相处模式。他们接受了她的全部，并且深爱着她。我不再怀着抵触和畏惧的心理去审视她，而是尝试着去接受她。从这个角度观察事物有趣多了，她的行为具有了别样的特质。我没有戴有色眼镜评判她，也没有试图粉饰过去。我所做的，不过是更贴近地理解她罢了。

她向桌子对面的我露出微笑，整个人神采奕奕。这就是我想要记住她的样子。我希望她也会记得我的这个样子。

第 62 天

　　每天晚上，上床之前我都会在日历上划掉一天，提醒自己最后期限即将来临。当然，我知道有些人不赞成倒数日子，但我的身体越来越疲倦。麦肯齐医生又认定我时日无多，我自然断定幸运不会降临到我头上。老实说，我并不是坚信倒数日子对我有什么好处，我只是在鼓足勇气，放任日子一天天地溜走。但我现在太过恐惧，反而更执着于此，根本停不下来，生怕错过这个预期信号。

　　哈利很快就要回来了，这让我的精神振奋不少，但无论心情如何，我总是很难入睡。今晚我又辗转反侧，无法入眠。我静静地躺了一会儿，专注地深呼吸，但还是睡不着。我挣扎着从温暖的床上起来，裹上一块毛毯晃晃悠悠地下楼，像个冻僵的梦游者。天气好冷，真是太冷了！我烧开一壶水泡了一杯花草茶，又跌跌撞撞地回到床上，将茶杯紧紧地捧在胸前。最后，我喝完了茶，闭上眼睛，浓浓的睡意袭来。但意识一旦变得朦胧，大脑立刻又开始运作。我想起了工作、伊莎贝尔、哈利和死亡。思绪一翻涌，睡意就抛到了九霄云外。

　　我违背了那么多睡眠专家的明智建议，再次勇敢地面对寒冷，呻吟着走向我的办公桌，拿起笔记本电脑爬回床上。我搜索其他类型的睡眠建议，开始听一些奇怪的咔嚓音，据说可以舒缓神经。我正要进入一种冥想状态，电话铃响了，把我吓了一跳。我看了看屏幕，心咯噔一下，是哈利。他的名字对我的影响这么大，我却欢喜得很。

"嘿！你在哪儿？"我问。我关掉了咔嚓音，听着他那更舒缓的嗓音，逐渐放松下来。

"还在米兰。"他说，"我本想留个语音信息，以为你已经睡了呢。"

"今晚例外，有没有什么好玩的事情和我分享？"

"告诉我你你感觉怎么样。"

"很累。想你。"

"我也很想你，但不幸的是，我被困在了这里。下个星期再见可以吗？"

"噢，不，哈利。"我叹了口气，"太令人失望了。我们时间不多了。"

"对不起，莎莉。"

我叹息道："没关系，我只是太期待见到你了。"

"我也很期待见到你。我保证，我会弥补的。我下个星期五回去，星期六早上我去接你，带你远离这一切。"

"好吧。嗯，这是个好消息！遗憾的是，我很忙。"

"真的吗？"

"当然是假的。剩下来的日子我没有做任何计划。"

"好吧，那你现在有计划了。早点准备，不用收拾太多东西，到时候多数时间你得穿浴袍。我保证时间会过得很快的，一眨眼就到了下个星期五了。"

"虽然过得快也不错，但我还是想好好把握当下，你觉得呢？"

"当然要好好把握了，你在说傻话呢。答应我，如果有事发生，你需要我，立马给我打电话。我发誓，我会抛下一切回去找你的。"

我心想，*每天都有事情发生，哈利，但我不喜欢谈论那些破事。*

"我答应你。"我说，"我已经把你的号码设为一键拨号了。"

"那就好。现在好好睡一觉！"

"晚安，哈利。"

我们挂了电话。我把笔记本放在地板上，一点也不想再听到那些恼人的咔嚓声。那就像有人在取笑我，唆使哈利疏远我，让他像我梦里那样永远遥不可及。不过，我还有个周末可以和他在一起。我应该感激才对。

第 56 天

　　这个星期状况百出，我的病症好像终于苏醒，想起它们有任务在身了。星期一，阴暗消沉的心情如同势不可当的水墙汹涌地将我淹没，我几乎抬不起腿来，只好躺回床上，给帕蒂发短信，告诉她，我不上班了。我已经没法工作了。

　　星期二，倒数第 58 天，感觉好了一点。我仍然能感觉到灵魂中的痛苦，但这种痛苦正慢慢地消退。我艰难地站起来，决心回去工作，竭力不让它掌控我的身体。我告诉自己，虽然我快要死了，但已经发生了那么多好事，一定还会有更多的好事降临。我必须坚信这一点。

　　我努力让自己关注积极的消息：这个周末哈利要回来了，他很关心我，要带我出去散心；还有伊莎贝尔，星期五我下班后，她会过来看望我，这么多年来，她从来没有来找过我呢，这是非常具有象征意义的！她将要知道，我的生活并非是她想象中那种声色犬马的单身狂欢。等她明白了，那么就算她的生活只有十全五美，她也会发现，自己其实过得很好。

　　但症状还在持续。一开始我只能痛苦地躺在床上，后来慢慢地乐观了一点，但从星期三开始，我不停地抱着马桶呕吐。我已经恶心了一段时间，但那时才真正地吐了出来，这说明我的症状恶化了。接着我开始流鼻血。宣传册的信息变成了现实。

今天，倒数第 56 天，最糟糕的事情发生了。我不能再为转移注意力而工作了。我本来想着尽量拖得久一点，但弗兰克主动找了我。因为晨会时我的鼻血不合时宜地直往下淌，大家都吓到了。我坚称没什么大问题，但弗兰克还是把我带到了办公室。

"你看起来不太好，珍妮弗。我想你可能把自己逼得太紧了。"

"我很好，弗兰克。流鼻血只是个小意外罢了。"我不想告诉他我的病症开始有反应了，但他还是看穿了我。

"好吧，我不想让你太辛苦。我要你回家，好好休息。"

"我需要工作，弗兰克。我需要做点什么来分散注意力。"

"我明白，我真的明白。但现在这种情况对你没有任何好处。你在家里找更好的办法分散注意力吧。"

"但我负责的工作呢？我的团队呢？"

"我们会找人接手的，珍妮弗。我不是说永远接手，只是暂时性的，因为你说不定还会好起来。"

我知道，他只是想安慰我，缓和一下疾病对我的打击。"但不会的，不是吗，弗兰克？一旦我离开，就再也回不来了……"我的头好晕，"一切都结束了，不是吗？"

"噢，珍妮弗。"他喊道。他不安地晃动身体，我发誓他是想止住眼泪。他叹了一口气："我很抱歉，真的。但你永远都不知道命运会给你安排什么。情况可能会好转，别不战而退。这不是你的风格。"弗兰克对我的生活一无所知。

"谢谢你，弗兰克，谢谢你为我所做的一切。我希望你是对的。"

他把手放在我的肩上，用力地捏了捏："我们一定会照顾好你的。你有任何需要，什么需要都行，尽管给我打电话。我和帕蒂会帮你保密的。我保证，没人会因为你流一次鼻血就联想到生病，而且你也知道他们是什么样的人，他们可能已经把这件事忘得一干二净了。别担心，我会联系帕蒂的。我们会想办法解释你缺席的原因，可以说你的家人生病了、去世了，你需要休一段时间的假。没人会怀疑的。因为你突然离开，也不参加平时的聚会，和大家一起吃蛋糕，这个理由比较好解释。"

"说得通就行。"我说，"我一定会想念蛋糕的。"

他苦笑了一下，突然一把拉住我，意外地给了我一个大大的拥抱。我闻到了他腋下的汗味。可怜的弗兰克，他一定很讨厌拥抱别人。

回家的路上我一直在哭。我知道我对自己很不负责任，我应该去看医生的——之前取消了预约，我一直都没有重新安排。也许我还处在"否认"阶段，我希望和哈利去泡几天温泉会有所帮助。当然，如果没有效果，下个星期我会去看麦肯齐医生的。但他也只会坚持让我服用药物。也许我必须吃药了，说不定我已经想吃药了。

我给哈利发短信。

我不得不放弃工作了。好绝望。

令我惊讶的是，叮的一声，下一秒我就收到了回复。

那我就有更多的理由来宠你了。

看到他的话，我开怀了不少。但我的病情恶化了，再没有比现在更糟的时机了。我真希望等过完了这个周末我才感觉不舒服，那时哈利肯定回去工作了。在一系列的计划中，病情的变化是微不足道的，我不希望这耽误了我们能在一起的有限时间。

事实上，以前即使我感冒了，头痛了，生理痛了（天理不容！），哈利也从来没有关心过我。我也不明白为什么自己要把临终期望都寄托在他的身上。值得称赞的是，他确实变得更体贴了。但可耻的是，他的改变是因为我身患绝症。为什么只有在危机面前，我们才会珍惜拥有的一切？

第 55 天

今天伊莎贝尔来了,这是真正的转折点。我告诉她我不上班了,她便比计划中来得更早,好匀出时间回家接孩子们放学。

我已经尽我所能收拾了房子,用吸尘器打扫,到处抹抹擦擦。我快累坏了,但我不想让她对我家失望。

她给我带来了一束漂亮的花。我们拥抱彼此,信步进入客厅。"我上次来这里,已经是很久以前的事了。"她匆匆地环顾了一圈,"我一点印象都没有了。"她脱下外套,口风变了,"屋里冷得要命,珍。也许这就是你生病的原因。"

"我得的不是流感,伊莎贝尔。"

"不是。"她说,"当然不是。对不起。听着,我不知道我该不该说,但你知道你的眼睛全是血丝吗?"

"这是呕吐的后遗症。"

"噢,珍妮弗。"她没忍住哄哄我,"太糟糕了,可怜的宝贝。"她打了个冷战,"对不起,我要麻烦你了,你有热水袋吗?我不太受得了寒,这样我会着凉的。"

"当然有,感冒了就麻烦了。"

我们站在厨房里，烧着水，她有一搭没一搭地说着话。我正用她的热水杯给她泡咖啡。

我给姜去皮。"你要喝姜茶？"她问。

"是的。你要来点吗？"

"我喜欢姜茶。"

"我难道刚认识你？"我打趣道。

她缩成一团坐在客厅的扶手椅上，捧着杯子暖手，外套里塞着热水袋。"珍妮弗，你家真漂亮。"她环顾四周说。

"你这是在说客气话。"

"也许吧。"她说，"有点。但至少我在努力了。"我们都笑了。"那你怎么应对这个病呢？我是说，你一个人怎么承受得了？"

"我不再是一个人了。"我说，"哈利和我复合了。"她扬起眉毛。"我也给他写了一封信。他一直表现得很殷勤，明天他要带我去泡温泉了。"

"太贴心了。"她激动得快要晕过去了，"我真为你高兴。你需要有个人陪在你身边。每个人都需要这么一个人。我只希望这次他能好好待你。"

"只有55天了，他也伤害不了我什么。"我淡淡地说道。

她呛了一口茶："你在倒数还剩多少天吗？"

"是的。"

"为什么？这太糟糕了。我是说，这就像……判了死刑。"

"我确实被判了死刑。"

她的目光移向别处。"倒数日子根本就不对。"她生气地说，"听着，我想让你过来和我们住，我会照顾你的。当然，除非哈利和你住在一起。"

"你真是太好了，谢谢。"

"嗯，我家会暖和点。"

"但我宁愿待在这里。哈利没有和我住在一起。工作需要，他经常出差，他待在国外的时间比在国内还长。再说了，他在市里有一套漂亮的公寓，碎片大厦的风光可以一览无余。"

"天哪！"她似乎惊呆了，"想想那边的污染。"

我扑哧一笑："是的，我确定他考虑过了。"

"噢，好吧！如果你改变主意，我的提议依然有效。不过，你该修理下暖气了。"

"我很好，伊莎贝尔。我已经习惯了。老实说，我甚至没有注意到有多冷。"

"你还写信给谁了？"

"只有你、哈利、安迪和伊丽莎白。"

"安迪和伊丽莎白回信了吗？"

"回了。安迪回了一封非常可爱的信，一看就是他写的。"

"我能看看吗？"

"不！这是私人信件。"

"噢，继续说吧。"

"我死了你就能看到了，如果你能找到的话。"

"我不会乱翻你的东西。伊丽莎白呢？"

"没有。"

"啊，好吧。她能说的也不多，不是吗？"

"你的意思是，除了道歉之外，她能说的并不多。"

她耸了耸肩："也许她并不觉得抱歉。"

"哎哟。"

她在椅子扶手上挑出了几根破烂松散的线："不是每个人都像你一样善良，你知道的。事实上，我觉得你真是个例外，完美地证实了我的话。我认识的大多数女人都是婊子。我知道你觉得我也是，但学校里有些家长比我糟糕多了。你很幸运，从来不需要和她们打交道。"

"我不觉得你是个婊子。"我说，"但我很想试试当家长是什么感觉，即使这意味着要应付学校里的某些坏女人。"

她摇了摇头："我真不敢相信自己竟然一直以为你不想要孩子。很抱歉，那个家伙居然在你怀孕的时候出轨了。表面上恩爱非常，背后却投入别人的怀抱，我们永远都不会明白到底是什么在背后驱使这些人。"

"我们表面上看起来很恩爱吗？"

"一直都是。你告诉我他出轨的时候，我非常震惊，爸妈也很震惊。我们都很为你感到难过。"

我第一次听说这些。"他们从来没告诉过我，算了，不提了。我们不要讨论他了，他不值得。"

"嗯，那是爸妈的典型作风。他们不喜欢讨论让人难受的话题。他们可能是为你好，才不提这件事。"

"我知道。但是为什么呢？你看，我们浪费了多少时间，才能坦诚相待。我们现在多开心呀！我爱他们，但说真的，他们根本不懂怎么处理这些事。"

我指着餐具柜上的一张黑白照片，照片里他们正在舞会上翩翩起舞，神情愉悦而放松。"郎才女貌。"我说，"他们真是完美婚姻的典范，这就是他们展现在所有人眼中的形象。难道他们从未动摇过吗？我从来没听他们吵过架。"

"我也没听过。"

"他们似乎并不想让我们发现生活混乱的本质，发现人们总是过不好他们的一生。"

"该死！你一语道破真相了！"

"我依然很想念他们。"我说，"你想念他们吗？"

"没有一天不想。真遗憾，他们看不到姑娘们长大了。"

"是啊，真残酷。但我很高兴他们不在了，不用面对我这些糟心事。

我不想让他们为我操心。”

"他们还在的话，绝对接受不了的！绝对！"她微微颤抖起来，"不管怎样，让我们学学爸妈，多谈论美好的事情。你觉得哈利周末会带你去哪里泡温泉？"

"不知道。他说要给我一个惊喜。"

"噢，多好，多浪漫啊。马丁以前也经常给我惊喜。还没要孩子之前，我们都在过甜蜜的二人世界！天哪，你提醒了我，我们失去了什么。爱情的魔法失效了，真让人难过。"

我想说些话来鼓舞她，比如魔法会复原之类的，但我还没来得及说些什么，她便呜咽了几声，接着大哭起来。

我呆住了。这完全超出了我的意料，我手足无措。我走到椅子旁，搂住她的肩膀。她用手对着脸扇风。"噢，别担心我。"她说，"很抱歉，我向自己保证过不会再哭了。"

"没关系。"我说，"我们刚刚不是说过了，人总需要陪伴的吗？"

她放下茶杯，抓过手提包，抽出一张纸巾。

我冲进厨房，拿着一个半空的纸盒回来。"给你。"我把纸盒放在她旁边。她轻轻地抽泣着，俯下身，抽出另一张纸巾，擦拭眼睛，斯文地擤着鼻子。

"我不知道我这是怎么回事。"她说，"太可笑了。对不起。我受不了了。也许是因为聊起了爸妈，也许是因为我知道你要离开我了。"她悲恸地呜咽一声。我屈膝跪在她的脚边，下巴搁在她的膝盖上，凝视着她苍白湿润的眼睛。

"但还有别的原因，对吗？"

她低头看了我一眼，闭上眼睛，好像在说"别问了"。"噢，天哪，珍妮弗。"她语无伦次地说，"太艰难了。有了孩子，肩上就得承担没完没了的责任，总要为不同的琐事奔波。担心自己要么忽视了这个孩子，要么偏袒了另一个孩子，要么忽视了丈夫，而到头来，我真正忽视的是自己。我都忘了我以前是什么样子了。"她转过头来看我，"我不再期待什么浪漫的周末了。永远都不会了！"她把头埋在膝盖上，长发垂了下来。我抚摸着她裸露的后颈，想让她平静下来。

"别傻了。"我安慰道，"你把两个孩子抚育得非常好，马丁只是需要一点鞭策，全天下的男人都这样。你看看我，为了周末泡温泉，我要付出生命的代价呢。"

她在膝间扑哧一声："一点都不好笑。"

"我完全理解你的难处。同时要兼顾这么多事情，我很佩服你，你把一切都料理得井井有条。两个姑娘聪明伶俐，都是你的功劳。"

她努力冷静下来，下唇颤抖着，妆容因为泪水而变得斑驳起来。她抱着热水袋，就像孩子抱着泰迪熊一样。

"需要重加水吗？暖水袋现在一定不热了。"

"不用了……不用了……噢，天哪！"她隐忍地喊道，"我真的不该把这件事告诉你——我发誓不会告诉任何人的，但我自己再也守不住这个秘密了。我知道，我不该要你发誓保密，但是——"

"我发誓，我会把你所有的秘密带到坟墓里去。"

"别老是这样说。"她凝视着我的双眼，抽抽搭搭地说，"你不能这样说，太可怕了。"

"好吧，我不会了。现在告诉我怎么了。"

"噢，珍妮弗。我希望我不要把你牵扯进来。你能接受这个消息吗？"

"当然可以。"

她咬了咬嘴唇，"不。"她说，"不……我不能告诉你！对不起。我太自私了。你不必背负我那可悲的故事，你自己都够烦的了。"

我恼怒地叹了口气："恰恰相反，为了转变心态，我很想为别人操操心，别老是纠结自己的事情。"

她哀求地看着我。"现在是喝酒时间吗?"她问。

"不是喝酒时间又何妨?"

"不。"她苦笑道,"在我家就不可以。"

我走进厨房,四处翻找白葡萄酒,但家里只有几瓶红葡萄酒,我没打算补充存货。"不好意思。"我在厨房里喊道,"家里只有红葡萄酒和威士忌。"

"红葡萄酒就可以。"她说,"我还想喝些水。"

"你的牙齿怎么护理?"

"这就是我要水的原因。"

"没问题。"我说。

我拧开瓶子,给她倒了一大杯红葡萄酒,再给我俩倒了些水,缓缓地走回客厅。她正照着小镜子,擦拭着沾染了睫毛膏的泪痕。看到我她迅速地合上镜子,放回手提包里。"谢谢。"她从托盘里拿走一杯酒,我把水放在她旁边的地板上。

"他是谁?"

她回头看着我,吓了一跳。"你为什么这么问?"她问道,但她那震惊的表情已经回答了我想知道的一切。

"因为能困扰你的,除了这个我不知道还能是什么。你又没得罕见的血液病,对不对?"

"对。"她抽泣着,"我当然没得病。"她轻颤着酒杯,抵在她的唇上。她缓慢地啜了一口,长长地呼吸了一口气。"你说对了。你的第六感一定很准。"她说,"他是西西里学校里的一个老师。我不知道该怎么办。"

"你出轨了吗?"

"是的。"她抽着鼻子,"不要评判我。我知道你痛恨出轨的人。"

我权衡了一下情况:"你们在一起多久了?"

"不算久……大概一年吧。他是西西里的形体老师。"

我尽量掩饰震惊的神色，但我想我还是流露了出来："马丁没有怀疑吗？"

"没有。"她想了一会儿，"好吧，就算他发现了什么苗头，他也会默默承受的。"

"两个孩子呢？"

"她们不知道。我们很谨慎。如果学校里的那些婊子产生了怀疑，消息很快就会传开来，我肯定会知道的。"

我将膝盖屈到胸口："那么，除了这些显而易见的问题，还有什么在困扰着你？"

她的眉毛皱了起来，像在无声地嘶喊："他要我离开马丁。"

"嗯……你想离开马丁吗？"

"不想……我是说，我不知道。"她用力一拍前额，"不可能。"

"这绝非不可能，伊莎贝尔，他结婚了吗？"

"没有，他才二十九岁，没有结过婚。"

"哇，好年轻！"

她想要掩饰忸怩的笑容。

"所以，他对你的兴趣可能会渐渐消失。"

她看起来吓坏了。"你为什么会这么说？"她问。我才发现，对这个男人，她是认真的，所以她肯定不会考虑主动放弃。

"我不知道。"我故意道，"他还年轻，他可能想要安定下来。"

"我说了！是的，他想安定下来，和我一起。"

"他还想要孩子。"

"是的！和我生孩子！"

"我不想说得这么直白，但伊莎贝尔，你已经快四十八岁了。几乎不可能再孕育了，不是吗？"

"当然有可能，但不是走寻常的路子。更年期已经不允许我自然生育了，我不是真的想生孩子，我是说，我的孩子就是他的孩子。他爱西西里，我相信他也会爱索菲亚的。"

"你要离开马丁吗？"我对她的反常做法甚为遗憾。

"不，我不能这么对西西里和索菲亚。"

"那我很疑惑，你还有什么问题？"

"我也不想离开巴利。"

我突然忍不住笑了出来："伊莎贝尔！你不会吧！和一个叫巴利的人在一起，感觉很别扭啊！"

她瞪着我，我看得出她不懂我的笑点。"巴利和哈利还不是一样的吗？"她吼道。

我想是辅音，噢，辅音不一样。"你说得对。"我忍俊不禁。

"不管怎样，如果你遇到了他，你就不会这么说了。他非常英俊，连带着名字也好听了起来。"

"我相信你的眼光。那你为什么要烦恼呢？"

她看向我，眯起眼睛。"因为他威胁我，如果我不离婚，他就告诉马丁。"她声音嘶哑地说道。

我感觉天旋地转。"天哪，伊莎贝尔！"我说，"这太可怕了。这是威胁！难道巴利不觉得这种行为很可耻吗？这会对两个孩子产生什么样的影响？她们的学业怎么办？她们和你、和马丁、和他的关系会怎么样？到时候全毁了！"

"噢，天哪！会吗？你觉得会吗？"

"嗯……会的。你不觉得吗？"

"我一直在逃避这个问题。"

你看，光鲜亮丽的生活背后往往隐藏着各种不堪。这些不堪一不按常理出牌，你就会措手不及。

"你觉得他会要挟你到底吗？"我问，"他知道这样会被炒鱿鱼的吧？你认为他会那么鲁莽吗？"

"天哪，珍妮弗，你吓到我了。我真的不知道。我从来没有考虑过这些事情。太可怕了，我只想找个洞钻进去死掉算了！"

"你想和我交换吗？"我苦涩地说道。

她咋了咋舌："我可没这么说，你知道我没有这个意思。"

"我知道，我知道。"

我收紧双腿，贴近胸口。伊莎贝尔已经喝光了最后一滴酒。

"你想续杯吗？"

"不了，我要开车。我本该坐出租车来的，但我得去学校接姑娘们放学。"

"你就是这个时候去见巴利的吗？"

"不！"她嫌恶地说道，似乎在反驳一个荒唐的提议，"不是！我说过了，我们非常谨慎。"

我只是挑起眉毛。

她放下酒杯，向前倾身，灌了一大口水。她梳理着一头着重打理的秀发，拨到肩前，编成一个辫子。"不过，你可以帮上点忙。"

我嗅到了危险的气息，我认出了她此刻的神情。"是吗？什么忙？"

"你可以去见见巴利，当然，和我一起去。向他证明，你快要死了。"

"什么？"我不敢相信自己的耳朵，"到底为什么我要这么做？"

"噢，请别生我的气，珍妮弗。我不想冒犯你的。"她的泪水夺眶而出，她抽出新纸巾，擦干眼泪。

"我没有觉得冒犯。"我解释道，但我很害怕，这是真的，"但是到底为什么，你要我向巴利证明我快死了？"

"你保证不会生气？"

"我尽量。"

她看起来很不安："好吧。"她瑟缩了一下，好像我要打她似的，"我告诉他，我同意离开马丁，但我的妹妹快死了，我暂时不能做任何太出格的事。至少在这种情况下不行。等我和孩子们从失去亲人的悲痛中缓过来之后，我才能做出生活上的改变。"

"谢谢你。"我说，"这招缓兵之计真是妙。"我一只脚都踏进坟墓了，居然还能来一场禁忌的谈话。

"我希望这能暂时缓住他，也许到时他就忘记了这回事，我们再恢复正常的交往。"

"这个借口确实可行。"

"只是他不相信我。"

"我开始欣赏巴利这个人了。"

"他说我以前从来没有说过有妹妹，怎么突然间就蹦出了一个？"

"他说得有道理。"

"所以我需要你去见他，证明你的存在。"

"然后呢？再带我去验血？"

"不，珍妮弗，别开玩笑了。为什么你要让我这么难做？"

我摇了摇头，觉得她目光短浅，又冥顽不灵："我没有，伊莎贝尔，我想让你好过些，但是不行。"

她盯着我，看我是不是认真的："'不行'？是说……你不去？"

"没错，我不去。"

她惊呆了，听到我拒绝——她，我这辈子从没拒绝过的人。这是意义重大的一刻，但我并没有为此感到开心。开心意味着我对伊莎贝尔的困境无动于衷，但事实上，我很担忧。我只是不想再当她游戏中的卒子了，而且这一次我也不想再看到自己被她耍得团团转，就让她懦弱地乞求吧。

"看。"我说，"要么他相信你，并且信任你有一个即将死去的妹妹；要么他不相信你，在这种情况下，这段关系无论如何都是注定走向终结的了。但是，伊莎贝尔，是你亲手把自己的生活弄得一团糟，解铃还须系铃人。"

"珍妮弗！"她双眼赤红，瞪着我，"我一直都很支持你，但你心里连哪怕一丁点对我的支持都没有吗？"

我难以置信地看着她，渐渐地意识到，她说的是真心话。

"我非常支持你，伊莎贝尔。我一直都很支持你，你知道的。但你拥有一个那么美满的家庭，我不会成为摧毁它的帮凶。不是因为他叫巴利，也不是因为我不赞成。我认为每个人都有权以任何形式追求幸福，只要他们承受得了失败后的责任。我要说的是，你不能把我的死牵扯进去，那太荒谬了。"

我们注视着彼此，试探着对方不为人知的底线。她脸上露出深受委屈的不解神情。

"好吧。"她说，"好吧！如果这就是你想要的。"她扔掉热水袋站了起来，抖了抖头发，带着倔强的决心扬起下巴，"眼下这种情况，珍妮弗，我认为我们最好还是回到过去的相处模式。我们必须承认我们道不同不相为谋。我本希望你会更怜惜我，但我错了。我本以为你会理解我的感受，但你还是和以前一样自命清高。"

"噢，我太了解你的感受了，伊莎贝尔。真可惜，你没听懂我的话。"我的嘴巴很干，"我说过，我不是在评判你，真的不是。但我不会和你串通好去欺骗谁，总会有人愿意为你这么做的，但那个人不会是我。总之，谢谢你了。"

她拿起手提包，怒气冲冲地朝门口走去，猛地拉开门。但她迟疑了，又砰的一声摔上门，鞋跟一转，重重地瘫倒在地上。她的外套散落在她身侧，像护城河一样隔开。

我愣在原地："你还好吗？"

她怒目瞪视着我："你还在乎我好不好吗？"

"噢，住口！我当然在乎了。"

她将头埋进手心。"该死的，珍妮弗。"她说，"你真烦人，我想揍你一顿。你为什么非得这么道貌岸然？你知道这有多令人沮丧吗？"

我再也忍不住了，这么多年了，我的身体里就像住了一场龙卷风，周而复始地盘旋着。

"你这么说让我有多生气，难道你一点都不知道吗？"我大叫道。她瞠目结舌地看着我。"我受够了你这种态度，受够了'自命清高'这个标签，我受够了自己必须要做个理智的好人！这对我有什么好处？"

"天哪！你干吗这么生气！"

"你说得太对了，我很生气。你不生气吗？瞧瞧你，你面前就摆着光鲜亮丽的生活，你却自作自受地把它搞得一团糟，天知道最后可能还一点影响都没有。再看看我，我只想做一个正派、善良、公允的人，却落得这么个下场。我当然生气了。"

她的脸色苍白。"嘘，妹妹。"她轻声抚慰道，"没关系，一切都会好起来的。"

"不，不会的。"

"没错。"她挣扎着站起来，"不会好起来的。但不管你讨厌还是喜欢，我都要拥抱你。就算你又踢又叫，还他妈的要疏远我！"

她朝我走来，张开双臂，将我裹进外套里。

"你说脏话了。"我说，"哪怕就一个字，爸爸妈妈听见了，都会让你用肥皂水洗嘴巴的。"

"我也不想提醒你，但他们早就不在了。你现在可以说了，你想怎么说就怎么说，想多大声就多大声。"

我松开她，尖声大骂了句"他妈的"！她开始和我一起尖叫起来。

他妈的！他妈的！他妈的！

我们喊着，笑着，紧紧地抓住对方，像疯孩子似的，又蹦又跳。

我靠在墙上，握住发疼的手臂。"天哪，这感觉真好！"我感叹道。

"这感觉真他妈的好！"她喊道，露出大大的笑容，平复呼吸。她的神情一变。"噢，为什么我们花了这么长的时间，才成为真正的姐妹呢？"她说，"这多有趣啊！"

"几年前我就该写那封信了。"我说。

"现在你却得了这该死的病。走开，你这寄生虫！别缠着我妹妹！"

"谢谢你，伊莎贝尔！真的有用呢。"

"太好了，那你欠我一个人情。"她嘻嘻地傻笑着，像个笨女孩般乞求道，"你能为了我，去见见巴利吗？"

我目瞪口呆地看着她："你在开玩笑，是吗？"

"算是吧……噢，别担心！我当然是在开玩笑。是的，我把自己的生活弄得一团糟，我懂你的意思。"

我微微一笑，松了一口气："但如果你需要找人谈谈，我就在这里，暂时我还在这里。"

"我知道。"她吻了吻我的脸颊，"别动，小屁孩！现在我要走了，去做一个成年人，接几个称呼我为妈妈的孩子。记得和我分享你的周末，希望那会是个很棒的地方。"

她走了。看着她渐行渐远的背影，我感到了从不曾有过的悲伤。

第 **5** **4** 天

门口传来汽车的轰鸣声，还没按门铃，我就知道是哈利来了。门铃响了，一声，两声。我吐出最后一口漱口液，把漱口液塞进手提箱，冲向门口。我飞快地瞥了一眼镜子，检查一下眼睛有没有血丝，打开门准备出发。他裹着一条海军蓝的围巾，那张俊脸瞬间发挥了魔力，让我觉得好高兴，好兴奋。他这种特殊的能力让我脑海里的消极想法一扫而空，我会尽最大的努力确保它们不会卷土重来。

昨天早上，我打电话给医护办公室说我要去泡温泉，问他们我有什么应该避免的注意事项。我被转接到一个护士的热线，她看过我的病历后，说我应该避免蒸桑拿和使用按摩浴缸，任何产生大量热量或可能含有细菌的活动都不能参加。但她说泡温泉对我来说很有好处，任何东西，只要有助于改善我的精神状态，就和药物一样有益。我告诉她我的心态非常稳定，她说她为我感到高兴。她不知道我的心态这么好是因为哈利。

"我最爱的莎莉！"他欢呼道，"你的马车在等着你。"他指着一辆闪亮的路虎揽胜，"快看！"

"这是你的车吗？"我问。

"这个周末它属于我。我不能带你坐那辆破车，我不想让你病情加重。"

"噢，哈利！"我跳起来，吻了吻他的脸颊，"你想得真周到。"

他为我打开车门，拿过我的手提包，把它放进后备箱里。

"这就像飞机的内部一样。"他坐进车，我说道。

"万一我习惯了开这辆豪车就麻烦了。"他笑着说，"但我不想卖掉那辆旧车。"

"当然不卖了。"

出发十分钟后，我说："所以，说说看，你要带我去哪里？"

"拜托！这是个惊喜。"他说，"到了你就知道了。"他冲我微笑，"你感觉还好吗？你想打开天窗换换空气吗？"

"不，这样已经很完美、很奢侈了。"

我本以为自己会在老爷车里受苦，就带了一罐旅行糖果，以前我父母开车旅行时，这是必不可少的。我在手提包里翻来翻去，把它掏出来，使劲拧动盖子。在我们家，拧盖子一直都是较劲的好时机。我仿佛听得到伊莎贝尔在我耳边嚷嚷的声音。

"珍妮弗，给我！你真没用。"

"不，我觉得它有点松动，我快拧开了。"

"把罐子给你姐姐，珍妮弗。你已经试了很长时间了。"妈妈会催促道。

"嗒——嗒！"伊莎贝尔叫道，罐子里的糖粉冒出一股甜蜜的白烟。

"我才是那个拧松盖子的人。"我会这么辩驳道。

"你在笑什么？"哈利问。

"旅行糖果，要尝一颗吗？"

他岔开视线："噢，天哪！我好几年没吃过了。长途旅行的时候，我爸妈总是把它们备在车里。"

"我爸妈也是。"我说，"这个，还有晕海宁。我妈妈永远都不会忘记带上她那令人反胃的粉色晕车药。你想要什么颜色的？"

"给我一颗红色的吧。"

"红色是我的。"我嗔道，对于曾经留给伊莎贝尔的红色糖果垂涎三尺。我急不可耐地吮吸着嘴里的糖果，觉得以前的糖似乎更大些。"想要红色的？有本事来抢呀。"

他扑哧一声笑了："你说话听起来像我哥哥！"

"说实话，你说话听起来像我姐姐。"

"好吧，看在是你的分儿上，我就要一颗紫色的好了。"

我往他嘴里塞了一颗紫色的糖，他的嘴唇沾上了一层白色糖霜。我瞥了他一眼，忍不住笑了。他看起来傻乎乎的。

"舔舔你的嘴唇。"他照做了。

"现在，舔舔你的鼻尖。"他真的伸出舌头去够鼻子，我大笑起来，"你今天早上表现得很好。"

"真好玩。"他说，"看到你这么开心，我也很开心。"

"有时候恰恰是生活中最简单的事情会带来最大的满足，和出丑效应^①同理。"

"啊。"他说，"我记得你喜欢看打闹喜剧。"

我发现我们在向南走："我们要去布莱顿吗？"

"也许吧。"他的笑容暴露了真相。

"噢，我喜欢去海边，我喜欢去海边！"我唱起歌来。开心，开心，开心啊！

"我喜欢在舞会上漫步！舞会！舞会！"他附和道，"但今天专门设了特别节目。也许明天吧。"

没过多久，他驶入了一条宽阔的车道，我们缓缓地行驶在一条美丽

---

①出丑效应，指才能平庸者固然不会受人倾慕，而全然无缺点的人也未必讨人喜欢。最讨人喜欢的人物是精明而带有小缺点的人，此种现象亦称为仰巴脚效应。

的林荫道上。远处屹立着一栋壮丽恢宏的房子，就像脏兮兮的乡村生活地产传单上的那种房子。这种传单一般都出现在医生候诊室里，我最讨厌候诊室了。

"亲爱的，我们到家了。"他看向我说，"好吧，让我们假装这是我们的家，就这几天。"

"那就假装吧。"我说。

"我们可以假装其他客人是我们的仆人，让他们端茶倒水，看看他们有多惊恐。噢，真对不起，我以为你也是我们的员工。"

我失笑了："谁敢先这么做，谁就赢得十英镑。"

"噢，赌注很高啊！"他说。

他从后备箱里拿出我们的行李，我们脚下嘎吱嘎吱地踏过砾石，爬上宽大的石灰石台阶，走进弥漫着蜡油和百合花味道的华丽招待厅。"我们的"员工热情又迷人，详尽地为我们解说一切。入住后，我们被带到了一间宽敞的豪华套房。那张四柱床上铺满了丝绸、天鹅绒和很多蓬松的羽绒枕头，不断地召唤着我。我脱下鞋子，躺在床上，闭上眼睛，听着哈利四处走动，检查房间。我开始胡思乱想。假如我们没有分手，热恋中的我就是这种感觉吗？快乐？我觉得自己备受关怀，在他眼里我是独一无二的吗？

"你睡着了？"他问。我睁开眼睛，发现他正用手机给我拍照。"很漂亮。"他赞道。接着他跳到床上，举高手机说："自拍吧。"我们都露出笑容，"再拍一张。"

"让我瞧瞧。"他拿给我看。"天哪，看看我的头发！"我把头发顺到后背。"好，准备！"他又拍了几张我们俩做鬼脸的照片，递给我一个棕色的皮套。"给你，亲爱的。"他说，"你得放松一下。"

"我的身体一点都不放松，但我会尽力的。"

我打开文件夹，那是一张列满豪华疗养项目的单子。哈利下了血本。

"谢谢你，哈利。这太棒了，你不去吗？"

"不，你去享受吧。我要好好睡一觉，再去散散步。另外，我手头还有一些工作。"

"工作，工作，又是工作。但是，如果你改变主意……"我走进浴室，换上蓬松的白色浴袍。我看了看自己的脸，笑了。我想，我要记得这张快乐的笑脸。

"回头见。"我从浴室出来，穿过卧室。

"好好放松一下，这就是我带你来这里的目的。"

"是吗？"我说，"你确定我就是来放松的？"我转身，挑逗地敞开一点浴袍，露出了黑色的蕾丝内衣。这套内衣是我捐赠衣物的时候整理出来的。它藏在抽屉后面的纸巾里，吃了不少灰，就等着这么一个特殊的场合。我及时地找到了。为了今天的晚餐，我还收拾了一件漂亮的连衣裙。那条裙子我买了很多年了，但从未穿过。从我当下的角度出发，我会毫不犹豫地告诉年轻时候的自己，想穿什么就穿什么，想什么时候穿就什么时候穿。我会告诉她，只要她想，穿上最漂亮的衣服去逛超市都可以。她不应该浪费时间去等那个特殊的场合，那一点都不重要。她应该一直穿着漂亮的内衣，即使她觉得不该穿，也要穿，因为她值得。

哈利扬起眉毛："现在，把它收起来，不然你会迟到，那些花了血汗钱的日程安排会泡汤的。"

"你为我的日程安排花血汗钱？"我微微一笑，"我真是受宠若惊，不知怎的，心里又很过意不去。"

"所以不要浪费它。"

"现在我觉得你似乎想摆脱我。"

"怎么会呢？我希望你陪在我身边，越久越好。"

"我给过你机会的，不是吗？"我说。

我走过宽大的楼梯，去到地下室。那里整个气氛都变了，装饰风格现代而简约。事实上，空气很温暖湿润，我跟着精油的芳香走向疗养室。

这一天接下来的时间就像被施了魔法的幻象，眨眼即逝。我身体的每一根骨头都疲惫极了，浓稠的坏血汩汩循环。我快乐地打着盹儿，睡过了所有的项目，像梦游般完成一个又一个疗程。在奢华的按摩和面部净化中，我昏昏欲睡。在招牌修脚时，我像飘浮在云端似的。在美甲时，我困到头尴尬得一点一点。我达到了目的，忘记了生病的事实，直到我的脑海中闪过一个念头：等到躺进坟墓，至少我会拥有完美的手指甲和脚趾甲。有时我一冒出什么绝妙的想法，我的大脑就和我唱对台戏。

我回到套房，感觉自己容光焕发。我努力忽略那种像耳鸣一样永远萦绕在身后的浓浓疲倦感。

我打开房间的门，听见里面有声音。一时间我担心自己走错了房间，慢慢地才意识到那是电视的响声。窗帘拉开了，哈利穿着浴袍躺在床上。他飞快地合上了iPad，就像犯了罪一样。我的女性直觉跳了出来，但我把它们按了回去。我不想让自己的多疑毁了这一切，我太高兴了。

"看看你，"他说，"整个人都粉粉嫩嫩的，闪闪发亮。你今天过得开心吗？"

"你不知道我有多开心。"我说，"太谢谢你了，这对我来说意义重大。"

"晚饭前过来躺一会儿。"他拍了拍床，邀请我爬进他的胳膊弯里，"想看什么？"

"你是想说正好有足球赛吧。"

"不是！"他说，"又没有其他的节目。"

"我不介意。"我打着哈欠说，"我可以睡觉，太累了。"

"睡了那么多还睡？"他笑了。

"你怎么知道？"

他吻了吻我的脸颊："你闻起来很香，全是草药和精油的味道。"

"我身上全是油，你想摸摸看吗？"我可能不会太出格，但至少在死前，我一定不会错过和哈利调情的机会。

"如果你睡着了，那就什么都干不了了。"他说。

我开始解浴袍："那就要看你怎么能吸引我的注意力了。"

他朝我转过身来，把手伸向我的胸骨。我的皮肤传来一阵酥麻。

"你确定吗？"他说，"老实说，我让你来这里，不是想和你上床。我只是想为你做点什么，让你感觉好一点。"

"你和我上床，我不就感觉好一点了？"

他不自在地笑了笑。

"你不想吗？"我尴尬地问。

"我当然想。"他说，"我只是不知道你会不会……你知道的……有兴致……"

"我也不知道，不过我们可以试试看，温柔一点。"

他的手探向床边，把灯调暗。

"让我脱你的浴袍。"他说。

我穿着黑色内衣躺在那里，看着他脱掉他的浴袍。

"你太美了。"他抚摸着我，弯下腰蜻蜓点水般地亲吻我的脸，"够温柔了吗？"

"够了。"

他的手指滑过我的肌肤："你知道吗……你有着最性感的……鸡皮疙瘩。"

我大笑起来，闭上眼睛感受着："别让我的鸡皮疙瘩分散你的注意力。"

我放任自己跟随他的触摸而感受，他的手指描画着我的曲线："可以吗？"

我说不出话来，只能点头。我意乱情迷，他总是能让我悸动不已，我们可以永远这样下去吗？永远并不算长啊。

他的手指停下了挑逗，他的舌头沿着我的身体一路向上。

"你还好吗？"他低声问。

"很好。"

他越过我，把手伸进床边抽屉里摸索："酒店供应，他们什么都备好了。"

我们做爱的方式既熟悉又新鲜。他的气息，他的味道，他温柔的吻，把我带到了一个极乐世界。

"你还好吗？"他喘着粗气。

"是的。"我呼出一口气。

我们激烈地做爱，仿佛这一次可能是最后一次。

结束后，我们躺在那里，依偎地蹭着彼此，平复着我们的心情。

"哇。"他说，"真是出乎意料。"

"我倒不觉得。"

"小妖精！"

"是的，我发现了我身体里藏着一个玛塔·哈丽①。"

他笑了，搓揉着我的头发，亲吻我的后颈。

"我喜欢你的玛塔·哈丽。"他翻过身，"只要你冲我抛几个媚眼……"他嘟囔着睡着了。

我觉得头晕目眩——无论是对这段感情、这次欢爱还是身上的按摩精油。我摸索着去浴室，锁上门，撑在洗手盆两侧，头抵在镜子的光亮处。我深呼吸了几口气，看向自己的影像。我的脸颊通红，头发乱蓬蓬的。我露出傻兮兮的笑容。"嗯，你知道吗，珍妮弗？"我说，"你刚和哈利做完爱，他在床上睡着了，对，就是你想复合的那个哈利。刚才无论

---

① 玛塔·哈丽，一战中以蛇蝎美人形象示人的女间谍。

是谁给了你勇气，都实现了你的一个心愿。"

我们穿好衣服去吃晚饭。

"你看起来很漂亮。"他说，"新裙子？"

"是的。"我刚下决心要穿，但我不需要告诉他。

我们走进一家坐满食客的木质餐厅，但不知怎的，这里安静得连一根针掉落的声音都能听到，甚至连侍者都似乎在窃窃私语。

"喝红酒吗，先生？夫人？"

"你喝酒吗，莎莉？"

"今晚算了，谢谢。"

"你介意我喝吗？"他问。

"当然不介意。"

我们像一对初坠爱河的年轻恋人一样，握着彼此的手吃饭，不时迎上对方的视线，品尝对方的食物。这挺好的，我可以隐藏自己几乎不吃东西的事实，我一点也不饿。随后，情况似乎进展得太顺利了，我的身体决定要给我点颜色瞧瞧。我抛下一声抱歉，起身离开餐桌冲向洗手间。我浑身发烫，感觉非常怪异。我的脸上涌出了密集的汗珠。我飞快地把一条毛巾浸在冷水里，再用它盖住脸庞，希望能凉快下来。"别这样对我，我的身体。"我恳求道，"现在不行，别让我失望。请允许我快乐地度过最后的时光吧，拜托了。如果你答应了，我保证，时间到了，我会安静地离开的。"我的鼻子开始流出鲜血。该死！

"你还好吗？"我回到餐桌后，哈利急切地问，"你去了好久，我都想闯进女厕所了。"

一想到那个画面，我就发笑："是的，我现在很好。别担心，你不用去救我。"

晚饭后，我们沿着招待厅返回，我正想回房，哈利说："等一下。"

153

我朝他蹙了蹙眉。

"放轻松。"他说，"你会喜欢的，现在转身吧。"

"你在袖子里藏了什么？"他把我转过去，我问道。

"魔法。"

我感觉到他在口袋里掏着什么东西，然后一条丝绸盖住了我的眼睛，绑到了我的脑袋后面。

"哈利，你别在招待厅里做这个。"

"别担心了。现在，握住我的手。"

我抓住他的手，眼前一片漆黑地跟着他走，根本不知道他要带我去哪里。我想我们在顺着走廊走下去，因为周围的声音变了。我听到他打开了一扇门，他带我穿过去，咔嗒一声闩上了门，我的心骤然一跳。

"我们在哪里？"

"准备好了吗？"

"我不确定。"

"好吧，准备好了吗？"他问道，摘掉了丝绸。

我眨了眨眼。我站在一个看起来很小的私人影院里，周围有四张红色的天鹅绒双人沙发和一对小沙发。我张大嘴巴，环顾四周。

"你做了什么？"我问。

"今日赛事要开始了。"

"我问你话呢。"

"坐下来舒服点。"他指了指沙发。

我坐下来，他也在我旁边坐下，此时的我仍然合不拢嘴巴。"好了。"他说着，在地板上摸索了一番。

"你在做什么？"

他坐直身子，递给我一个包装妥帖的长方形盒子："因为我爱你，莎莉。"

我眼睛一亮，摇了摇盒子，绽放笑容。我有种被喜悦冲昏了头的感觉。

"打开它。"

我撕下包装纸。"噢，我的天啊！"我倒吸了一口气，"'马洛玛斯……史上最棒的饼干。'"我念道，眼睛里闪烁着惊奇的光芒，"我们要看《当哈利遇到莎莉》吗？"

"当然。我们将要一起度过属于我们的新年前夜——不管发生什么事。"

"噢，哈利！"我热泪盈眶地喊道，搂着他的脖子，亲了上去，"这是我经历过的最美好的事！"

"等一下。"他站起来，出去了一分钟。我回味着自己有多幸运，这有多疯狂。

他回来坐下："好了，请关掉手机。电影就要开始了。"

"我的手机静音一整天了。"

"那就好，你可不要给自己丢脸哦。"

灯灭了，他拉住我的手。我递给他一盒马洛玛斯。

"你要不要尝一个？"他低声问。

"暂时不想。"

我们一起看电影。我像从未看过一样看入迷了。哈利大口大口地嚼着马洛玛斯。每每放到我最喜欢的台词，我都大喊道："山核桃派，山核桃派。"以前他总要取笑我一番，现在他也一起大喊了。我们一起唱《流苏顶上的莎莉》和《必须是你》。今晚他迎合了我的每一个小癖好。

当比利·克里斯托在新年舞会前赶到时代广场找梅格·瑞恩的时候，我眼中噙满了泪水。虽然我心里觉得他不可能做到的，但他说出了那句标志性的话，"当你想要和某人共度余生时，你会希望余生快点开始"，我完全被折服了。

哈利搂住我。"对不起。"他说，"我不记得这个情节了。"

"这太美好了，哈利。"我说，"没关系。"

演职员表开始滑动，我转过身对他说谢谢。"等等。"他说，"还没有结束。"

演职员表逐渐消失，眼前突然出现他几年前的一张照片和我的一张照片，标题写着"当哈利遇到他最爱的莎莉"。我们的老照片特辑开始播放，有些我以前甚至从未见过。他花了那么大工夫，那么体贴周到，我深深地感动了。最后，今早他在床上给我们拍的照片出现了，这一切太出乎意料了，我激动得难以自抑。我很高兴我从疗养室回来的时候并没有怀疑他，我猜也许他在准备惊喜。

"你刚刚做到了一件不可能的事。"我说，"你让我更爱你了。"

"新年快乐，莎莉。"他的眼睛湿润了。

"新年快乐，哈利。"

我们漫步回到房间，凝视着彼此，不想打破刚才那一刻的浪漫。最后我们躺在床上，他紧紧地抱住我，告诉我他爱我，要是他没吃那么多的马洛玛斯就好了，话音刚落他就睡着了。好吧，今晚无论他做什么，我都原谅他。

第53天

清晨的阳光将我唤醒，我心中想要摆脱的不安感一直萦绕不去。哈利背对着我侧身躺着，肩膀在轻轻地起伏。他还没醒。

我轻轻地从被子里滑下来，踮着脚尖走进浴室，跪在地上把脸埋进马桶里。我摸索着抓住毛巾，盖在头上，绝望地试图掩盖呕吐声。我颤抖着，一动不动地盯着眼前脏污的盆壁，等着恶心感舒缓下去。我按下冲水按钮，水声非常刺耳，我不由得瑟缩了一下。

多久了，上帝？多久了？我该怎么做，才能让你允许我在生命尽头，享受一点无拘无束的快乐？我该怎么做？告诉我，上帝、宇宙、地狱之王，我一定会做到的。

浴室门被敲响了。"你还好吗？"

"别进来，哈利。"我恳求道，"里面太糟糕了。"

"我能给你拿点什么吗？"

"不，不，我现在没事了。我会出来的，给我一点时间。"

我摇摇晃晃地站起来，把水泼到脸上，检查我的鼻子有没有流血——没有——我刷完牙，再用漱口水漱口。

哈利站在门口等着我，脸色苍白。

"噢，宝贝。"他说，"我很抱歉。回床上吧。"他打横抱起我，把我裹进被子里，在我旁边躺下。

"我不知道你不舒服。"他说，"你掩饰得很好。"

"我不想让你看到。老实说，在我别无选择之前，我尽量不让别人看到那些可怕的场景。"

"你不用躲着我不让我看见。"他凝视着我说，"我来这里，就是为了陪你啊。"

"我向你保证，昨晚你为我所做的一切，意义非凡。"

在回家之前，哈利开车送我去海滩参加舞会！舞会！舞会！他停好车，我们在海边漫步。天空灰暗，我们像周围的行人一样裹着围巾、帽子和宽大的风雪大衣，呼吸着清新的海洋气息，听着俯冲的海鸥鸣叫。他一路搂着我，说我一定不能感冒，不然他永远都原谅不了自己。

"我要错过很多美好了。"我低声说。

"我要错过很多你的美好了。"他应道，"我已经错了不少。"

有种感觉涌上来，在我耳边低语：你害怕了，承认吧。你害怕了！我不想被它压制，于是我用手捂住耳朵。"这风太刺骨了。"我说。

虽然这辆车很豪华，但我一路上都很不舒服。我脑子里充斥着童年时期对星期天的忧郁，明天又该上学了，我心里盼着每天都是周末。更糟的是，我知道我一个星期都见不到哈利了，因为他又要出国工作了。

"我想请你去我家坐坐。"他说，"但我得把车还回去，明天要早起赶飞机去柏林，我还有很多准备工作要做。你介意吗？"

"我当然介意。"我佯怒道。但我的笑容扫却了他的不安。

哈利送我到前门，我们在门口吻别。他抱了我很久，我知道我会非常想念他。现在我和他的感情前所未有地深厚，只会多，不会少。我不想让他走。

但我必须这么做。

看着他离开，我的心很痛，这是身体真正意义上的疼痛。但心痛在我预料之中。我在门口踟蹰不定，不想进去，不想面对里面虚无的空洞。屋子黑暗极了，房间里又冷又孤寂，我不想吸入空气中的痛楚和阴郁。

但我必须忍受。

我打开前门时幡然惊醒，我将要失去、将要荒废眼前的一切了。我随手把箱子掷入大厅，迈着重重的步子走进去。我第一次生气了，对自己生气。我气自己有机会时从来没有追求过真正想要的东西，我本以为自己是一个友好、善良、无害的人，实际上却是一个自以为体恤他人的懦夫。我气自己太晚参透这个道理，太晚发现我要接受有人爱我这个事实，太晚明白我值得被爱。这些迟到的认识最美好，又最令人痛苦。

我再也不想逃避，不想放任疾病来主导我的人生。我不想失败了还要故作优雅。我不要安静地离开。我想大喊大叫，又踢又闹。我会错过那么多美好的事物：奥莉维亚的婚礼、安娜·玛丽亚无忧无虑的人生历程、姐姐的未来、外甥女的未来、我自己的未来。为什么我要假装没事？假装这个世界太糟糕，我最好一走了之？我喜欢这变幻莫测的世界，置身其中，甘之如饴。

我想念哈利，现在我真的特别想他。他真让人扫兴，该死的工作！我想他！我希望他掉头回来，对我说："让工作见鬼去吧！我想和你在一起，因为我爱你！"该死的，他怎么那么自律！

今晚我可不想自律。我砰的一声关上门，把箱子里的衣服都甩在地上。我不捡起来，也不打算洗。为什么要那么麻烦？有什么意义？我能穿的干净衣服多得是，等到我什么都不需要穿了，躺在土里再作罢。

我对着墙捶胸顿足。

我不想死！

我不想死!

"我想活下去!"我尖叫道。

电话答录机突然亮起了蓝光,我在房间里团团乱转,不知道该怎么办。闪烁的光点激怒了我,它根本没有权力干扰我的发泄。我一腔怒火,不耐烦地按下播放按钮,不让它闪来闪去。是哪个唯利是图的小律师打给我的,又或是什么我买都没买过的保险找上门来了?我心烦意乱地听着录音,随时准备按下删除键。

你有三条新消息。

三条?

听到了真人的声音,我很惊讶。三通未接来电都来自医生办公室。接待员让我一听到留言就给她打电话,因为我需要和医生确定预约。为什么?星期五我打电话时,他们并没有让我预约。事情的紧迫性让我忧心忡忡。让它见鬼去吧,我按下删除键,开始大喊大叫,这个世界效率太低了,为什么接待员不能说得更具体一点,以免让我凭空猜测她到底为什么打这通紧急电话?她为什么不直接打我的手机?

我看了看手机,她确实来过电话。自温泉疗程和电影之后,我的手机一直静音。我甚至错过了哈利的电话,我马上打回去给他。

"嘿。"他说,"你在哪里?"

"在地狱。"我躺在沙发上说,"我想念天堂。"

"周末太开心了。"他说,"太特别了。这个星期我会非常想你的。"

我想让他不要再说他会想我了,他又回不来,这么说很不公平,让我感到很失落。但是,当然啦,我又想听他一遍又一遍地说想我,我对自己的自相矛盾很是懊恼。

"那就别走。"我说。

"你听起来很生气。"

"我确实很生气。"

"不错。"他说，"这很健康。"

"我他妈的并不健康。"我坐起来喊道，"这才是重点！"

"我知道。"他说，"我知道。我只是惊讶……"

"惊讶什么？我气自己要死了？"

"不，不！我想我以为你会到……"

"到什么？你到底在说什么？"

"对不起。不说了，你绝对有权生气。"

"不，说真的。到什么？"我站起来，紧张得浑身僵硬。

"你知道的……阶段……"

"什么阶段？"

"悲伤的阶段。"他咳了一声。

"你在开玩笑吗？你在说什么？"我在房间里踱来踱去，难以置信地把手机夹在耳朵上，"因为快要死了，我就应该接受死亡吗？这是你的意思？你觉得所有垂死的可怜灵魂都应该呆坐着，眼巴巴地数着每一个阶段，每结束一个阶段就去感谢上帝，问他接下来是哪个吗？"

"我根本没这么说过。"

"好吧，我可以向你保证，我们不会这么做的。事实上，有时候我们会同时处于几个阶段。今天我很生气，很消沉，我自己和自己生气，因为没人会听——"

"我在听！"

"那我告诉你，现在既然我已经选了否认，我就永远不会选接受。"

"我很抱歉。我只是想你了——"

"别再说了。我还活着，我还能打电话，你还能看到我。如果你真的想我，你会放弃所有的工作，而不是选择离开。"

"那我回来吧。"他说。

"不用了。"我拔高音调颤抖地说，想竭力平复自己的情绪。我被自己的反应吓到了。我又坐了下来。我不想给人一种忘恩负义的感觉。这个周末哈利为我做了这么多事情，我不能这么对他。就算他现在笨头笨脑的，那也是因为和将死之人待在一起，自然机灵不到哪里去，太容易说错话了。但我知道他很体贴，很关心我，说错话也无所谓。

"好好准备去柏林吧。"我决定就这么算了。

"不，不，我要回来。"

我难过地笑了，这正是我想听他说的。

"不要，哈利。"我直截了当地拒绝道，"我知道你必须工作。虽然我的状态不算最好，但我保证，我会度过这个阶段的。"

"别这么说。这让我觉得自己很愚蠢，让我回去吧。"

这出乎我的意料。我这样发脾气，他竟然没有落荒而逃。而他离我而去，一直是我最大的恐惧。

"不，我很好。我现在平静下来了。我很好，真的。谢谢你。"

他叹了口气："好吧，你确定？"

"我确定。"

"那就好。我明天给你打电话。"他说，"我会频繁地骚扰你。如果你感觉不妙，我就打道回府。"

"谢谢你。"

"还有……我真的很爱你，虽然我有时候嘴巴很笨。"

"你是我的小傻瓜，哈利。眼下你才是我最重要的人。"

第 **52** 天

我先给医生办公室打了电话。"我是珍妮弗·科尔。"我说,"有人让我打电话来预约,我是麦肯齐医生的病人。"

奇怪,电话那头没声音。

"啊,是你。"一位女士温柔地说,"珍妮弗,很高兴你打电话来。我们一直都在找你。"

对方认识我,我立即警觉起来:"有什么问题吗?"

"不,没问题。"她清了清喉咙,"我们需要你来一趟,见见医生。你什么时候有空?"

"你能告诉我为什么吗?"

"这恐怕要由医生解答。"

我立刻产生了怀疑。我感觉有点不对劲。

"你什么时候能来?"

"今天吗?任何时候都可以。"

"十点钟可以吗?"

"可以。"一个紧急预约。为什么?为什么这么急迫?

"那太好了。"她说,我听到了敲击键盘的声音,"到时候见。"

我放下电话。我应该说我马上可以过去的，一个小时的等待太漫长了，我好想知道医生到底为什么想见我。但是，还能有什么更糟糕的事情呢？他已经告诉了我最坏的消息，没什么比那更坏的情况了。

也许他跟踪了我的治疗过程。就算他知道了又如何？治疗只会让我心理上更加痛苦。

我踱着步子，紧张地做起了家务，但没有做完。我把卧室地板上的衣服捡起来，挂起裙子，其余的扔到洗衣机里。看着它们太压抑了。它们象征着失败，但即使我输了，我也不想被人盯着看笑话。我找到了马洛玛斯的空盒子。它是我的信物。我把它抱在胸前，想起了那天晚上的情景。我努力让自己淡忘恐惧。

哈利给我发短信说他安全抵达了。我很高兴看到他的名字出现在我的手机屏幕上。我回复他一个大拇指。在这种状态下，我只能这么回复了。

我很早就到了办公室。接待员热情地向我打招呼，这让我更加焦虑了。我坐下来，听着接待员接电话，翻阅着过期杂志那似乎没完没了的内容。这些杂志大多放在接待员这里。我听到她提到了我的名字。"是的。"她说，"我会告诉她的。"她看向我，"珍妮弗。麦肯齐医生现在要见你。"

现在还不到十点。他从不提早见病人，我忍不住发起抖来。

我敲了敲门，从门口往里探了一眼。麦肯齐医生抬起头瞥了我一眼。他的鼻尖上架着钢框眼镜。"啊，珍妮弗。"他说，"很高兴见到你，请进。"他在电脑里输入了些什么，转过身来打量我，"你气色不错。"

我瑟缩了一下："我敢打赌，你对所有的病人都这么说。"

他清了清喉咙："坐下，亲爱的。"

我能插句话吗？我真讨厌他叫我亲爱的。

我滑坐到椅子上，把手提包放在旁边的地板上，冰冷的双手紧紧地攥着，试图平静下来。"今天很冷。"我说。

"是吗？我没留意。如果你想，我把地板电热器打开？"

"不用了，医生。"

他的面前打开了我的档案，他神情严肃地拨弄着几张纸。这是不好的征兆。我在转椅上不自在地挪动。我们都很不自在，但主动权在他手里：他知道什么情况。我们只沉默了三秒钟，但这三秒钟太辛苦、太沉重了。

"我有一些消息要告诉你。"他说。

我坐直了身体。我的嘴巴很干，舌头几乎粘住了颚部。

"出了个失误。"

我转头盯着他，浑身僵硬，好像石化了一般，但我仍然是血肉之躯，因为我的心脏剧烈地跳动着。"什么失误？"我问。

他拿起一堆文件，反手一抹，把它们整齐地摊成一条直线。

他为什么总是吊人胃口？快说！

他支支吾吾的。"但是个好消息。"他说，"不管怎样，对你来说是好消息。"他坐得笔直，我发现自己也不自觉挺直了腰。他咳嗽了一声，舔了舔指尖，迅速翻了几页文件。"看来……"他又咳了起来。

"是什么，医生？"

"嗯，你很不幸，但又很幸运——"

他怎么回事？

"……你的验血结果不对……"

我心神恍惚起来。我能听见耳边传来他低沉的嗓音，他好像在和我说话，而我却不在房间里，他的话音从我身上寸寸滑落。周围的事物开始左右游移，房间陷入一片模糊的蓝光之中。下一刻我所知道的是，麦肯齐医生俯在我身前，拍打着我的脸颊，他那酸涩的气息迎面喷来。

"你没事吧，珍妮弗？"他问。

我努力聚焦双眼，终于看清了他的面容。"医生，应该是你告诉我有没有事才对。"我揉着脸颊说。

他笑了，显然松了一口气。"是的。"他说，"是的，你没事。"他握住我的手，拍了拍，"我扶你坐回椅子上。"他摇摇晃晃地扶起我，将我的胳膊搭在他的肩膀上，别扭地把我一屁股放到椅子上，快步退回桌子后，揉着他的尾椎骨。他给我们各倒了一杯水，他喝了一口，我则大口大口地灌了下去，几秒钟就喝完了。

"很抱歉，我们让你经历了这场折磨。"他继续说着，并没有给我任何插话的机会，"我非常高兴地告诉你，我们弄错了结果，这种情况非常罕见。也就是说你没事了，珍妮弗。你一定需要时间消化这个好消息。我知道你会很生我的气，我必须向你道歉。但孰能无过，我的办公室职员也是人。如果不是你去疗养院之前和护士谈过话，我们可能都不会发现这个失误。"他这么说似乎在暗示：你玩得很开心，还能有什么问题呢？也就是说，可能直到你出人意料地活了下来，我们才会察觉到这个失误。或者说……好吧，别管了。

我很震惊，不知道该做何反应。我可以活下去了，但这意味着有人会死。太可怕了！但是，重点是——活的人是我！这是件好事，不是吗？那个可怜的女人，她通知家人、决定如何度过生命最后几周的时间比我还少。现在我，一个夺走了她宝贵时光的人，却坐拥了一辈子的光阴！我觉得我对每个人都撒谎了。我感到六神无主。

"那我到底是怎么了，麦肯齐医生？"

"没事。"他语气轻快地说。他突然变得非常乐观。我坐在这里，紧张得要命，他却没羞没臊地开心成这样。他怎么能这样！

"但是我觉得很不舒服。"我说，"我经常感到恶心，身体乏得不行，情绪还很消沉，还流鼻血。传单上说的一切症状我都有。"

他脸色一沉："你吃了我开的哪种药？"他用一贯的指责语气问道。我的耐心被逼到了极限。

"你怎么说得好像全都是我的错？来得不够快，是我的错；吃了你开的药，是我的错。好吧，医生，我没有吃过那个处方上的任何药，算你走运。你可别忘了，一切都是你造成的。"我一点都不想看他不安地挪来挪去，但坦白说，"亏我母亲还把你当上帝来供奉。"

他哑口无言，喉结上下滚动。他知道他无法辩驳。

"我也希望我们没有犯错，对此我非常抱歉。"他猛地呼出一口气，"我之所以问你吃了什么药，是因为可能会产生副作用。"

"当然没有。"

"嗯。"他拉下嘴角，"当然，这些症状可能是心理影响，人的大脑很聪明。"

他这是什么意思？因为我被告知自己得了绝症，所以我的生理上就出现了绝症的症状？我想起了艾米丽和她得的臆想症。我想知道她的症状是不是和我的一样真实存在。公平地说，麦肯齐医生也许是对的。在真实和臆想之间有这样一条界限吗？

"那我的实际验血结果怎么样？"

他清了清嗓子："你贫血，所以觉得很累。我已经帮你开了补铁片，你就要绝经了。"

我目瞪口呆地看着他："你是说，我只是更年期到了？"

"是的！"我喜不自禁，这真是个意外的收获！绝经前期综合征。

"但是我非常难受。"

"嗯，不用担心。"

"谢谢你，医生！"

他摇了摇头，眉心舒展："对不起，珍妮弗。你的症状可能是心理作用造成的。"

"我没撒谎。"我保证道，努力捍卫我的信誉，好像信誉比健康更重要似的。

"嗯……"他答道。我们四目相对，审视着对方。

"那个得了血液病的人怎么办？"

"亲爱的，这不是我该和你讨论的问题。让我们看向积极的一面，你可以活下去了。"

"但她怎么接受得了？我估计这个失误耽误了她所剩无几的时间。我是说，你不觉得我应该去看看她吗？也许——"

"我明白你在担心什么。但我要遵守患者保密协定，不可能告诉你的。你慢慢恢复正常的生活，剩下的事情交给我。"

我看向他，对，我必须保持积极的心态。"我可以活下去了。"我像在测试单词的发音，"这当然是件好事。但我为什么感觉这么糟糕？"

他挠着头："绝经期可不容易度过。但是为了让你安心，你愿意让我做多点测试吗？"

我看了他一眼。

"那是个严重的失误，珍妮弗，不会再发生第二次了。那个搞错了你病历结果的女人已经被炒鱿鱼了。"

"噢。"我说，"我感觉更糟糕了。"

"你应该感到开心才对，回家之后一定要庆祝一番。"

"真的吗？我想我会是第一个庆祝绝经的女人。"

他笑了。我有点感激，他的笑容缓和了紧张的气氛。"我要再取一份血样。我们应该找出你生病的原因，以防万一。"

"万一什么？"我说，"我不想再听到坏消息了。我宁愿一直否认下去。"

"那取决于你。"他摘下眼镜，揉着鼻梁。他扬起浓密的灰白眉毛，似乎在说，这可由不得我，他已经为我做出了决定。

"好吧，麦肯齐医生，"我卷起袖子，"尽管使坏吧。"

但我们都知道他已经验证过了。

part 2

第二部分

1

你可能觉得我应该欣喜若狂——按照麦肯齐医生说的，庆祝我的好运。但这件事并没有那么简单。一个半月以来，我一直都在催眠自己，死就死吧。突然又可以活下去了，我很震惊。当然，这是个令人震惊的好消息，但同样让我备受伤害。我感到很内疚。也许这是幸存者的负罪感，那个早该知道结果的女人怎么办？我知道麦肯齐医生的意思，该为她负责任的是他，但尽管如此，一想到她，我仍然十分困扰。她有机会实现临终愿望吗？她已经死了吗？有人握着她的手吗？想想真的太可怕了。

我也感到非常尴尬。我不知道该怎么处理这个消息，该怎么告诉别人。"噢，顺便说一句，我不会死的，我只是要绝经了。"理由可以不这么平淡无奇吗？难道不该更惊人一点吗？我觉得很羞耻、很愚蠢。事实上，说是耻辱也不为过。

还有，可能我说这话很奇葩，很无礼。但我真的觉得我会失去别人的关怀。

我知道这听起来很荒谬，但当周围的人以为你要死了的时候，你就会成为他们关注的焦点，他们会愿意为你放弃一切，比平时更在乎你的感受。坦白地说，我喜欢这种感觉。现在我开始担心人们不会再关心我了，因为我还是我，人力资源部那个无趣、普通的老女人珍妮弗。听着，我知道，这就像结束一段美好假日，该重回正轨了。但此时此刻，一想到要恢复了无生趣的正常生活，我就感觉很没意思。

我一遍又一遍地思考着整件事，试图理出个所以然来。看来我可能有点创伤后遗症了。麦肯齐医生似乎也这么认为。他们赠送了我一年的免费心理治疗。麦肯齐医生说"有个人说说话也许可以开解你"。这说明了什么？

但我不想和任何人说话，更不用说治疗师了。我关掉手机，因为如果有人打电话来，我就必须向他们坦白真相，可我还没准备好。虽然这并不是我的错，但我还是觉得自己像个骗子。

奥莉维亚不会认为我是个骗子，她会开心死的。但是其他人呢？弗兰克会因为放松了警惕流露出的脆弱而感到尴尬吗？他会让我重新工作，还是再也无法正视我了？

伊莎贝尔会怎么想？她会后悔告诉我巴利的事吗，因为我无法把她的秘密带到坟墓里去？假如我不是快要死了，她还会向我坦陈那么多吗？假如我再遇到安迪，他在震惊之余会不会生气，以为我在情感上敲诈他，逼他揭露自己婚姻中的丑事？

但是，噢，这种感觉真让人苦恼，多让人丢脸！哈利还会爱我吗？噢，请不要让哈利变心。

让我们面对现实吧，若非因为自己快要死了，我会写下那些该死的信吗？当然不会。也许这就是重点。即便我不会死了，维护自己的立场还是值得一试的，这比自己的面子、比害怕失去尊严更重要。我需要说服自己这一点。

我打开笔记本电脑，胡乱地搜索"更年期"，了解它的危险性。我必须这么做。我需要确切地了解它的含义。"绝经前期"是什么意思？

很多网站都有说明。我选择了一个看起来最人性化的网址，向下滑动到"症状"，它们和"罕见的血液病"的症状惊人地相似。出汗、头晕、抑郁、失眠、情绪波动。好吧，我从来没有严重到发烧、精神错乱，更没有吐血或者昏迷，而这些症状都在宣传册上白纸黑字地写着，我却从来没有质疑过。

我正浏览的这个论坛上那些哀伤的哭诉，你应该看一看。有些正经历绝经期的女士觉得自己快要死了，有的甚至想自我了断。所以，说我所经历的痛苦是由心理负担引起的，简直毫无逻辑。情况确实很糟。

我应该有所准备的，但我从来没有处理过任何涉及荷尔蒙的问题。妈妈从不主动讨论我们的身体变化。等伊莎贝尔和我到了可以了解性的年龄时，她只是把《我从哪里来》那本书拿给我们看而已。我在学校的更衣室里偷听了一些风言风语，才明白了其他的青春期私密。有时我甚至想，妈妈希望生出来的是男孩，这样她就可以把性教育留给爸爸了。

从青春期起，妈妈就有责任提醒女儿所有成为女人的潜在风险，并且是以一种与谷歌截然不同的方式，因为在谷歌搜索任何一种疾病，都会让你心慌意乱。妈妈可以握着你的手，直视你的眼睛，开诚布公地讨论一切，这样当事情发生时，你就会想起她不遗余力地灌输给你的知识，然后就想，啊，是的！*我会活下来的。毕竟，看看妈妈，她在接受激素替代治疗，她就挺好的。*

当然，我不知道我妈妈是不是接受过激素替代治疗。我估计她接受过。毕竟，这是药物治疗，她可是对各种药物的功效深信不疑。她一丁点痛苦都受不了。抗生素对人有害？她会呵斥你胡说八道。那她为什么不能和我们谈谈身体的变化呢？"性""阴道"和"更年期"这些敏感词她甚至提都没提。她在害怕什么？怕我们生气吗？难道我们会因为自己是女孩子而责怪她吗？

我需要和伊莎贝尔谈谈。我必须问问她是如何教导她女儿的。我希望她不会犯和我们妈妈一样的错误。女孩子需要学会自主地处理一切事情，比任何时候都需要。

我看了一下时间。现在是午夜一点。我已经盯着屏幕好几个小时了。我必须上床睡觉，尽量重整旗鼓直面人生，告诉大家我的病是个骗局。不！不是骗局，是失误！

我脱下衣服，站在浴室镜子前准备刷牙。我告诉镜子里的自己，我很好。虽然有点可怕，但我只是进入了一个全新的荷尔蒙循环阶段。还有，我是个好人。我的朋友们会理解这个误会，为我感到高兴的。尽管如此，我还是无法自欺欺人，说事情会一帆风顺。这将是我经历过的对爱情和友情最大的考验。谢天谢地，帕蒂一直想让我在公司公开这个秘密，但都没有说服我。

我要振作起来。我可以活下去了。

我可以活下去了！

我曾苦苦哀求，要么是富有同情心的神明或宇宙听到了，要么是天降洪福。我所珍爱的人，肯定都会欣喜若狂的。我不能再这么消极了。

我上床睡觉，暗暗下决心明天我得面对现实。我要把这个好消息告诉那些于我而言重要的人。

明天一切都会好起来的。

2

昨晚我时睡时醒，梦见我告诉大家，我的病是个失误，我盯着一群不知名的面孔，听着他们欢呼。直到醒来我才意识到我还没有公开这个大秘密，真是空欢喜一场。

他们今天应该会给我打电话告诉我最新的结果，麦肯齐医生说他会尽快解决的。我想知道为什么他们还没联系我。

该死！

我真是个白痴，我忘记了当我一躲在家里不想和任何人说话时，就会拔下家庭电话的插头，关掉手机。我不能再这样做了。既然我已经决定直面未来，我就不能再闭门谢客了。

手机开机后，叮叮响个不停，显示了几条消息，语音信箱也开始响了起来。手机里的女声告诉我，我有二十一个未接电话，居然有二十一个！就在这时，门铃响了。我呆愣在原地，可怜兮兮地看着身上的睡衣，在听电话和开门之间来回纠结，不知道应该先处理哪个。门铃疯狂地响着，不知是谁一个劲儿地按住蜂鸣器。我扔开手机，透过猫眼看出去。到底是谁？邮递员才不会那么咄咄逼人。

噢，天哪！

是奥莉维亚和丹。奥莉维亚面色发白，神情惶然。我立刻反应过来她为什么站在门口。

我想溜走，想藏起来，但我欠她的情太多了。我……慢慢……打开门，感觉很是内疚。

"珍妮弗！见鬼，珍妮弗！我以为你死了！"她的脸色涨得和头发一样红，歇斯底里地喊道，"你去哪儿了？为什么不接电话？"丹以保护的姿态站在她身边，像是把我当成了敌人。

"先进来。"我说，"对不起，我好着呢。"

"噢，我当然看得出来！"她涕泪涟涟，"到底怎么回事？我是说……噢，天哪，我不该这么生气的，珍妮弗，原谅我。我很抱歉，我语气太严厉了，但我们快担心死了。你就这么失联了，什么消息都没有回。"

"你以为哈利杀了我吗？"

"别开玩笑了。我以为会看见你四仰八叉地倒在地上。现在你不该疏远关心你的人，不该自己躲起来，这对我们不公平。"

"我知道，我知道。"我说，"对不起。真的，我很抱歉。"

"那就好。"她气息不匀地深呼吸，抓住我的胳膊，耷拉着嘴角，"我很高兴还有机会生你的气。"

我充满歉意地抱了抱她，觉得羞愧难当。她要说点什么，但我阻止了她。"奥莉维亚，"我说，"我要向你道歉。很抱歉让你这么担心。"

她强颜欢笑："我接受你的道歉。"

"我们都需要坐下来，喝杯茶，再回头看看整件事。虽然有点奇怪，却有件好事要告诉你。"

奥莉维亚的脸上流露出好奇的神色，她伸直脖子，晃晃脑袋，上下摇动肩膀，以缓解紧张的情绪："什么？发生什么好事了？你要嫁给哈利吗？"

我扑哧一下笑了："等我们坐下来我再告诉你。去客厅，我去烧水。

丹，你要什么茶？"

"要牛奶，不加糖。"丹说。

奥莉维亚盯着他，好像他疯了似的。"你还有心情喝茶？"她对我说，"我想知道到底发生什么事了！"

"先喝茶。"我说，"去客厅放松一下。"

"放松？我就想知道是什么好事，现在！"

"去客厅！"我卖着关子，"听话。"

她狐疑地看着我："我不知道该听话的人是谁呢。我也不想骗你，看到你出现在门口时，我真想掐死你。"她握住丹的手，"走吧，我们让这个穿着浴袍顶着鸡窝头的女人自己泡茶去。"她还是很生气。

我把三杯普通的茶放进托盘里，端到餐具柜上。我再也不会碰姜茶了，它有种死亡的味道。是时候重拾旧口味了。

奥莉维亚和丹紧挨着坐在沙发上，丹看着很不自在，很犹疑。奥莉维亚则焦急不安。我给他们每人递了一杯茶，奥莉维亚的眼睛紧紧地盯着我。"可以说了吧？"她催促道。

我在扶手椅上坐下，啜饮了一口，闭了一会儿眼睛，脱口而出："我的病是个误诊。"

接下来是一阵沉默。我看了看他们，他们的神情都很愕然。

"什么意思？"奥莉维亚问，"误诊？什么误诊？"

"就是误诊，不过是个好消息。"

一种如释重负的感觉不知道从哪里冒出来。我放下杯子，把脸埋进手中，号啕大哭起来。

我听到丹低声问："要不我先走？"

"不用！"奥莉维亚低声道，接着她用试探性的口吻问道，"什么意思，珍？是我想的那样吗？"

"就是医生把化验结果弄错了。"我语无伦次地说，"我不会死了。

总之，我正在经历该死的绝经期。我会很热，会流很多汗，还会喜怒无常，难以捉摸，但我可以活下去了！”

奥莉维亚把茶杯放在地板上，高举双手："我不信！我他妈的不信！"她倏地站起来，一蹦老高，"过来，你这个愚蠢的更年期老女人，给我一个史上最用力的拥抱！你还在等什么，珍妮弗？你打算藏起这个消息，留给我过圣诞节吗？"

"圣诞节！"我说，"我都忘了圣诞节，我真的可以过圣诞节啦！"我发自内心地大叫一声。

我们高兴地挥舞着双手，奥莉维亚抓住我，左右摇晃着，像是在跳牛仔舞。

"我真不敢相信。"她开心地说，"真像是做了一个梦。"

"快告诉我。"我说，"我是不是在做梦？"

"噢，你一直都很清醒。"丹开口说，提醒我们他还在呢。

"来吧，丹。"我说，"我们得一起拥抱一下。"

"等一下，亲爱的。"奥莉维亚对他说，"我想完完全全地再拥抱一会儿这个女人。我需要感受她体内蓬勃的生命力，证明噩梦已经结束。"她就像愤怒的小鸡啄食种子一样吻着我的额头，"天哪，我爱你。"她一边亲，一边含糊不清地说，"直到现在我才知道我有多爱你。我想我一直在隐藏内心深处的真实感受，以为那样失去你才不会那么痛苦。现在我不必隐藏了，也不必担心那该死的葬礼了！我可以长长久久地和你在一起了！"她一头扎进我的脖子里，紧紧地抱住我，我几乎要喘不过气来。

"我想你就要憋死我了，丽芙。"我结结巴巴地说。

她将我拉开，微笑着说："有时候为了爱，你必须吃点苦头，对吗，丹？现在该到我们拥抱了。"

他皱着眉头，困惑地看着我们："我不知道我该不该打扰你们。"

"啊，来吧。"我说，"别这么扫兴了，快过来！"

奥莉维亚和我留出一个空当给他。

他站了起来说："好的。我一直想试试左拥右抱的感觉。"

"那就来啊！"奥莉维亚说。我们三人紧紧地拥抱着彼此。

3

"我真不敢相信，这么好的消息你居然不敢告诉我们。"奥莉维亚一边喝茶一边说，"你以为会发生什么？你以为我们都会说'噢，不会吧！我正盼着参加你葬礼呢'？在你眼里，我们成什么人了？"

"我需要自己消化一下。你不知道我有多震惊。"我有点难为情，"如果我知道自己会重新过上正常的生活，我才不会做那些我永远不可能做的事。所以我得躲起来，厘清内心的感受。我觉得自己很愚蠢，很不好意思。"

"你是说那些信？"奥莉维亚说。

"是的，那些信。"

"什么信？"丹问。

"你没告诉他？"

"他不会明白的。"

"什么？"丹说。

"我等会儿再告诉你。"奥莉维亚说。

奥莉维亚和我面面相觑。

"大家都会理解的。"她点了点头，肯定自己的看法，"每件事情的发生都是有原因的。这些信给你的生活带来了很多积极的变化，虽然我很不乐意承认，但哈利和伊莎贝尔知道了一定会很高兴的。安迪呢？那封信后你还有没有再收到他的消息？"

"没有。"

"好吧，管他呢。反正他也不重要。这就是写那些信的意义，筛选出真正重要的人。"

丹和奥莉维亚相视而笑。

"当然，我现在可以参加你的婚礼了，如果你邀请我的话。"

奥莉维亚的眼睛亮了起来："当然会邀请你！瞧，你忘了圣诞节，我忘了我的婚礼。"

"太好了。"丹说，"真让人高兴。"

奥莉维亚开玩笑地戳了他一下："你懂我的意思。"然后乐呵呵地看着我说，"现在我有伴娘了。你愿意当我的伴娘，还是伴嫁？选一个称呼，随便什么都行。"

"你这是原谅我了，原谅我先前的失联？"

"你觉得呢？"

"那我要做你的伴娘。"

"噢，珍妮弗。"她若有所思地说，"你猜猜我在想什么。我在想你还没告诉哈利吧。"

我的胃瞬间翻腾了一下。

"你也没接他的电话吗？"

"噢，该死。"我一边检查手机一边说，"他给我发了四条信息，你敲门的时候我才开机。我真是个白痴。还有二十一个未接电话呢。"

"我想奥莉维亚就打了二十个。"丹说。

她反驳说："我估摸你会发现二十一个都是我打的。"

"他回来之前我不打算告诉他，我要当面跟他讲这件事，这样的大事在电话里说不清楚。"我说。

我查看了未接电话。"我应该看一下语音信箱，医生也该给我打电话了。我得知道我最近的验血结果。"

"噢。"奥莉维亚蹙起眉头，"为什么又要检查？"

我不以为意地挥了挥手："只是预防措施。说实话，奥莉维亚，我现在更理解艾米丽了。"

"艾米丽？为什么？"

"因为我觉得我的很多行为可能是心理造成的。"

"噢，饶了我吧。你跟艾米丽的情况完全不一样。她太自恋了，为了博取同情，把自己弄得病快快的。在我这里她肯定讨不了好。"

"也许这是我们对她一贯的看法，但我现在感觉不一样了。我是说，看看我，我非常信任那个医生说的话，他说我的病无药可救，所以在我的意识里，我就觉得我没救了，我的身体也诚实地给出了反应。所以对艾米丽来说，有什么不同呢？"

"因为她和疾病的关系，就像小孩和他们想象中的朋友一样。"

"但她真的病了，不是吗？她得了精神病。所以，我们还真应该同情她。"

"给她打电话！"奥莉维亚说，"别管我怀疑什么。你要是觉得困扰，那就打电话给她。"

"我会给她写封信，其他的就看她自己了。"

"哈！看来那些信让你获益匪浅啊！"

我笑了："可不是，迟早大家都会知道我整了个骗局，才写的那些信。"

"别搞笑了。那是误诊，哪是什么骗局。"

我伸展胳膊打了个哈欠，动静还不小。"对不起。"我说，"我只是太累了，昨晚几乎没睡。"

他们看着我，一时不知道说什么好。我觉得他们并不像刚开始谈话那样，对我心怀同情。一切都恢复了正常，我不再享有特权了。这感觉也不赖。

4

收件人: frank@thearkhouse.co.uk

主题: 消息!

　　亲爱的弗兰克，我想写信谢谢你，谢谢你对我的坏消息如此包容。我想不出比你的更周到的处理方法了，因为你，我才得以体面地离开公司，离开我亲爱的同事。

　　我希望你在读这封信的时候能坐下来，因为我刚知道这个消息时，非常震惊，我想你也会一样。医生办公室把我的医疗档案弄混了！我拿到的是别人的化验结果，我只是严重贫血而已（我就知道你会是这个反应！）。

　　所以，等你缓过来之后，我想问，我还能不能重新回到工作岗位？我希望临时替代的人完成工作后，你可以为我留个空缺。我很高兴我们并没有告诉任何人。如果你相信有命运这回事的话，那这也许就是命运吧。

　　你可以想象到我有多期待收到你的回复。再次感谢你。

珍妮弗

　　我读了好几遍，才按下发送键。

5

　　眼下，我的情绪已经恢复。我相信，如果意识能让身体出现糟糕的症状，那么同理，它也能让我的身体出现良好的反应。我没有理会恶心的感觉，希望我的大脑能最终得到暗示，厘清思绪，恢复正常。

　　几周来，我第一次化上全妆，用吹风机吹干头发，发型看起来体面了不少。我抛弃了以前那些过时的理念，换上了一件精心保存的连衣裙。我还穿上了高跟鞋，喷了香水。最具有象征意义的是，在出门的路上我扔掉了日历。我不要再看到那痛苦的倒数日期了。它让我对画家康斯太勃尔、特纳和盖恩斯伯勒①敬而远之，哈利告诉我，印了他们画作的杂志多得是。现在我要去见伊莎贝尔，告诉她这个消息。

　　我没有告诉她我要去找她。我知道她不喜欢有人找上门，但这不是什么以前那种随意的拜访。如果我提前告诉她，她只会逼问我，恨不得在电话里刨根问底。除此之外，我也想亲自见见她。

　　奥莉维亚和丹一离开，我就给哈利回了信息。他很担心（我就是喜欢他担心的样子！），我告诉他我忘了开机，并道歉说一切都很好。如果你仔细琢磨琢磨，这个说法其实非常委婉。他说这个周末要带我出去，

---

① 三位均为著名的风景画家。

但我宁愿待在家里。我想，最好在自家的客厅里私下告诉他这个消息，然后我们就可以随便庆祝了。

我明天要去见麦肯齐医生，我约了四点钟去取验血结果。接待员的语气不紧不慢，我认为这是个好兆头。

我搭乘的优步在伊莎贝尔的房子外面停了下来。我精神十足，但可恶的是，身体还没有跟上节奏。我想那些补铁片得好几天时间才能发挥药效。

我按了伊莎贝尔家的门铃，顿时铃声大作。我的心好像在脑袋里、胃里、腿上怦怦直跳。我努力不露声色，却兴奋得难以自控。

马丁来开的门，他的表情很迷惑，这倒不难理解。

"大惊喜！"我的嘴角扯出一个僵硬的笑容，看起来肯定很奇怪。

淡定，淡定。

"确实很惊喜。"他说，"嗯，你想进来吗？"

"嗯，那太好了。"我感觉到了他的抵触，"现在时机不对吗？我打扰到你们了吗？"

"不，不，请进。"他说。

两位姑娘喊道："谁啊，爸爸？"

"是珍妮弗姨妈。"他说。

她们冲出厨房朝我跑过来，一下子被两个可爱的孩子抱住，我感觉像是被两个橄榄球运动员扑倒在地。

西西里奇怪地看着我，似乎对我的模样很惊讶。"你真漂亮。"她说。

索菲亚抓住我的手，前后摇动我的手臂："妈妈打扮得也很漂亮。你过来是不是想先看看我们？"

"当然了。"我揉了揉她的头顶，"妈妈在哪里？"我转向马丁，突然有种不祥的预感。这个预感迅速成型，我看得出，我得赶紧亡羊补牢了。"我不该来这里见她吗？"我问。

"是的。"马丁说，"她说她在镇上一个小旅馆见你。"他的语气很紧张，充满了怀疑。我要发挥好演技。

"噢，瞧我这死记性！"我说，"没药救了！我发誓，我记得我约了她在家里见面的。"我觉得自己像不着片缕地从蛋糕里蹦出来，结果发现自己来错了地方。

"你身体不好，珍妮弗，这是可以理解的。我给你叫辆出租车。我想你最好给她打个电话。她还不知道你在哪儿呢。"他从大厅里的托架里拿起电话，依然很怀疑。他摸了摸衬衫口袋，轻敲脑袋，把电话放回原处。"你们谁去厨房桌子上把我的眼镜拿过来？"两个孩子一溜烟冲进厨房，西西里用手肘顶开索菲亚。

"别欺负我，西西里。"她喊道。

"你们两个规矩点！"马丁说，"一副眼镜而已，又不是奖牌。"

我假装打电话给伊莎贝尔。"她没有接电话。"我说。因为我知道，我要是假装和她通电话，八成会露馅儿的。"我去叫辆优步，在车上再联系她。"

"在这里永远叫不到优步的。我帮你叫出租车。我的眼镜呢，孩子们？"

"没关系。"我说，"刚才那辆车可能还没走远，他可以回来一趟。别担心，马丁。"我不想告诉他我要去哪里见她。谁知道伊莎贝尔怎么撒的谎？

西西里蹦跳着回了大厅，得意扬扬地笑着冲到马丁面前，递给他一副半月形的眼镜。他戴上眼镜说："我帮你叫辆出租车吧。你大老远过来，这是我力所能及的。你们两个打算在哪里见面？她告诉过我，但我——"

"噢，看！"我喊得太大声了！"我的优步来了。车……嗯，一分钟后到。"我飞快地给他看了一眼手机屏幕，又火速收回来，"他快到你家车道的进口了。我会发信息给伊莎贝尔，告诉她我在路上了。"

两个孩子盯着我看。马丁转了转眼睛，收起手机。他看起来焦虑不安，无精打采地扭动着身体，通常人们有烦心事时，都会是这个样子。他摘下眼镜，塞进衬衫口袋。"那好吧。"他说，"不管怎样，很高兴见到你——甚至有点出乎意料。告诉伊莎贝尔，不要喝太多，也不要太晚回家。"

"我会的！"

他勉强挤出一丝笑。"你的气色很好，"他说，"特别好。"

"谢谢你。"

"你这么容光焕发，可没有人会心疼你啦。"

"我不是在寻求同情，马丁。"

"当然不是啦，那不是你的风格。"

我吻过姑娘们，又笨拙地啄了一下马丁的脸颊，他一下子僵在了原地。

我一路跑下车道，暗暗诅咒脚上的高跟鞋。我根本叫不到优步。马丁说得对，优步不来这边转悠。我得步行去车站，截一辆当地的出租车。我发短信给伊莎贝尔，心里在责骂她。她在干什么好事，我一清二楚。

她没有回消息。

车站外停了一排出租车，一小队上班族正等着。我快冻僵了，哪里想到有这么多人，好不容易排到了前面。

"去不去汉普斯特德？"

"你开玩笑吧。"

"拜托，我快急死了，就去福音橡树路。"

"行吧。今天你碰着我心情好，上来吧。"

回家的路上，我的大脑一直在飞速运转。我在愤怒和恐慌之间摇摆不定。我必须和伊莎贝尔谈谈。就算事情暴露了，也是她活该，但我仍要警告她，我也不想她闹离婚。我太爱她，太关心她了。天哪，我真的很生气。她怎么能这么对我，把我搞得这么狼狈？但话说回来，她也想不到我竟然没有事先通知她就去了她家。

我打了好几通电话，还发了短信给她。但她什么都没有回复。我留了一条语音信息，又发了一条短信，告诉她，无论什么时候看到都要给我打电话。我们需要统一口径。我真的很担心她，担心到我都忘了为什么要去找她。

我绝望地再次拨通电话，以为又会转到语音信箱，没想到她居然接了！

"伊莎贝尔？"

"珍妮弗？怎么了？你没事吧？"她喝醉了，说话很不利索。

"我一直在找你！"

"我看出来了。"她说，"需要我陪你吗，亲爱的妹妹？"

她喝得烂醉如泥。"不！是你需要我！认真听我说，好吗？"

"这是我妹妹。我告诉过你，我有个妹妹！"

"你和巴利在一起？"

她窃笑："你这只密探松鼠①！"她一定用手捂住电话了，因为她的声音听起来很低沉，但我还是能听清。"我想她知道了。"她说。

"我想没有人不知道！"我说。

"怎么了？"她嘟嘟囔囔。

"我今晚去你家了。"

"你去了哪里？为什么？"

她瞬间清醒了！"为什么并不重要。显然马丁和孩子们都以为你和我待在一起。"

---

① 密探松鼠，美国华纳兄弟公司出品的经典卡通形象。

"该死的！"

"对啊，真该死！但我想我掩饰得很好。我告诉他们我搞错了，我以为我们本该在你家见面。"

"他们信了吗？"

"我觉得他们信了。"

"谢谢。"她说，"你真是个天才。你肯定会说我应该早点告诉你。"

"是的。"我说，"你确实应该早点跟我说。不是早告诉过你不要利用我，伊莎贝尔？"

"我想这就是我没有告诉你的原因。你生气了吗？别生我的气，珍妮弗。人生苦短……哎呀！"

"我就当没听到。"我说。

"你为什么要到处跑？你干吗来找我？"

"这很重要吗？关键是我们要解决现在这个混乱的局面，编一个故事出来。"

"那就编一个。"

"好……我们要说在哪里见面？"

"汉姆区酒店。"

"你现在在那里吗？"

"是的，马普尔小姐①。"

"你知道酒吧什么样子吗，还是只开了房？"

"我不要回答这个问题。"她说，"你在批判我。"

"我不是在批判你，我得把事实弄清楚，免得你老公问起来穿帮了。我知道他绝对会问的。我们就这么说好了……我们约在酒吧见面。"

"好吧。走之前我会去酒吧看看的。"

"我来晚了，你联系不到我，因为信号太差了。你点了一瓶葡萄

---

① 马普尔小姐，英国悬疑电视剧《马尔普小姐探案》的主人公。

酒——当然是白葡萄酒，一瓶苏维翁——"

"天哪，珍妮弗。他不会听细节的！"

"也许他不听，但我们需要细节。它们能让故事更真实。我迟到太久了，你在等我的时候差不多喝完了整瓶酒。这就是你喝醉的原因！"

"好吧。"她说，"我现在清醒了，相信我！"

"你确定你记得吗？"

"珍妮弗，我又不是傻子。"

"是的，你是，伊莎贝尔。"

"好吧，我就是个傻子。如果我能学会怎么用手机，明天我就给你打电话。"

"一定要给我打电话。"

"谢谢你。"她说，"我欠你一个人情。爱你！"

6

出租车拐进我居住的街道，我注意到有个黑影潜伏在我家前门。

"开慢点，可以吗？"我告诉司机，"如果我不喊停，就一直往前开。"

我从车窗向外张望，想看看是谁。这太让人不安了，我准备报警。当我们开近时，这个黑影转过身来抬起手遮住了他的眼睛，挡开强烈的前灯。我认出了眼前这个家伙，松了一口气，又觉得非常惊讶。

"没事了。"我说，"你可以停车了，这是我前夫。"

"你今晚状况百出啊。"出租车司机说。

"这你都知道。"我和伊莎贝尔的通话他肯定一字不落地全听见了，我还以为他在听伦敦广播公司慷慨激昂的节目放送。

我打起精神，心里思量着安迪挑这个古怪的时间来我家搞什么鬼。我下车朝他走去。

他看见我后露出笑容并张开了双臂，他在微微发抖。

"珍妮弗。"他喊出我的名字，哭了起来。他的头靠在我的肩上，整个身体都因抽泣而轻颤。我尽力扶住他，心隐隐作痛。我讨厌看到他哭。

"安迪，你怎么了？"他身上有酒味。

"我很抱歉，珍妮弗。我必须来看看你。我一直很担心你。"

我很感动，没想到他居然这么难过，这么担心。我以为他已经忘记我了。"我们进去吧。"我挣脱他那笨重的身躯，在黑暗中摸索着钥匙，让他摇摇晃晃地站在那儿。"啊！"我叹了口气，继续摸索手提包，"我讨厌这个包。我的钥匙在哪里？"

他扑哧一笑："你还是老样子。"

"谢谢。"我躲开他的呼吸，"哇，你鼻子好红。"

"我在这鬼天气里站了至少一小时了。"

"你为什么不给我打电话？"

"你病了，我以为你会待在家里。"他流着鼻涕，"而且伊丽莎白会检查我的手机。"

"明白了。"我找出钥匙，插进锁里。

他站得离我太近了，我被困在小空间里，能感觉到他喷在我脖子上的气息，这让我不禁生厌。我连忙用肩膀推门，门因潮湿而鼓胀了起来，所以我必须使点劲。

"这破门还是和以前一样。"他说，"夏天缩，冬天胀。有点像我。"他大笑起来。

进屋后安迪径直从我身边走过，进入厨房，开始乒乒乓乓地捣鼓碗橱，仿佛他仍然是这间屋子的主人。

"天哪，这里好奇怪。"他把头伸进架子，转动着罐头和调味品。

"你在找什么？"

"我想喝一杯。你只有这些吗？"他举起一瓶红酒，"有更猛一点的吗？威士忌？"

"没有，你来得太晚了。"

"那我可以打开这个吗？"他已经在拨弄铝箔了。

"你请便。"

他在抽屉里哗啦哗啦地翻找开瓶器。"珍！"他喊道，"这房子像个冰窟似的，里面比外面还冷。我们不是装了个新锅炉吗？"

"那是十年前的事了！"

他摇摇头，自言自语道："难怪你快要死了。"

"你怎么说话的呢？"我起了一身鸡皮疙瘩，"我马上把暖气打开，但至少要一小时才能暖起来，我本来打算睡觉的。"

"好吧，谢谢你把它打开。"

"你打算待多久？"

"你可以让我待多久？"

这次来访还没开始，我就后悔了。我冲上楼打开暖气，去卧室的抽屉里拿出一件羊毛衫，再给安迪拿条围巾。

"啊哈！"我听到他大喊一声，应该是找到开瓶器了。"啊，去他妈的！"他发现这酒是螺旋盖的了，我一时幸灾乐祸起来。

我走回厨房，看见他只给自己倒了一小杯，但他像试喝一样，仰头一口喝完，又要再倒。"伙计，我要的就是这个。"他看向我，"不好意思，你要不要喝一杯？"

"不用了，谢谢。"我把围巾绕到脖子上，连个手势都懒得做。他只随口问了一句，注意力很快又回到了酒上。

"你来，是因为你没酒喝了？如果是这样的话，你可以带着酒瓶走了。"

他看了我一眼，神情有点痴狂。"天哪，当然不是的啦。"他说，"我就想看看你，我在乎你，珍。我想看看你怎么样了。我是说，时间过去了……"

"我很好。实际上——"

他一脸苦相，表情有些奇怪："我得和你谈谈。"

"哦。"我感觉整个身体在往下坠。

"我们能坐下吗？"

"当然。"我说，"我也得和你谈谈。"

"噢，亲爱的。"他说，"我希望你不会责怪我。"

我想，我能猜出接下来会发生什么。我跟着他走进客厅，心想，他一直都这么烦人吗？叙叙旧而已，心酸的往事不会变浪漫，我和他的婚姻不可能恢复如初吧？有些人的爸妈很暴力，等他们归西后，孩子们却把他们幻想成圣人，美化关于父母的回忆。

他忘了自己还抓着酒杯，一头倒在沙发上，酒水滴落到了他的裤子上。"啊，该死！"

他摸索着空地方，把酒瓶放下，嘟囔着："你什么时候能买张见鬼的茶几回来？"

"噢，拜托。"我愤然道。

"噢，对，现在说这些都没意义了，嗯？"他把瓶子放在地上，看着我冷若冰霜的脸，"对不起，我只是开个玩笑。"

"一点都不好笑。"

"不，只是个低级的玩笑而已。"他颤抖着看向自己的膝盖，擦了擦污渍抬起头来。"你先说。"他说。

"不。"我坐在扶手椅边上，"你先说。"

我诧异地看着他的容貌。头顶上的光毫不留情地照射着他，他的脸上布满了斑点，鼻头变成了紫红色。他的发量很少，却故意留长了，似乎要证明自己还有头发。昔日的金色变成了脏兮兮的灰色，在肩膀处卷曲起来。

"我真是一团糟，不是吗？"他说，"简直糟透了。不过你看起来不错。事实上，考虑到发生了这么多倒霉事，你的气色真是棒极了。你出去庆祝了？"他又开始抽泣。

我起身走进厨房，把快用完的纸巾盒拿过来。"给你！"我递给他一张纸，把盒子放在他旁边。他以惊人的速度消耗着纸巾。"到底怎么回事，安迪？你怎么了？"我问，坐下来踢掉高跟鞋。

"就没有一件顺心的事！"他一边说，一边灌酒，"你是我唯一能倾诉的人，你是唯一理解我的人。"

"看来今晚我还挺幸运的。"

"是的。"他苦笑道，"你值得来点好运，不是吗？"

"你知道的，我不必忍受你发酒疯。"

"对不起，我喝醉了。"

"不要说废话。你想跟我聊什么？"

"伊丽莎白，就聊她。"

我猜到了，这太明显了。我想，今晚真是受够了。"你们怎么回事？"

"她偷看了我的手机，密码一定被她查出来了。她看了所有的短信和电子邮件。"他不再说了，大概以为我明白他的意思。

"你是说，你在外面还有一个女人？"

"不止一个。"他纠正道。

"噢，我明白了。"

"还有一些非常特别的照片。"

"你非得连这个也告诉我吗？"

"我不是在吹嘘。"他含糊不清地说，"事实是——不要觉得我可怜——我被她管得死死的，真是太无聊了。这些女孩让我感觉自在多了，又有什么不好？"

"你太鲁莽了，安迪。"外头一定是月圆之夜，今晚每个人都在犯蠢。

他脸上闪过一丝受伤的表情。

"听着，我帮你叫辆优步。我想你应该回家去。你不能每次遇到问题就逃避。"

"我回不了家，伊丽莎白把锁换了。"

"哇！真有她的！"

"你为什么站在她那边？你恨她，不是吗？"

我叹息了一声："安迪，我没有站在任何人那一边。不管我怎么看待伊丽莎白，我完全理解她。你毁了我们的婚姻，因为你管不住自己的下半身。现在你马上要毁了你的第二次婚姻。我就说这一次，伊丽莎白值得我的同情。"

"啊！你不知道她这个女人有多难缠。"

我笑了："这就是你出轨的正当理由吗？'你不知道珍妮弗这个女人有多难缠，她的脾气差得要命。'你从来不反省自己的吗？"

"天哪，你变了。你怎么变成这样了？"

我向前倾身，看着他醉意蒙眬的双眼，这是一双骗子的眼睛。"我刚刚已经醒悟了。"

他眨眨眼，转过脸："别那样看着我，你让我觉得很不自在。"

"你指望我能安慰你？"

他耸了耸肩，摩挲着沙发的扶手。"我以为你会理解我。"他说，"你总是那么善解人意。我本来想问你我能不能留下来，顺便照顾你。"

我不由得张大了嘴巴。

"但别担心，我会上爱彼迎订一间房。"他一蹦而起，好像裤裆里有只黄蜂似的，酒又洒到了他的裤子上。"妈的。"他咒骂道，站起来把手伸进后口袋掏出手机，捧到面前又蓦地推开，"是她。"

"哪个'她'？"

他不耐烦地说："伊丽莎白。不然你以为是谁？我该怎么办？"

"和她谈谈。"

"但我该怎么跟她说呢？"

"我不知道！如果你没喝断片的话，那就实话实说。"

他闭上眼睛，似乎并不想亲眼看自己接电话。他坐了下来。"亲爱的。"他畏缩地喊道。

我能听见电话那头传来音调尖锐的长篇大论。他一边听，一边用手摩挲着自己凌乱的头发，不停地说"对不起，对不起"。我走出房间，觉得应该给他留一些隐私空间。五分钟后，我才想起这是我家，我想待在哪里都可以。我又走回去，站在他面前，交叉起双臂无声地催促他快点打完电话。

他抬头看向我，做了个"对不起"的口型，指着电话，转动着眼睛，频频点头。他的表情突然变得狼狈不堪。"我和珍妮弗在一起。"他说。他看起来吓坏了。"什么都没发生！她快要死了，看在上帝的分儿上。你以为我只要是人都扑上去吗？"

我觉得他该上爱彼迎了。

"我想你该走了，安迪。"我说。

他竖起食指，示意我给他一分钟。"听着，我要回家了，好吗？"他把手机从耳朵边移到嘴边，"别哭了，亲爱的，没事了。"他开始低声哄道，"是的，是的。我保证我会好好表现的。我保证……对，我全部都会删掉，事实上我已经删掉了。真的……你知道我爱你，你知道你是我的唯一。"他转过头，脸上写满了无奈。

他早就该走了。

我对这一切充满了厌恶。我不想知道他的谎言和那些花哨的伎俩，不想亲眼看着他耍花招，也不想看到在电话另一端的伊丽莎白，那个铁石心肠的女人，就因为栽在这个混蛋的身上，从我这里博得了同情。

他终于结束了通话，笨拙地站起来，揉着脖子说："听到我要回家，你高兴了吧。"

我仍然交叠着双臂："所以她要接你回去？"

"好像是的。"他挺直身子，神气十足地说。现在他那张憔悴红肿的脸看起来非常得意。

我不由自主地可怜起了伊丽莎白。她害怕自己变成孤家寡人，才不得已跟这个骗子和解，真是太可怕了。跟了这个不靠谱的男人，才会沦落至此。你总觉得这种男人贴心又风趣，脑子也很清醒，到头来选择了原谅。

安迪像往常一样拍了拍他的口袋，看看手机、钱包、钥匙等必备品在不在。"噢，好吧，再会！"他的声音很欢快，"我最好回家，呃？把她哄得开开心心的。谢谢你的酒，珍妮弗。你是最棒的。我很抱歉，发生了这么多事。"

他喜出望外，端出一副伪君子的面孔，这让我非常反感。"你知道吗，"我说，"你也是最棒的。你来我这儿是今晚最大的惊喜。"

"真的吗？"他的眼神闪烁着孩子气的喜悦。

"是的。看着你表演，真让人大开眼界。正因为亲眼看到了你的小伎俩，我才能看穿你的真面目。"他惊疑不定，脸都快缩到脖子里了，活脱脱一只乌龟样，"我很高兴收到你的信，安迪。这让我觉得我们交往了那么多年还是有感情的。我真的很感激你的直率。但我刚刚看到了你的手段，你为了达到目的昧着良心说话，没有半点真诚。恐怕你的歉意就只停留在说'对不起'的一瞬间吧。"

他想要插话，但我举起了手，他不耐烦地低吼起来。

"请告诉伊丽莎白，尽管霸占着你吧。坦白说，就算这个世界上只剩下你一个男人，我也瞧不上你。"

他的头左右转动，似乎在准备干架。"真幸运，没有这样的选择，不是吗？"他向门口走去，又转过身，指着我控诉道，"我真搞不懂你怎么回事。我来看看你情况怎样，和你聊聊天，讨论讨论问题。你竟然赶我走，你真的变了。"他说，"你真刻薄，对！就是这样，就是刻薄。"

小丑进场！不麻烦了，小丑不就在场吗？

7

我醒了，对昨晚的事依然心存芥蒂。我居然对安迪大发雷霆，实在无地自容。一旦和人发生争执，我就会忐忑不安，这种感觉又回来了（假设它曾经消失过的话）。我开始责备自己。如果说我要从这个荒谬的错误中吸取教训，有时候坦陈你的真实感受比放任不理更合适。最好是迎面出击，而不是颓然认输。

老实说，我怀疑安迪今早醒来还会不会记得这件事，毕竟他昨晚喝得酩酊大醉。对他说教就是浪费我的精力。伊丽莎白会死死地守着他，干什么都曲意逢迎，对他感恩戴德的。每次听到他的手机响，她肯定会如临大敌。至少我已经摆脱这种噩梦了。

我起床了。我依然感到反胃，但不刻意忽略这种恶心感，吐出来就感觉好多了。我泡了杯茶，坐在电脑前登录电子邮箱。我开始删除所有的垃圾邮件，希望电脑能加速运行，我小心地避开了一封来自弗兰克的电子邮件。最后，我深呼吸一口气，点开邮件。

珍妮弗：

　　原谅我这么迟才回复你，但你的私人邮件跑到了垃圾邮件里。这真是个好消息。当然，工作岗位依然为你保留着。你准备回来的时候告诉我。

弗兰克

我高兴坏了！弗兰克又变回了老样子，说话简要直接。我给帕蒂发电子邮件，平铺直叙地转告了我的消息，问她我什么时候方便复职。弗兰克不会考虑各种繁文缛节的，所以我最好和她商量一下。

电话铃响了，我一把抓起，希望听到伊莎贝尔的声音——虽然她答应我，没事就会回电话，但从昨天起就没有她的消息了——是帕蒂打来的。她回电话的速度可真够快的——这就是她做事的风格。

"我简直不敢相信！"她说，"真是个好消息。"

"我很不好意思，帕蒂。"我说。

"噢，别这样！你也不用操心手续。"她说，"琼还在顶替你的工作。我觉得她希望转正，但也许我们可以为她找个别的岗位。"

我们商量好了新年后我再返工，让琼可以拿圣诞奖金，延长一点通知期，以防他们找不到适合她的岗位。我松了一口气。每年这个时候，时间总是过得很快，新年似乎并不遥远。我发现时间的流逝不再让我担惊受怕了。

今天下午我要去拿我的化验结果，知道可以复职，可以真的步回正轨，我的生活有了盼头。接下来我可以好好享受一段假期，收拾收拾自己的心情了。

我一直在看手机，看有没有伊莎贝尔的消息，但什么都没有。这让我非常不安。我把手机放在一边，决心做我这些日子以来一直想做的事情，因为太困难了，我一直在拖延。

我拿了纸和笔，坐下来，提笔写道：

亲爱的艾米丽，当你发现这封信是我写的时候，我想你会大吃一惊。距离我们上次谈话已经过去很多年了。时间怎么过得这么快？感觉昨天我们才在后花园里一起蹦蹦跳跳，好怀念这样的时光啊！如果你能原谅我唐突的来信，并耐心地看完，你就会明白了。最近我身上发生了一件相当震惊的事。嗯，麦肯齐医生告诉我，我只剩下三个月可活了。你还记得他吗？虽然我不见得会指责他误诊，但他确实搞错了。他告诉我，我得了一种罕见的血液病，说什么早该去找他，我耽误太久了。我以为自己只是累了，万万没想到会听到这种噩耗。

所以在过去的几个月里，我一直在等死。过程很艰难。我经常犯恶心，经历了各种各样的症状，但是，你能相信吗——他们搞错了，把我的化验结果和另外一个可怜女人的混淆了。我的症状只是可怕的绝经期造成的。现在我很内疚，因为这段时间很多人向我表达了同情和关心。

这让我想起了你，在你生病的时候，我没有表示同情。我很抱歉，之前居然说了那些话。我意识到那有多糟糕了，现在我完全明白了你为什么放弃我们的友谊。我真的体会到了。我怎么会那么冷漠？你在煎熬，我却气你老是爽约。真的非常对不起。

我想见见你，并当面道歉，艾米丽。我们的友谊可能无法恢复如初，但再次见到你，我会很高兴的。你能不能原谅我？

我等你的消息。祝愿你和迈克尔一切安好，生活顺利。

充满了爱意和羞愧的

珍妮弗

我在信封上贴了一张一类邮票，寄了出去。搞定！就算我没有收到她的回信，至少我试过了。

8

"麦肯齐医生现在可以见你，珍妮弗。"

我心有余悸地爬上楼梯，来到医生办公室，敲了敲门。

"请进。"他抬起头来，"啊，珍妮弗，请坐。很高兴见到你。你最近怎么样？"

我在椅子上坐下。我希望他能跳过这些寒暄，直接告诉我结果，这样我才能快点离开这个地方。

"这么说吧，我感觉比以前好多了。"

"还想吐吗？"

"是的。"

"嗯。"他说，"我想我可能知道原因。"他看起来很担心。

"什么原因？"我说。

他尴尬地咳嗽了一声。我拉扯着我的套衫袖子盖过指尖。他搞得我好像做错了事，坐在校长办公室里一样。

"你可能是怀孕了。"

我扑哧一笑。他的这个说法可真够荒唐了，我只能得到这样的回应了，不是吗？"别搞笑了。"我说，"我正处于绝经期，你忘了吗？"

"是绝经前期，珍妮弗。"他纠正道，"在这个时期，一个女人非常容易受孕，这是你的卵巢最后一次活跃了。"

"你是说它们最后一次进入活跃期。"我向后倒在旋转椅上，转动着，两条胳膊垂在身侧。我的脑子一片空白，一次次重拳快把我砸晕了。"但这是不可能的。"我不耐烦地摇了摇头，"我真的觉得你应该整顿下办公室，这要是传出去，会成为笑话的。"

他抚着上唇，蹙眉看着我。"真的吗？"他说，"不可能？"他向后倾去，"嗯，我记得你说过你没有男朋友。我应该假设你没有性生活吗？"

我凝视着窗外灰蒙蒙的冬日天空，我真的不想和他谈这个。我放任沉默在空气中蔓延，他也默不作声，最后我不得不退让，硬着头皮回答他："如果你非要知道，我有性生活。但只有一次，我们采取了防护措施。"

"措施可能没用。"

"嗯，这还没发生过。我确定，我的伴侣很谨慎。"医生似乎不相信。"我们在一起两年，采用的避孕方法从来没有让我们失望过。我们分开了一段时间，现在复合了。"我停了下来，想给自己一点时间思考。噢，天哪，哈利！我们做了什么？

"不对，没道理，医生。"我说着，向他的桌子转过椅子。我突然一激灵，恍然大悟。"等等！在我们发生性关系之前，我就已经生病了。我确定。"我松了一口气，"所以怀孕是完全不可能的，我处于绝经前期。我没记错。"

他皱着眉头，夹起一支笔笨拙地在指间转动。

我们面面相觑。我不敢相信他居然哼起了歌，曲调听起来像是弗兰克·辛纳特拉的《我的路》。

我怄了一肚子气，不想再坐在这里，让他像玩俄罗斯轮盘赌一样玩弄我的人生。我再也没有力气应付他员工的另一个错误了。真是个笑话，这不是在消遣我吗？我真的很生我妈的气——我那过世的可怜妈妈——害我相信这个蠢货。

"好吧。"他一边说，一边草草地记下一些笔记，合上了文件。他看着我，勉强同意了我的说法，又转向电脑屏幕："但我还是得给你点建议。"

他捏了捏鼻梁，戴上眼镜，转头看了看屏幕："我想你应该做个超声波检查，只是以防万一。在这个阶段，激素是非常棘手的指标，必须确保它不会误导我们。"

我得意地笑了，我就知道他不会一锤定音："这是个好主意。"

"我一直和一家专注怀孕早期的超声波诊所合作，他们的预约通常都会提前满，但是如果你想的话，我试试给你安排一次紧急预约，或者你自己来。你决定就好。"

我花了一点时间来厘清自己的真实想法。这个难题太出乎意料了。我明天晚上要去见哈利，我希望告诉他一个好消息，而不是劈头就问："你想先听什么，好消息还是宝宝的事？"

"没关系，医生，我自己预约。"我仍然不相信我会怀孕，"但还是谢谢你。"

他转过去拿起便笺和笔开始写信。他的字迹粗黑潦草，信尾落下的签名龙飞凤舞。他把诊所的地址写在印有电话号码和网址的信封上。"别耽搁太久，让我们尽快解决这件事。你回来之后，我们再商量一下。到了那里，就把这个给他们。"

"谢谢。"我把信封塞进手提包里，"我是你遇到的最具有挑战性的病人吗，医生？"我叹了口气。

"远远算不上，珍妮弗。但你肯定是接受了最大挑战的病人之一。"

9

我从医生办公室出来，步行回家，路上我突然又想起了怀孕的事。我在想什么？当然不是哈利的。我们最近才发生的关系。我被麦肯齐医生的结论刺激到了。这种情况经常发生，找东西的时候你越慌乱，越找不到，即使它就在你的眼皮子底下。

一帧帧回忆在我面前飞速闪过，黑白而朦胧。紧接着，颜色鲜艳起来。但，怎么可能？

就一次！就一次鲁莽、意外的野外欢爱而已，中招的概率有多大？

我用外套裹住自己，把下巴塞进羊毛围巾的褶皱里，保护自己不受森森寒意的侵袭。我指责安迪、伊莎贝尔和医生都是个白痴。那么现在到底谁才是白痴？

我停了一会儿，靠在砖墙上停下来喘口气。一位灰白头发的老妇人从我面前走过，她穿着一件粗花呢大衣，弓着腰推着一辆购物车。每动一下车轮就咯吱作响，车子摇摇晃晃的。她停下来抬起头问："你还好吧，亲爱的？"

"芒福德夫人！"我尴尬地喊道，"是的，我很好。我一直想来看你。"

她看上去很困惑："你是社会福利工作人员吗？"

"不是，我就住在你这条街上。"

"嗯，你可能要去看看医生。你的脸色不太好，宝贝。"

"我会的，我保证。很快我就会去拜访你了。我想帮你推购物车！"

她奇怪地看了我一眼："你人真是太好了，亲爱的。但是你要先去看医生。"

她慢悠悠地走开了。我在心里记下了，确保自己能践行承诺，别再找莫须有的借口了。

我没有采取任何保护措施就在野外放纵的理由到底是什么？一切都源自我那鲁莽的一吻。我一直都没有想起过那个陌生人，他被哈利迅速取代，被我抛之脑后了。

我差点要被脖子上的围巾闷死。你感觉不像怀孕了，我在心里说，你知道怀孕是什么感觉，这很不一样。

还是说……

我路过药店，犹豫了一会儿，决定放弃这个念头。耐心点，我才不要在一根棒子上撒尿，还是要预约超声波检查。我不想毁了这个周末，毕竟我给了哈利第二次机会，而且我爱他，他也爱我……

尽管我告诫自己一定要有耐心，但我一进门就冲进厨房，掀开垃圾箱的盖子，里面几乎是空的。我提醒自己，前几天我刚把一袋满满的垃圾扔出去，正好日历就在里面。我走到外面的大垃圾桶前，但是居委会已经完成了清洁工作，垃圾早就扔光了。现在我找不到确凿的证据证明，那次野外缠绵是什么时候发生的。现在回想起来，那简直是另一段人生，就像是几年前发生的一样。如果是的话就好了。我希望我的大脑能把整个插曲扔到一个大垃圾箱里，这样它就可以被清理掉，我就可以忘记曾经发生过的事了。

我躺在沙发上，静下心来思考。

事实是，多年前我怀孕的时候，早上经常孕吐。当时我认为犯恶心是件好事，因为书上是这么说的，别人也是这么告诉我的。犯恶心说明了我的妊娠反应很强烈。这是事实。

但这些征兆都是假的。事实撒谎了。

三次，我被骗了三次。

"很抱歉，胎儿没保住。"第一次流产后，我一边穿衣服一边抽泣，护士安慰我道，"有时候，这反而是最好的安排。不该来到人间的，大自然自有方式拒绝。"她的说法好像赐予了我感恩的理由，好像有缺陷的孩子流掉了我应该欣慰才对，仿佛热爱不完美是不可能的。

"我恨大自然。"我抽噎着说。

安迪握住我的手，我瑟缩了一下。尽管我很想态度好点，我知道他也承受了失去孩子的痛苦，但我真的不想被人触碰。当时不行——刚流产的时候不行，我太敏感了。我的神经就像火线一样，一触即发。还有，我拼命地想振作起来，哪怕分心给出一丝善意都让我筋疲力尽。

第二次流产，安迪同情了我一段时间——当然，直到他想要做爱为止。到了第三次，他只轻描淡写地说了一句"噢，好吧"，不以为意地把它当作一顿选择不当的饭菜，下一顿就恢复正常了。

但我做不到像他那样无动于衷。每次怀孕，我都和生长在体内的小生命有着发自内心的感应。他依靠我来维持生命，而我却屡次失败。我无法像安迪那样放手。

我尽力了，我真的尽力了。我想快乐一点，让安迪觉得一切都很好，但我真正渴望的，是拥有一个可以抚育、宠爱的孩子，让我们联结为一个家庭。我常常感到难以言表的悲伤。

现在虽然我犯恶心，感觉却不一样。当然，如果我怀孕了，我会感受到一种熟悉的氛围，那种气息会唤醒我早已遗忘的记忆。我的身体看起来也会有所不同。

这又是一次误诊。我敢肯定，我只希望不是我搞错了。

10

我决定按原计划过完今晚，并开始为明晚和哈利的晚餐做准备。不过，首先我要看看能否联系上伊莎贝尔。我越来越感到不安。希望她没事，希望我没把她和马丁的关系搞砸。我从包里拿出手机，打给她。

"我不方便接电话。"她低声说。

"一切都还好吗？"

"不好。"她说，"我晚点打给你。"说完她挂了电话。我盯着手机，感觉很不对劲！我很担心。她听起来非常紧张。

我要打电话给妈妈，这个念头吓了我一跳。这么多年来，我第一次想给妈妈打电话。四年过去了，我依然觉得她还在人世。我发现自己想听听她的声音，尽管我心里清楚她说的话我不一定爱听。我把脸埋进手中，今天快点结束吧。

我给安娜·玛丽亚打了电话。自灵气治疗后我对她的态度很差，也不接她的电话。我这边晾着安娜·玛丽亚，也不好责怪伊莎贝尔没有给我打电话。至少现在我可以坦诚地告诉她，我已经没事了。她不需要知道其他确切的细节。

"你还好吗？"她说，"没有你的消息，我一直很担心。你的消息总是回复得很及时。"

"很抱歉。"我说，"我这几周过得很艰难，但我有个好消息。"

"真的吗？说吧，快告诉我。别卖关子了！"她说，"我知道你要说什么，我能感觉到。"她停顿了一拍，我几乎能看到她头上的灯泡突然亮了，"你已经没事了，对吗？"

对！完全正确。我真佩服她，她对那些灵异手法有绝对的信心。"是的。"我说，"丽塔的魔法一定生效了。她真了不起。"

安娜·玛丽亚发出的尖叫声足以穿破我的耳膜。"好家伙！"她大叫道，"那个丽塔，她是个大师。我就知道！我真为你高兴。我太兴奋了。你等着，我要告诉她。她会把你宣传为又一个成功案例。你会给她写一份推荐信的，对吗？因为，你知道吗？"

"什么？"

"如果你把你的故事写出来，你可能再也不用付钱做灵气治疗了，终身免费！你知道这值多少钱吗？"

"很多个四十英镑。"我说。

"我们什么时候能聚一聚？"她说，"我们要庆祝一下，去见见丽塔，亲口告诉她这个好消息的人应该是你啊！"

"如果可以的话，我暂时只想见你。我还在慢慢恢复。"

"你当然应该等它慢慢恢复。我的天！"她说，"我要挂了。我今晚要参加灵气治疗，快迟到了。你应该找个时间来试试看。他们一定会喜欢你的。安拉保佑！"

"医生，你还是先管好自己吧。"我说。

"哦，我知道。"她说，"我一直在努力修炼呢。"

我挂了电话，忍不住笑了起来。安娜·玛丽亚一直都这么乐观积极，她对自己的信仰抱有坚定不移的信念，并从中获得了无穷的快乐。我不知道有没有什么词可以形容她这种状态，她活到九十五岁也不出奇。

11

　　我无所事事地度过了晚上剩下的时间，偶尔停下来感受感受，看身体有没有出现什么异样。我检查了一下我的脸，什么变化都没有。为了做明晚的鱼肉馅饼，我削了土豆，把它们堆到一碗水里，放进冰箱。

　　十点的新闻我看到一半就不看了，感觉一切都好压抑。更令人担心的是，我还没有收到姐姐的消息，我不敢再给她打电话了。我准备睡觉，希望能在睡梦中得到慰藉。但我在梦里也不得安生，梦里全是宝宝，要么我把他忘在了公共汽车上，要么抱在怀里时，不小心摔到了地上。

　　我的荷尔蒙真是严重超标了。

　　现在是早上六点，再睡回笼觉也没意义了。我躺在那里，仔细想着所有发生的事。我知道我马上要犯恶心了，但现在我为此烦恼，完全是出于不同的理由。

　　我摸了摸胸部和腰围，没有任何明显的迹象。我不知道该松一口气，还是该失望。我告诉自己，这是我最后一次这样疑神疑鬼，不然我会把自己逼疯的。

　　我查看手机里的信息。哈利发短信说，他爱我，他期待今晚能见到我。通常他的短信会让我心花怒放，但今早我却感到局促不安。这件事不再那么简单了。本来有好消息要告诉他，我应该兴奋才对，但是怀孕的阴影却掩盖了一切。

伊莎贝尔还是没有消息，这不是个好兆头。我总不能一直给她打电话、发信息。我想知道她出了什么事，为什么不能给我打电话。我觉得她遇到麻烦了。

我拿了个记事本，在桌旁坐下，罗列了我要处理的所有事情。

我写的时候，没有什么特别的顺序：

伊莎贝尔
哈利
鱼肉馅饼

为了看起来不那么唬人，我接下来这几个字写得很小：

预约超声波检查

为什么事情不能简单一点？平淡无奇的更年期突然拥有了全新的魅力。

手机铃声打断了我的思绪，我以为伊莎贝尔终于打电话来了，但屏幕上却闪现了一个多年不见的名字。是艾米丽！没想到她这么快就打回来了。我的信起作用了。我深吸一口气，接起电话。

12

　　我立马打电话给奥莉维亚，这太令人震惊了！

　　"怎么了？"她说，"发生什么事了？"

　　"我给艾米丽写了信。"我告诉她。

　　"所以呢？"她放下了担忧。

　　"迈克尔今天给我打电话了。我以为是艾米丽，结果是他在用她的手机给我打电话。"

　　"这桥段太经典了。她真是可悲，连电话都不敢亲自打，只好让她丈夫打。"

　　"不，不是这样的。迈克尔读了我的信。"

　　"这有点不道德，不是吗？"

　　"在那种情况下不算，艾米丽昏迷了。"

　　"什么！太可怕了！怎么回事？"

　　"她想自杀。"奥莉维亚像我一样倒吸了一口气。我悬着的心放下来了，虽然她和艾米丽感情不深，但她还是会同情她。"她服药过量，但好在迈克尔及时发现了。他说他不知道救她是不是反而害了她。他肯定她这次真的想死。这次！原来她以前自杀过两次！这也太可怕了！她是我们的朋友，丽芙！我们居然都没有发现她有多悲伤、多绝望？为什么我们从不正眼看她？"

"太可怕了。现在我对我说过的话感到很抱歉。这说明我们并没有真正尝试去了解别人。"

"可怜的艾米丽，可怜的迈克尔。这些事情也太令人震惊了。"

"感谢上帝，虽然有点奇怪，但你还是写信了。"

"是的，没错。迈克尔问我，介不介意艾米丽的妈妈给我打电话，我当然不介意。她是我的玛丽安阿姨，我爱她。于是我们通话了，她问我愿不愿意去医院探望艾米丽，和她聊聊，看看有没有帮助。我告诉她，我们闹翻了。她说没关系，我们过去的经历和回忆才是最重要的，可能会有所帮助。虽然艾米丽现在状态很差，但她一定非常安详，非常平和。"

"太可怕了。你要去吗？这种感觉肯定不好受。你经历得还不够多吗？"

"我必须去。"

"你想让我陪你一起去吗？你去看她的时候，我可以去喝杯咖啡，出来之后你可能需要我的支持。"

"你太贴心了，谢谢你。有需要我会告诉你的。"

"好吧，但你别再担心了。你今晚不是还要陪哈利吗？"

"是的，我还得烤个鱼肉馅饼。"

"你为他下厨？这不好吧？为什么不直接点餐呢？"

"因为我想安排一次浪漫的晚餐。"

"祝你好运。但是，要抓住男人的心，不一定非要烤鱼肉馅饼，是的话我也无话可说了。"

13

　　我正忙活着做鱼肉馅饼里的奶酪酱，奶酪却一直没有变稠。我有点着急，心情也十分烦躁。终于，奶酪开始融化了，我松了一口气。这说明一切难题都会迎刃而解，包括艾米丽、哈利和伊莎贝尔他们遇到的事。我需要的是耐心。

　　似乎要证实我刚才的结论，伊莎贝尔的名字出现在了我的手机屏幕上。终于来电话了！我一把抓住手机。

　　"伊莎贝尔！"

　　"抱歉！抱歉！实在抱歉！我知道，我知道，我本该给你回电话的，但这一切太疯狂了。"她说，"我一秒钟都闲不下来。为姑娘们的圣诞演出安排服装真是一场噩梦。我头疼得厉害——昨天的晚宴，结束得太晚了。我想我可能得了偏头痛，所以不要冲我喊大叫。虽然我现在很不舒服，但我还是给你打电话了。你看！我也可以乖乖听话的。"她发出一声呻吟，"噢，我可怜的脑袋。你没事吧？"

　　"你在开玩笑吗？"我问。对不起，我真的不在乎她头痛得多厉害。

　　"我为什么要开玩笑？"她喘着粗气，承认是自己疏忽了，"噢，对不起，珍。我真的很抱歉。你还好吗？我脑子不是很清醒。姑娘们说那天晚上看到你，你的气色很好。真是太棒了。你那天过来干什么来着？"

"你在哪里？"

"我在一个黑乎乎的房间里，躺在床上等着吃药。"

"马丁在哪儿？发生什么事了？"

"没事。他带姑娘们去溜冰了。"

"那天晚上的情况怎样？"

"什么意思？"

"你知道的。你什么时候到家的？陪完巴利之后？"

她似乎很困惑："没什么好说的。我到家的时候马丁都快睡着了，我告诉他我们晚上聊得很开心，他听完就去睡觉了。好吧，如果你要听全部细节的话，他直接就打呼噜了。你做事还真是滴水不漏！"

我也开始头痛了："那我打电话问你情况，你说很不好？"

她沉默了，继而假装无辜地说："我不知道你在说什么。我什么时候说过了？"

"我问你还好吗，你说'不好，我现在不方便接电话'。"

"我有说过吗？"

"有！你说了。我快担心死了。"

"噢，珍妮弗。"她说，"别担心了。我的婚姻好得很。马丁绝对不想发现有巴利这个人。我说什么他都信。"

"嗯，我看他的样子怀疑得很。"

"我出门不带他的时候，他就会摆臭脸。"

"你还怪他？"

"噢！！！"她拉长音调，"噢！！！珍妮弗，我很抱歉。噢，亲爱的！！！我才反应过来你问了什么。真是够乱的。"她嘟嘟囔囔地说，"是因为索菲亚，她为了自己的演出服大发脾气，她不想当粉红的仙女，要穿紫色的衣服。现场有点乱，我是说，有时候孩子就是这样。噢，亲

214

爱的！"她说，"所以我不方便接电话。真的很抱歉，没什么坏事发生。"

我瞪着手机，好像那是她的脸似的。就这样？噢，亲爱的！就因为索菲亚服装的颜色，你叫我担惊受怕了好几天？

"不管怎样，你还没告诉我你来我这儿的原因呢。"

我一时不知道说什么了。

"怎么了？"她对我的沉默感到不安。

不管了，就当是白费了精力。我放缓呼吸。

"我的朋友艾米丽昏迷了，自杀未遂。"

"噢，珍妮弗。我很抱歉。"

"但这不是我去找你的原因。"

"哦？"

"实际上，我没得什么血液病。所以我要去找你，告诉你我不会死了。"

"别开玩笑，我受不了。"

"这是真的，我不会死了。"

"什么？"她的声音变了，不再充满了疲倦。我觉得她现在正襟危坐着全神贯注地听我说话。"实话告诉我，你不会是因为生气，在跟我开玩笑吧？"

"我没那么小气，伊莎贝尔。医生办公室误诊了，他们把别人的化验结果给了我。我不会死了。"

她尖叫起来。

"你的头现在一定很痛。"我说。

"你在开玩笑吗？别管我的头了。这可真是世上最好的消息！你没说笑吧？麦肯齐医生误诊了？"

"是的。"我感到很兴奋，像是我正和她一起享受这个误诊的消息。

"这也太离谱了！"她又高兴得尖叫起来，"说真的！老麦肯齐医生一直都是妈妈的心头好！这个误诊真是够离谱的，但我高兴还来不及呢。"她吸了一口气，"这还真有点搞笑，你一准儿在偷着乐吧。我们必须庆祝一下。你能过来吗，现在？不，还是算了——现在我不想喝香槟。什么时候好呢？我知道了，圣诞节！你愿意的话，索性就待在我家。这将是世上最棒的圣诞节！答应我，你会跟我们待在一块儿的。"

"我答应你。"她那么开心，我也忍不住笑了起来，"我很乐意。"

"你必须带哈利来。"

"他圣诞节要回他妈妈家。"

"那就自己来吧，一定会很有趣的。这真是有史以来最好的消息。等等，我要告诉孩子们，她们一定会很兴奋的。"她的声音颤抖着，"等一下！如果你不会死，那你到底怎么了？"我的心漏跳了一拍。"你的身体出什么问题了吗？"

我含糊地说："只不过是绝经早期的一些症状。"

她在电话那头语无伦次地说："真的吗？"她窃笑了起来，"噢，太棒了，珍妮弗！欢迎加入我的阵营。"

14

外面传来哈利那辆车标志性的轰鸣声，他来了，我急急忙忙地整理好桌子。得把蜡烛点着！我划了根火柴，但它马上灭了。"去你的。"我摸索出另一根，又划着了。我竭力压制住双手不自觉地抖动，祈祷烛芯燃起来。"快点！快点！"蜡烛终于着了！

他的汽车发动机熄火了，防盗器嘟嘟响了两声。我身体微颤，紧张得要命。是时候把真相告诉他了，我心里既害怕又兴奋。虽然我不知道真相到底是什么，但我会把我知道的版本告诉哈利，希望没有搞错。我的拇指传来了灼烧感，我忘了手上还拿着火柴，于是赶紧一口气把它吹灭。

鱼肉馅饼还在烤箱里烤着。我知道，这不算特别浪漫，但外面很冷，我们得吃些温暖舒适的食物。

我快冻僵了。我穿了很多衣服，但还是很冷，也很紧张。

哈利按响了门铃。

他来了，我要做好准备。

我打开门，他就站在我面前。为了防寒，他裹得严严实实的，整个人看上去既冷酷又亲切，还蛮可爱的。街灯折射出了他的脸部轮廓，在他的头顶晕出淡金色的光环，他的呼吸在冰冷的夜间空气中形成幽蓝的云雾。他从身后抽出一束花。

"送给这间房子的女主人。"他模仿着伦敦腔，"还有这个，我的好女友，送给这间房子的男主人。"他从上衣口袋里掏出一瓶酒，我幻想着后面飘出无数拖曳的彩色围巾和白鸽。

我突然害怕起来，我害怕失去他。他太体贴了。他每一个疯狂的举动都是那样细腻、贴心。我发现自己又在打小算盘了。请让一切都按计划进行吧。就这一回，拜托了！

他踏入门廊，把我拥进怀里："快，抱住我。我要冻僵了，但最重要的是……我想你了。天哪！我好想你！"

"我也很想你。"我喜欢他的气息，他的触摸，他的一切。如此深情地爱一个人，真的可能吗？

"你感觉好点了吗？"他说。

我倒吸了一口气："怎么说？"

"上次你很生气。"

"噢，对。我现在不生气了，感觉好多了。你大可放心了。"

他吻了吻我的额头："好吧，感谢上帝。"他举起酒瓶，把酒标转向我，像一个侍者眼巴巴地等着我的认可一样，"这是在一个德国艺术品经销商的推荐下买的。我记得你喜欢红酒，就买了下来让你尝尝。他说这酒是最好的葡萄园产的。"

我接过他手里的花束。"太棒了。"我说，"但我做了鱼肉馅饼，是不是跟葡萄酒不搭？"

"让那些破规矩都见鬼去吧。"他脱掉外套说，"今晚想怎么来就怎么来，让我们放肆一回。"

"你很开心。"我说。

"来到这里我就很开心。"

我想要笑来着，但我只勉强提了提嘴角。

他抓住我的肩膀："听着，莎莉，你不回我的电话，我真的吓坏了。你让我害怕极了。你以后能不能不要这样了？答应我，你会一直开机的。"

"对不起。"我说，"我不是故意要吓唬你的。"

"好，行，你知道就好。"

但你还什么都不知道呢，我心想。

他穿过房子，走进厨房。他举止自如，很亲近周围的环境。安迪昨天的举动让我很恼火，但我喜欢哈利这样，好像回到了自己家似的。

我找出一个花瓶，装满水，开始切除花束的根茎。

哈利打开高高的厨房橱柜，拿起两个玻璃杯："开瓶器在哪儿？"

"在抽屉里。"

他一下子就找到了："我好累，这个星期挺不顺的！现在我想和你放松一下！什么都不管了！"

"这个星期为什么不顺啊？"我问。

"噢，你懂的，客户。"他说，"还有平时那些破事。"

我整理好花束，把花瓶放在窗台上："花很漂亮，谢谢你。"

瓶塞抽离瓶子时发出了令人餍足的声音。

"这个星期我也过得很糟糕。"我说。

他一边倒酒，一边抬起头来。

"我的朋友艾米丽服药过量，被丈夫及时发现了，但她还是陷入了昏迷状态。"

"天哪！可怜的家伙！"他皱起眉头，"艾米丽？我认识她吗？"

"你不认识。之前因为一些荒谬的事情，我和她闹翻了。但情况并没有变得简单，在某种程度上，反而更糟糕了。"

"很遗憾听到你朋友的事。你完全不需要这种坏消息，对吧？我是说……好吧，你懂我的意思。"

"是的，我们得谈谈我的情况。"

"是的，我们得谈谈！"他强调道，"但首先，我们需要小酌一杯。"

"听着。"我说，"别把好酒浪费在我身上。我去看医生了，他建议我不要喝酒。"我干吗要说这个？

"真是个扫兴的家伙。"他说，"我是说医生，不是说你。一点都不能喝？有什么害处？"他坚持把杯子递给我，张开怀抱，让我钻进他的怀里，"他还说什么了？"

烤箱的定时器叮地响了，我被铃声搭救了一次。"鱼肉馅饼烤好了。"我拿起手套，打开烤箱，一股蒸汽立刻迎面扑来，"噢！搞什么鬼？"我慌了，努力想端稳盘子，却差点整盘翻倒。我赶紧把烤盘放在金属三脚架上，双手紧张得直发抖。

"你还好吗？"他说。

"盘子太重了。"

"我们先进饭厅，好吗？我饿坏了。你去拿杯子，我来拿鱼肉馅饼。"

他从我手里接过烤箱手套，端起了盘子。

"太浪漫了！"他用头点了点桌上的蜡烛，坐下来，把鱼肉馅饼放在我们中间，"看着可以啊，莎莉，噢！"

我不知道他的喜悦是发自内心还是逢场作戏。我在他对面坐下，把汤匙塞进鱼肉馅饼里，一股蒸汽飘散出来。

"我想这是我在这所房子里吃过的最热的食物。"我说着分给他一大块。

他在碗碟上搓着手取暖。"吃冷食对你不好。"他说，"天气这么冷。"

"你想谈谈过去那糟糕的一周吗？"

"不想，很无聊！不过是一些棘手的客人找麻烦而已。"

"说嘛……我很感兴趣。"我在拖延时间，我知道。我越来越焦虑了。

"嗯，好吧……有一对有钱的夫妇，我是说，真是有钱的主，脾气却很暴躁……"其实我并不是很感兴趣，我的心思飘向了别处。但我盯着他，好像在认真听似的。他拿起叉子，戳弄着土豆皮。我看他抿了一口酒。"……他们有一幅想要的画，在加利福尼亚。"他看向我，我正襟危坐。"但我告诉他们，他们得等，因为我要见你。"他微笑着说。

"谢谢。"我的胃一紧，"他们什么态度？"

"他们很生气，但别担心。我在这儿呢，不是吗？我应付得了。我告诉他们，经销商是我的哥们儿，所以就算要等一个月左右，他们也肯定可以拿到画的。"他又在观察我的神色，"别担心了，晾晾他们也好，他们就像被宠坏的孩子，不明白谁是老板不行。"

"说得对。"

"不管怎样，"他说，"我一直在想……我们的事。"他的表情变了，"……我已经决定了。"

我心不在焉地喝着酒，它卡在我的喉咙里，我觉得我快要窒息了。"等一下。"

我跑进厨房，把嘴巴伸到冰凉的水龙头下，咕噜咕噜地灌着水。这是我父亲教给我的一种技巧，它起作用了。我靠着温暖的烤箱，用手背擦拭着嘴巴。气氛会变得很尴尬，我打心底里感觉到了。我深吸了一口气，用纸巾擦了擦脸，走了出去。他焦急的脸映入眼帘。

"我好多了。"我坐下来。

"真的吗？"

"真的。"

"这种情况经常发生，是吗？"

"不，不，事实上——"

"让我告诉你我的决定。"他清了清喉咙，急促地呼吸着，"我考虑过你说的话……"

我看起来一定很困惑。

"如果我真的牵挂着你，我就应该放弃工作。"

"噢，哈利，我当时很难过，而且——"

他竖起手掌："让我说完！我必须说出来！"他都快语无伦次了，"我们一起度过的周末太特别了——"

"确实很特别。"

"我想自由自在地和你去做更多的事，让剩下的时间过得更有价值……"他带着病态的渴望看着我，"所以我打算休假。"

我瞪大眼睛："你说真的？"我喘着气，"我是说，你确定吗？"突然间，我受到了极大的鼓舞。如果他愿意为我放弃工作，那他一定很爱我。

他捏了捏我的手："再确定不过了。我的心里轻松多了，我只想让你开心。"他向后靠去，整个人因为情绪激动而像个少年一样青涩。

"你的确让我很开心，哈利。"我说，"我知道这个决定对你来说有多重大。"我心跳加速，"但你可能会以与你想象中不同的身份来陪我。"我僵硬地笑着。

他眉毛一挑："什么意思？"

"意思是，我有消息要告诉你。"

"真的吗？"他眼周的细纹凝成深深的褶皱。

"真的。"我说，"一个好消息。"

15

我仔细地观察着他，试图借烛光辨别出他的反应。

"误诊？"他的语气很奇怪。

"是的。"我说。

我已经告诉他了。

真相大白了。

感觉还不错。

"他们把我的档案弄混了。你能相信吗，他们给了我其他人的化验结果。他们搞错了！"

我期待着他像伊莎贝尔一样尖叫，或者像奥莉维亚一样蹦跶着拥抱我。为了我，他经过深思熟虑宣告了重大的决定，他甚至可能会高兴得流下眼泪，或是高歌一曲。但我可不想他交叠手臂，靠着椅子的两条后腿前后摇晃（我觉得这很不安全）。

"你在开玩笑吧！"他冷冷地说。

"没有。"我震惊了，"我没有。"

他猛地一摔椅子："天哪，珍妮弗！这可真是大错特错！"

坏了！他叫我珍妮弗。

他呼出一口气，仿佛这听起来很荒谬。我不能怪他，因为它确实很荒谬。但怎么看，他的态度都很奇怪。"你不是在骗我，对吧？"他说。

我脸色一沉："哈利，我为什么要用这种事骗你？"我把叉子戳进土豆皮，奶酪酱像脓水一样从伤口渗出。"这是真的。"我说，"我拿到了别人的结果。天知道她怎么了。"

"真见鬼。"他往嘴里塞食物。

"但这对我们来说是个好消息，不是吗？"我觉得有必要提醒一下他。

他用手拍着嘴巴："好烫！"他仍然不停地拍着，急促地吹着气，一口咽下口里的食物，抓过酒灌下去，"我想我的上颚烫伤了！"他的眼里涌现出水光，这次是因为疼痛。他用酒漱了漱口，望着我，他看出了我眼神中的惊恐，也猜到了我在等他做出更适宜的反应。

他恢复了镇静。"是的！"他说，"这是个好消息。"他局促地瞪大眼睛，吸气，吹气。"对不起！但嘴巴好痛。是啊，好消息。"他咧开嘴，露出一个假笑。

"你听起来不像是高兴，还是说，你刚刚吹的牛，现在就要作废了，因为女朋友不会死，就不必对她好了？"我才不管他那烫伤的嘴巴。在黑暗中，我只看到了他闪烁其词的伪装。

他愤怒地点头。"我当然高兴，高兴死了！"他说，"如果听起来不像，那是因为……好吧，太出人意料了。我是说，这是一个天大的惊喜，不是吗？"他靠着椅背，"但我真的为你感到高兴。"

"那你自己是怎么想的？"我说。

"是的，是的，我自己也很高兴。"他说，"真的，我真的很高兴。"他低头看向盘子，像小孩一样从土豆下面切开鱼，"但现在一切都变了，不是吗？"

"是的。"我想努力振作起来，"的确如此，一切都往好的方面发展了。"

"是的，当然，往好的方面发展。"他说。他叉了一块土豆和熏制的黑线鳕，吹了吹小心翼翼地放进嘴里，慢慢地咀嚼着。我们对坐着，空气中弥漫着萧瑟的沉寂，主动打破的人不该是我。他欠我一个道歉。

他盯着盘子。"那我想，我应该取消休假？"他说。

我惊诧地盯着他："你嘴里就说不出一句好话吗？"

他不自在地挪动着。"对不起。对不起。"他说，"原谅我。一切都太突然了，我累了，我需要时间来好好地消化你的消息。仅此而已。"

"当然。"我说，"相信我。我也需要时间好好地消化它。但至少你能装得高兴一点？把它看作一个好消息，而不是麻烦！"

他揉了揉太阳穴："噢，该死。亲爱的，对不起，我太失礼了。听着——我这周过得很艰难，别管我。"他站了起来，"我还要喝酒，你呢？"他几乎不敢直视我的眼睛。

"我就不喝了。"很明显，我几乎没有碰过杯子。

他突然停下脚步，转过身来盯着我，他的眼神里冒出一丝责怪的意味。"那医生为什么要下医嘱呢？"他说，"如果你现在没事了，为什么不能喝酒呢？"

我真想一脚踢飞自己。我为什么要这么说？现在他察觉到不对劲了。

"因为我还……因为医生还要检查我的血液。虽然我肯定没有得血液病，但他还是很谨慎。"

"所以可能还有别的状况？"

"噢。"我说，"你现在倒兴奋了。"

他怪异地转了转眼睛。"全都乱套了！"他说，"我去拿酒。"

"把该死的瓶子拿进来。"我说，"也许我终究要醉一场。咱俩得有人庆祝这个好消息才行。"

他消沉地叹了口气朝我走来，在我膝前屈下，挑起我紧绷的下巴。

换一个场景，我会以为他要求婚了。

"别这样。"他说，"对不起。我本该感到高兴，我不是故意这样的。我只是……怎么说，太出乎意料了。"他咧开嘴，刻意一笑，"不过，这当然是好事。"他连忙补充道，"这是个意想不到的好消息。"

他说的话让我的胃难受得很，我一时半刻很难平复。事情本不该这样的。

"我去拿酒。"他说。

我坐在那儿等着他，努力平复混乱的思绪。我试着劝告自己，我反应过度了，他有权震惊，有权怀疑。他又累又紧张，手头上还有客户要应付。这是他本能的第一反应。肯定是的，我应该原谅他的笨拙。

我又想：如果我怀孕了——假设这个疯狂的推测是真的——哈利会原谅我吗？

"听着。"他带着酒回来了，看上去很懊悔，"你能原谅我吗——？"

"当然，我原谅你——"

"不是，"他脱口而出，"我是说，如果我不留下来过夜，你能原谅我吗？"

"你现在就要走了吗？"

"不是现在就走，不是。但我累了。"

"那就留下来！"

"不行。"他说，"我有太多事情要做了。明天我再带你出去好好庆祝一下，等我压力没那么大的时候？你选个好地方，最好是明天晚上。我的心情会好不少。"

我建议去汉姆区，我一直牢牢地记着这个地方。如果圣诞节马丁又问起来，至少我知道该怎么圆谎。

"我去预约。"他说。但他似乎一点也不高兴。

我们在汉姆区享用的晚餐比我想象的要和谐。哈利恢复了正常，他像是花时间消化了这个消息，可以应付这个可怕的误诊了。我不担心他会做出什么反常举动了。我理解他。

"伊莎贝尔邀请我今年和他们一起过圣诞节。她也邀请了你，但我告诉她，你要回你妈家。"

"她真是太好了。"他说，"事实上，我妈问我今年能不能和她住久点，她老了，莎莉。这是件悲伤的事。"

"我很抱歉。"

"在我去看她之前，我想问你介不介意早点过圣诞节，比如在圣诞节前好好聚聚。你不介意吧？毕竟我们已经提前过了新年。"

记忆在我脑海里浮现，我不由得露出笑容："那是我过得最棒的新年。我当然不介意。不管怎样，越早开始庆祝圣诞节，圣诞节就越长。"

回到我家，他牵着我的手来到卧室，我们开始做爱。他有备而来，做足了必要的防护措施。

早上醒来时，我把手探过枕头，他已经走了。他留下了一张温馨的便条，为他早早离开而道歉。他说他会打电话给我。

整理床铺的时候，我发现床单上有污渍。我的心漏跳了一拍。是血，不多，但足以让我恐慌了。我握紧手，捂住嘴巴。也许我真的怀孕了？我会失去这个孩子吗？很有可能。但我没有感觉到腹部绞痛。我坐了下来，双手保护性地护住肚子。此刻我才意识到，我真正想要的是什么。

我想要孩子。

16

"我要在你的肚皮上抹点黏糊糊的液体，你会觉得冰凉冰凉的。没问题吧？"

我想告诉超声波医师我以前做过这个检测，但我不想说话。恐惧占据了我的心灵。我露出肚皮躺在那里，我的肚子很平坦，不像怀孕了。

"没问题。"我豁出去了，但声音却像蚊子叫一样细微。

"好，那我就在你的肚皮上移动探头，看看什么情况。"

她用探头在冰凉的液体上来回滚动，我闭上眼睛，又慢慢睁开，斜斜地看向屏幕，但我完全看不懂上面的图像。

"好了。"她雀跃地欢呼道，"有结果了，准妈妈，一目了然。"

"什么一目了然？我什么也没看到。"

她指着一个模糊的灰色斑点，它的形状在不断地变换，看起来毫无意义。但当她用手扫过我的肚子时，我心里生出了一种最奇妙的感觉。

"这就是孩子。"她说。

我心头猛地一跳："你确定吗？"

她笑了："当然。看！看他的心跳！"她用力挤压我的肚子，来回地打着转，我有点反胃，但我想看看孩子的心跳。她的手在我的肚皮上游移，发出唰唰的摩擦声，好像在移动我的内脏似的。"这是头，看，妈妈！"她盯着屏幕上的变化，生怕错过了什么，仿佛这对她来说也是一个惊喜。

我咽下喉头涌动的焦虑。"听着。"我平静地说，"我知道怀孕是一件很美好的事，但你可以别叫我妈妈吗？八字还没有一撇。"

"噢。"她听起来有点吃惊，"噢！对不起！大多数女人听到我这么叫都会很兴奋。"

"是啊，也许吧。"我说，"但大多数女人可能不像我，四十三岁——准确地说快四十四岁了，以为自己马上就要绝经的女人。"

她看着我："噢，亲爱的，我很抱歉。我不知道你是……"她不知所措地赔礼道，"非常抱歉，应该有人告诉我才对。"

我摇摇头："没关系。我没事，只是有点震惊而已。"

"我明白。"她的声音缓和了下来，不那么热情洋溢了，可能更偏向于她本来的声音。室内陷入沉默，只有屏幕上的扬声器不停地传出嗡嗡声。

"你想知道几周了吗？"她小心翼翼地问。

请不要告诉我，只要澄清这不是真的就好。

"不想。"我举起双手，"我也不想知道性别。"

"没关系，现在还为时过早。"在令人不安的沉默中，她开口安慰道。随后她嘴巴张张合合，欲言又止，终于转向我："听着。这与我无关，但我希望你不要介意……我想问，你想要这个孩子吗？"

我感觉到体内有种恐惧感在上升，我不知道自己的身体到底怎么了。前一秒我要死了，下一秒就告诉我，我怀孕了？但我清楚这其中的责任，尽管让我始料未及，但这也是一条新生命。我的心头一团乱麻，我当然想要这个孩子。但在这种情况下怎么要？

"我不知道。"我说。

她握住我的手："好吧，完全没关系。不是人人都拿得了主意，何况这对你来说是个令人震惊的消息。好好考虑一下，你可能永远不会完全信任自己的决定，但要听从自己的心意，还有你伴侣的感受。如果你想做点什么，还有时间。哪怕它没有唤醒你的母爱。"

过去发生的事情一股脑向我袭来，最近几个月里的每一次打击、每一次高潮、每一次低谷，都让我不堪重负。我在这个陌生人面前放声大哭起来。

令我惊讶的是，她把我抱在了怀里，让我伏在她肩上哭泣。"对不起。"我说，"这些事情实在太难以接受了，几个月来，我的情绪波动很大。"

她抱着我，直到我渐渐平复心情。她握住我的手看向我，眼神里充满了同情。"没关系。"她说，"你不应该因为不想要他而感到内疚。这是你的身体，你有这个权利。"

"不。"我说，"也许我想要他。"我激动地摇着她的手，"也许又不想要。我是说，我一直想要一个孩子，但我没料到我会在这个节骨眼儿怀上孩子。不管怎样，我想都不敢想，我居然还有机会决定要不要孩子。"我重重地吞咽着口水，我又开始抽泣了，"一般还没到十二周，我就会流产。"

"噢，我很抱歉。"她说，"但是让我向你保证这一点，胎儿有心跳。这是个好兆头。但我完全理解你的立场。"她给了我一个拥抱，凝视着我的双眼。

我点了点头："我现在好多了。谢谢。"

她抓起一些纸巾擦掉我肚皮上的液体，又把我沾到她白色外套上的液体擦掉。"让我给你拿点水。"她跑到外面，轻轻带上了门。

我擤了擤鼻涕，很高兴这个女人能理解我。我想，她可能总是遇到像我这样的人。她回来了，递给我一杯塑料杯装的水。

"昨晚发生了个小意外。"我知道我应该坦白告诉她。

她用同样关切的眼神看着我："小意外？"

"我出血了，一滴，只是一滴而已。"

"好吧，可能是胎盘移位。如果再发生这种情况，你要马上过来。"

"昨晚我刚发生了性关系。"

"嗯，嗯。"她说，"宝宝最大的迹象还是心跳。别紧张。"

"你是说我不能再做爱了？"

她不赞同地往后仰。

"我只是在开玩笑。"我说。

事实是，我可能再也不会做爱了。如果哈利知道我怀孕，我肯定不会再做爱了。我一定会和他划清界限的。他不想要孩子，更别说其他人的孩子了。不过，万一他接受了呢？天哪，我不知道。我现在什么都不知道。我需要时间来冷静冷静。

超声波医师站在水池边洗手。"好吧，无论你最后的决定是什么，我希望一切顺利。"她冲我露出最甜美的微笑，"也许我还会再见到你。你知道怎么出去吗？"

"知道。"我从门后取下羊毛衫和外套，搭到胳膊上。我缓步穿过接待处，走到街上，脑海里不断回想方才的情形。

我很高兴我让她别再叫我妈妈了。换作以前，我会保持沉默，让她自顾自地高兴，就算她的手摩挲着我裸露的肚皮，让我平白多出几分脆弱，不自觉地变得压抑。但那样的话，我在回家的路上都会愁眉不展，最后这场重要的谈话也不会出现。

如果说最近几个月里我学到了一件事，那就是，我说得越多，别人听得就越多，反应也越积极。反应积极的这些人是好人。他们中的其他人——那些戒备的、卑鄙的、刻薄的人——根本不重要。

但重要的是，至关重要的是：我，真的，怀孕了。

17

我和奥莉维亚正在为圣诞节采购，希望星期日的人比星期六少些，但从外面的情形看来，每个人都抱有这种侥幸。不过，我依然很兴奋。因为近来我从未想过自己还有机会逛街。我有一长串傻里傻气的礼物想要买，购物本身就是一种庆祝。

我必须告诉奥莉维亚我怀孕了，这让我有点惴惴不安。这意味着我要坦陈全部真相。我必须承认，我在野外做爱了。现在说这些让我感觉自己有点下作，整件事情也挺荒唐的。我要等待时机，还是先买东西吧。

我很早就到了塞尔福里奇百货商店，选了几件小礼物，把它们堆在一个篮子里，从名单上把收礼物的人一一勾掉。我排队等着付钱，脑子里千头万绪。

"铃儿响叮当。"奥莉维亚在我耳边唱道，我一下子跳了起来。"对不起。"她说，"我不是故意要吓唬你的。"我们吻了一下对方的脸颊。"你还好吗？"

好？我怀孕了。

"我很好。"我说，"希望你不介意，我已经先你一步了。"

"巧了！"她说，"我也是！"她拎起几个购物袋。

队列向前挪动。

"你买了什么送给哈利？"奥莉维亚看着我的篮子问。

"噢，这些不是给他的。我要送他点刺激的。你要买什么给丹？"

"我们说好了，今年不送对方东西。我们要把这笔钱存进蜜月基金。"

"噢，丽芙！"我说，"别这样。我们去普利马克服装店吧，给他们俩买件搞怪的圣诞套衫。"

"哈！"她说，"我喜欢这个主意。"

我在收银台付完钱，我们走出商店，穿过人群，越过马路，争分夺秒地去买圣诞套衫了。

"这件怎么样？"奥莉维亚手里拿着一件镶满星星的黑色毛衣问道。

"绝对不行。"我说，"这件算不错了，但还没有抓住重点。"

她瞪着我，好像在问："你是认真的吗？"

我拉出另外一件印着卡通驯鹿脸和硕大红鼻子的鲜绿款。"这件！"我说，"再搞笑不过了。"

"太棒了。"她说。

我抓起另一件红色款，上面印着冬青树和糖衣点缀的圣诞大布丁。这件完全是为哈利量身定做的。

"选好了！"我说，"听着，你有时间喝杯咖啡吗？"

"当然。"她说，"我现在特别想喝咖啡。"

我们去了邦德街一家她熟悉的咖啡馆，那里很热闹，很有意大利风情。"他家的咖啡很正宗，味道很浓郁。"我们一坐下来她便介绍道。

"那就好。"我说，"你会需要咖啡的。记住，请不要尖叫。"

她看着我，好像我疯了一样。

"我怀孕了。"

"你什么？"

我上下摆手，让她别大声嚷嚷。"我怀孕了。"我从嘴边憋出这句话。

"天哪，哈利动作真快！"

"不是哈利的。"

"我在做梦吗？"

"你没做梦。不是他的，丽芙。"我躬身俯向桌子对面的她，"我要告罪。"

"说啊。"

我压低嗓门飞快地说："当时我以为自己快要死了，就和一个男人在野外发生了关系。"

"什么？！"她失声喊道。

"嘘！我刚才说了什么？别逼我再说一遍了。"

"你没告诉我呀？"

"我感觉没必要。"

一位女服务员闯进了我们的视野。

"请来两杯卡布奇诺。"奥莉维亚粲然一笑，说完，转过身来看着我，"现在有必要了？"

"当然，我怀孕了！"

"几周？"

"不确定。我告诉那个做超声波的女人我不想知道。"

"为什么？"

"我还没准备好。不管怎样，麦肯齐医生肯定会告诉我的。我得回去找他，不过现在还早。也许——你懂的。"我不放心，即便知道胎儿有心跳——这是一个好兆头，我也提心吊胆的。

"我明白。"她说。她握紧我的手，咬着下唇，"你是不是完全吓蒙了？之前没有任何征兆吗？"

"我没有留意过什么征兆，我以为我要死了，我以为那是我生病的缘故。"

她呼出一口气。"当然。但，就这么巧？"她嘲弄道。

"对不起，不好笑。"她补充道。

咖啡到了，我们坐在那里用勺子把泡沫舀进嘴里。奥莉维亚在偷笑。

"所以，这个野外的神秘男人，你们还有联系吗？"

"当然没有！"

"他是谁？"

"不知道。"

"闭嘴！你以为我看不见你在笑？"

"要是我知道就好了。"

"哈利肯定很兴奋。"

"他还不知道。"

"这可真尴尬！"

"确实有点！"

"你打算什么时候告诉他？"

"很快了。"

"你是说，在他自己发现之前告诉他。"

"还会早些。他去加利福尼亚出差了，等他回来去他妈家之前，我们会提早过圣诞节。如果我决定留下这个小东西，我想我可以把他送给哈利做圣诞礼物。"

"他可能更喜欢这件毛衣。"她笑着说。

"别笑，你可能说中了。噢，丽芙！但我真的想要这个孩子。"

"相比哈利，你更想要孩子？"

"我不知道。我们现在关系很好。我的意思是，他又一头扎进了工作，经常飞来飞去，虽然以前他一直都这样……只不过现在他定期和我保持联系，比以前好多了，我希望……"我本能地摸了摸肚子，"嘿，我们不要谈论他了。"

"不谈就不谈。我们来说说野外那个人吧，他是一个什么样的人？"

我翻了翻白眼："我真的想不起来了。"

"拜托，想想看！"她不会放过我的。

"我只记得他人很好……挺温柔的……还很风趣。他还抽烟。"

"珍妮弗，听你这么说，除了口气有烟味之外，他简直是每个女人的梦中情人！你为什么不和他保持联系？"

"因为当时我的命运已经注定了，我觉得再三纠缠对他不公平。"

"你不觉得你应该去找他吗？"

"为什么？把他当备胎？"

"不是，为了公平。"

"你疯了吗？我都不知道他叫什么，甚至记不起他长什么样了。这叫大海捞针，还不如把希望寄托在哈利身上。"

"噢，对！因为他总是那么可靠。"

"奥莉维亚！"

"我就静静地喝我的咖啡不说话。"她说。

18

"如果有什么需要我带回来，尽管告诉我。发短信或者邮件都行。还有，提示一下你圣诞节想要什么礼物。"哈利在机场给我打电话。我能听到后台广播的通知。现在我想不出比跳上飞机去加利福尼亚来个阳光浴更能吸引人的事了。但是哈利出差从不邀请我陪他一起去，即使现在我有空旅行也不行。

"把阳光带回来给我。"我转而笑道，"我再想一想，别担心。我也想要过个白色的圣诞节。"①

"好吧，平·克劳斯贝②！"他说，"别忘了。那边时间晚八个小时，所以我会通过电子邮件联系你。我要到处奔波，你醒着的时候，我可能没有时间打电话给你，可以吗？"

"好吧，祝你旅途顺利。"

哈利的建议很合我意。如果我连自己都说服不了的话，那和他有什么可谈的？我宁愿通过电子邮件和他交流。现在是十二月，我知道我怀孕多少周了——麦肯齐医生证实了这一点。向哈利坦白这件事让我进退

---

① 意指下雪的圣诞节。
② 平·克劳斯贝，20世纪美国著名歌手，著有歌曲《白色圣诞节》。

两难，我的心头老在纠缠这件事。

头："我们怀孕将近十一周了。你不认为我们应该告诉哈利吗？"

心："不。等我们做了决定，提前过圣诞节那会儿见到他再说。"

头："我们再怎么拖延，坦白也是不可避免的。这对他很不公平。"

心："不，我们不是在拖延，而是谨慎行事。等见到他，我们自然就会说了，之前都没有合适的机会提这件事。这在某种程度上倒是方便了我。"

头："我们不能既要这个孩子，又要哈利。鱼与熊掌不可兼得。"

心："谁说哈利一定不喜欢这个孩子？谁说他不爱我们？说不定他不愿意离开我们，同意抚养这个孩子呢。"

头："请你面对现实。"

心："你真是一个可怕的怀疑论者。"

头："你真是一个自欺欺人的浪漫主义者。"

真是没完没了。所以，电子邮件很好，因为我的头可能会说一些令我的心后悔的话，但我可以阻止我的手指泄密。

19

她看起来像是睡着了，那么平静、满足。老实说，如果不是因为她胸口隐隐约约地上下起伏，还有她周围缠绕的电线，旁边设备的哔哔声和闪光灯，我会以为她已经死了。但艾米丽只是陷入了深沉的睡眠中。我们不要说"昏迷"这个词，心中要抱有希望。

护士的语气轻描淡写："我们待会儿进去，你告诉她你是谁，然后像平常一样跟她说话。"她补充道，"坐着跟她聊聊。"

"像平常一样？"

"是的，就像你在进行独白，谈谈以前你们一起做过的事，成长过程中的记忆，你懂的……她最喜欢的音乐或你去过的地方，让你开心的东西——"

"对了。"我突然想不起过去的事情了，就像比赛中对着无线电话说话一样，我脑子里一片空白，"你觉得她听得见我说话吗？"

"我们认为她可以，你就当她听得见，和她说话，注意她的回应。任何反应都行。"

"她以前有回应过吗？"

她摇摇头："还没有。"

我打起精神："这样昏迷的人确实可以醒来，对吧？"

"我们从不放弃希望。"她微笑着说，意在安慰我，随即打开了艾米丽私人病房的门。

"艾米丽。"她高声喊道，"你有客人，亲爱的。还说你不是一个幸运的女孩？"她说得好像艾米丽生龙活虎地坐在床上。

隔着玻璃板看到她的样子，我有点吓到了，眼前她可怕的状态似乎显得更为真实了。我振作起来，努力模仿护士的语气。"嗨，嗯……"我的声音有些颤抖，"我是珍妮弗。嗯……你的老朋友珍妮弗·科尔。你还记得我吗？"我感觉有些荒谬。

护士对我笑了笑，说："聊聊天，自然点。"她关上门离开了，留下我独自一人，我感觉哪儿都别扭得很。我坐下来，张望四周。这是一间小病房，放着一张有着白色金属床架的高床，床单和毯子整齐地铺陈着，维持原状不变。这和你在电影或电视上看到的病房并无两样，电线将昏迷不醒的人和机器缠绕在一起，唯一不同的是，躺着的是我的朋友，虽然看起来很魔幻，但这是活生生的现实。

奇怪的是，她看起来和小时候一模一样，仍是一副天真的模样。

我想，该从哪里说起呢？

"你还好吗，艾米丽？"这个开场白真是傻气。

我看着她，知道她看不见，我便端量起她这张温顺的睡脸。她看起来肌肤光滑，没有皱纹，不像伊莎贝尔，她的状态反倒更自然，仿佛岁月悄然流逝，却没有给她留下任何痕迹。

我开始说起我斟酌好的话："你还记得我们在你房间里一边听着歌，一边跳舞吗？"我说，"你总是说你要嫁给西蒙·勒·邦①。"这感觉太奇怪了，"还记得你哥哥的发型吗？他让你给他喷妈妈的发胶，帮他

①西蒙·勒·邦，著名的英格兰男星，极受欢迎。

梳个大背头，硬得像块纸板一样。你父亲会很生气，叫他娘娘腔！"如果不是只有我一个人絮絮叨叨的，我会很享受这种叙旧方式。

我握着她的手，看着她，静静地等待。动一下就够了，眼皮眨一眨也行。这不是电影里的剧情吗？我注视着她，期待着。给我点暗示吧，嗯，什么都行。

但什么都没有。没有奇迹。

如果我不说话，房间里除了机器发出的哔哔声，就只有一片诡异的寂静。

没完没了的哔哔声。

我继续说下去。尽管我冗长地复述了一遍重现的记忆，还有那些对我们来说很私密的事情，但她的脸还是毫无表情，哪怕一瞬间的变化都没有。我心知肚明，她妈妈要失望了。我想她真的相信我也许是与众不同的，相信我的信是个吉兆。我听从了护士的话，决不放弃希望，这点我似乎已经做到了。

哔——

哔——

哔——

"嗯？你还记不记得，安娜·玛丽亚在伊比沙岛度假时遇到了一个讨厌的家伙，想看看他会去祸害谁，最后很晚才回来。结果什么事都没发生，她就回来了，却发现自己忘记带钥匙。但我们全都睡得很沉，没有听见门铃声，她不得不在楼梯平台上睡了一晚。"我观察着她的表情，"还有一次舞会，她躺在走廊上睡得直打呼噜，被我们发现后嘲笑了一番，你还记不记得？"

"嗯？我真希望你现在能笑一笑。拜托，醒来吧。你是唯一一个记得这些东西、记得我童年的人。嗯，当然，除了我姐姐，但她的角度不一样。很抱歉，我让你失望了，之前对你那么不耐烦。你能原谅我吗，拜托？我们还没有聊过，还没解开心结，但没关系。因为就像你妈妈说的，我们有着深厚的感情，这是金钱买不来的，不是吗？

哔——

哔——

哔——

我不知道该说些什么了。

"很快就要到圣诞节了。你喜欢圣诞节。你还记得我们在学校集会上大声唱颂歌的样子吧。我敢打赌，当时我们都很尴尬。"忆起往事，我不由得扑哧笑出声，"还记得你最喜欢的歌吗？拜托，嗯。你一定要想起来。"但她什么反应也没有，没有动，也没有眨眼。

"好吧，给你一个小小的提示。"我清了清喉咙，像是要开始一场重要的演出似的。

"噢，伯利恒小镇啊。"我凝望着她脸上空洞的表情，"眼里的你如此安宁。"歌声戛然而止。

完全不起作用。我没有什么可以跟她说了。我握着她那异常温暖的手，尽可能地传递我的爱。

"活下来，艾米丽。"我说，"求你了，活下来。"

20

　　我告诉帕蒂我怀孕了，她听起来很震惊，虽然她没有说什么——对于人力资源部来说，怀孕从来不是好消息——但我认为她个人是为我感到高兴的。我没有给她完整的解释，她也没有提出要求。我猜她以为孩子是哈利的。

　　"你这段时间的生活真是像坐过山车似的。"她说。

　　"很抱歉，我把一切都弄得一团糟，真是不好意思。"

　　"有什么不好意思的？人都要过性生活，你懂的。我希望我也是其中一个。"

　　我笑了，心里感激她机敏的圆场。"'火种'这样的交友软件到处都是呀，帕蒂。"

　　"我用的是'斑布'，让我多了不少乐子。当然，我们确实应该在你的员工福利中加入孕期福利这一条，别担心，我们会处理好的。"

　　"谢谢。"我说，"我希望这不会给你们造成太大的麻烦。"

　　"比起之前闹的乌龙，这还造不成什么大麻烦。就交给我处理吧。"她说。

哈利从加利福尼亚回来了。他需要时间去调整时差，但今天他要过来，和我提前过圣诞节。我真的很期待见到他，我努力营造欢乐的气氛，努力鼓起勇气。

　　我已经包装好礼物了。送给伊莎贝尔家的所有东西都放在前门的一个大提包里，送给哈利的就放在我在当地一家一镑店买的荧光圣诞树下。这棵树真是天才之作，已经用小饰品、金属箔和五颜六色的精灵灯装饰好了，只要一插上，它就立刻唱《叮咚欢乐颂》了！

　　给哈利的礼物看起来很简陋，但我有压轴的大惊喜！当然，那不过是一个便宜套衫的恶作剧。但让我们往好的方面想，这个男人爱我，他现在比以前更加坚定了。

　　圣诞布丁套衫包在黑金箔纸里，用金丝带和金箔玫瑰花环绑在一起，看起来非常昂贵。我希望他觉得我已经尽了最大的努力，觉得这件衣服很珍贵，那他自然就会理解这个恶作剧的寓意了。

　　这天晦暗多雾，云层很低，天空像要压在身上似的。我敢说哈利肯定看不到碎片大厦的楼顶。我只盼着他能找到来这里的路。希望雾气快点消散，亮出个好天，夜幕降临再起雾也不迟。我想，侥幸一点，哈利是要留下来的。我们的小派对两三点结束，他直接驱车回他妈妈家，因为六点前高速公路是空的，所以他必须赶时间上路。他是这么说的。

　　尽管外面的天气很糟糕，但我还是设法把家里布置得很舒服，到处挂满了红绿相间的纸链，墙上贴了塑料冬青树、浆果花环和拖曳的金属箔片。还有一个闪烁的标志"Ho Ho Ho"①，我把它靠在窗台上，配上几束精心插摆的槲寄生，全都是在一镑店买的。我甚至买了一个暖风机，但它好像只能加热正前方。我必须不断地调整它的位置。

　　我在沙发前的地毯上布置了圣诞野餐。鸡翅、鸡尾酒香肠配辣味番茄酱，肉末派配一罐鲜奶油，增添了不少乐趣。CD 在重复地播放圣诞

---

① 圣诞老人的笑声。

歌曲。我可不容许气氛拖半点后腿。

哈利会带普洛赛克酒来，我要喝一杯，今天特别批准。我们要换个口味，一起看圣诞经典电影《生活多美好》。我想他不会介意感伤一下的。我还活着，我们还在一起！这才是最重要的。

我很高兴我怀孕快十三周了。我时不时会流泪，这很傻气，但我似乎控制不住。有时候，回顾我所经历的事情，我的情绪会比经历的时候更跌宕起伏。但我越来越少回忆过去了，我开始展望未来。我已经看了医生，并安排好了分娩事宜，分配了一个医院的助产士。这对我来说尤其重要。我很高兴我能顺利脱离妊娠危险期。我仍然担心孩子会很脆弱，可能整个孕期我都会忧心忡忡。但焦虑着，我又告诉自己，一切都会好起来的。这可是一年中最美好的时光。

我穿着一件连体衣。当你不知道该穿什么，又要告诉你爱的男人你怀孕了，怀的还是别人的孩子时，这不失为一个好办法。

所以我穿得像只小兔子，顶着大大的粉白色耳朵，翘起一条尾巴。每次坐下来，我都要挪动位置，否则感觉就像坐在别人的脚上。是的，我看起来很傻，但有何不可呢？这会让哈利发笑的，只要能逗乐他，什么法子我都能接受。

哈利站在门口的台阶上，手里提着一个大袋子，上下打量着我，似乎不知道该笑还是该哭。"衣服不错。"他说。

"谢谢。"我说，"去洗手间就很麻烦了，但我倒是可以吃掉所有的馅饼。"我拿出蓬松的粉红色腹部织物，自豪地展示多余的空间。

"真了不起。"他的语气听起来好像没什么大不了。他脱下大衣，从我身边走过，进入客厅，环顾四周，观赏我的装饰品，尝了口毯子上的野餐。"窗户边的'Ho Ho Ho'怎么回事？"

我指了指窗户边那个发光的标志："倒过来看！"

"噢，对！"他完全没有笑。他很古怪，特别古怪。他肯定还没准备好过圣诞节。

"拥抱？"我说，"很高兴见到你。"

"对不起。"他给了我一个拥抱。他闻起来不一样了。

"新的剃须膏？味道不错。"

"这是我一直在用的。"他说。

"不，不是。"

"好吧，那就不是。"

他怎么回事？我郁闷地想，但我不想知道原因。至少今天不想。我不想听他说这个星期又有多糟糕，或者他没能在圣巴巴拉盘下某幅画。我不想听到坏消息。我希望今天是一个美好的日子，所有人都能放声大笑，快快乐乐，充满善意，所有女人，所有宝宝。特别是宝宝。

他穿着一件粗条纹黑色马球衫和一条黑色羊毛裤子。要来我这间冰窟似的房子，他早就有所准备了，也许还穿了保暖衣。他打开袋子，随手掏出几瓶普洛赛克酒，抱怨道："天哪，这里好闷。"他用手绕过脖子，松了松马球衫上的丝带。

"看！"我骄傲地指着角落里呼呼作响的暖风机，"在一镑店买的，我精打细算，全部东西都在那里买了。"

"看得出来。"他看了看"Ho Ho Ho"标志，又看向那棵闪光的树，"我想我能猜到里面有什么了。"他指着那个孤零零的包裹。

"那个不是！"我有点受辱，语气很委屈，"你的礼物我不是在一镑店里买的。"

"给你。"他递给我一个绑着银色蝴蝶结的紫色小礼品袋，"圣诞快乐。"

"圣诞快乐！"我摇了摇它，"你先别告诉我。这是金装马洛玛斯饼干？"

"别搞笑了。"

"那就是银装的，也许我要金装太贪心啦。噢，拜托，哈利，笑一笑。"

"这个礼物很漂亮，我费了很大劲才找到的。"

"哎呀，不错。谢谢。"

我想是因为时差，他还在倒时差，我得迁就他一下，带动他开心起来。我不认为他是那种很难起兴的人，以前一起庆祝圣诞节和新年的时候，我们都玩得很尽兴。但他从来没有亲眼看过我为庆祝花了多少心思，只看到了索然无味的现场。因此，今年为他准备，我干劲十足。

我把紫色礼物递还给他："把它放在那棵怪树下面。等到野餐结束，我们再打开礼物。"

他不耐烦地呻吟一声，弯下腰把礼物放在树下，轻飘飘地看了我一眼，似乎在说"真不敢相信我真这么做了"。"《好国王温塞拉斯》①。"他在暖风机的嗡嗡声中听出了背景音乐，"你真的想玩这种无聊的圣诞节把戏，是吗？"

"当然。"我说，"这可是最畅销的圣诞乐曲，我挑选的 CD 都很棒，有一部分别人都不想要。"

"为什么我一点都不觉得惊讶？"他说。

我笑了，希望他也能笑一笑，但他没有。"你准备好野餐了吗？"

"当然。"他说，"你准备好喝普洛赛克酒了吗，还是兔子要喝胡萝卜汁？"

"Ho Ho Ho。"我嬉笑道。

我假装没心没肺地准备蹦进厨房，但我瞥见了他脸上的表情。我讨厌这种表情，分明写着他有话说，却不知如何开口。

"怎么了？"我并不想知道，但还没反应过来，我就问出口了，"不，别告诉我。让我们假装一切都很棒，充满了欢乐。"

①《好国王温塞拉斯》，一首古典的圣诞钢琴曲。

他走到我跟前，牵起我的亚克力面料毛爪子。

"噢，珍妮弗。"他说，"我就知道你会猜到的，你不会憋着不问的。"

"是吗？"我深呼吸一口气，"我现在是珍妮弗吗？"

"我不知道该怎么说才最好。"我的短尾巴垂到了兔脚上，他的眼睑颤了颤，"我本想着等到我们拆礼物时再说，到时你就会知道我有多爱你，这又让我有多痛苦了。"

"什么让你痛苦了？"我说，"关节炎？请告诉我是关节炎。"

"过来。"他领我到沙发上坐下，让我坐在他旁边。我挪开我的兔子尾巴，用手撑着退后，和他保持一点距离。

这个房间压迫着我，周围的一切都变得廉价而肮脏，不复方才的有趣好玩。

他皱起嘴唇："我说我爱你，你是相信的，对吗？"他说。

我摘下手套，突然觉得很热。"这取决于接下来发生的事情。"我说。

"天哪。"他鼓起双颊，"这里真的很热。"

"我去关掉暖风机。"

"不，不用。"他说，"听我说。"

"洗耳恭听。"我举起粉白色的兔子耳朵。

他反向扭动了一下胳膊。"收到你的信之后，"他说，"我大受打击，因为你快死了。我们分开了一段时间，这个消息太让人震惊了，所以我打电话给你，约你见面，当时我就决定要和你在一起，陪你到生命的尽头。这点我做到了，亲爱的。我真的做到了。"

"直接说'但是'吧，哈利。我觉得我需要听的是'但是'。"

他不安地转动了下眼睛说："好。"

不！真的还有"但是"！开始播放《铃儿响叮当》了，这听起来既刺耳又阴森，跟现在的氛围很不搭。我想闭上眼睛，合上耳朵。

"我撒了个善意的小谎。"他摇了摇头，装出自责的样子。他回头看着我，好像在等我追问。我也盯着他看。

"你还记得我告诉过你，梅丽莎和我分手了吗？"

我继续盯着他。

"这并不完全是真的。"

我抖了一下："什么意思？不完全是真的？"

"是的。"他重复道，视线移向别处。

不妙，我的头在说。**不妙**，我的心也说道。难得一次它们意见一致。

"我们还住在一起。"

"好吧。我们谈过之后，你就和她分了？"

他把头发往后一抹，脸涨得通红。他的前额和上唇上都冒出了细密的汗珠。

我站起来，想关掉暖气，不是因为我不想让他出汗，而是因为噪声越来越大。我的神经都在颤抖。

"坐下！"他说，"拜托了。"

我又坐下来，就坐在短尾巴上。"哎呀。"

"我真的很抱歉。真的。我不知道会发生这种事。"

"哈利，我不明白你在说什么。会发生什么事？"

"你还是不明白，是吗？我和梅丽莎……我们还在一起。"

我倒在沙发扶手上："别开玩笑了。你怎么能……"

他伸出手，放在我的膝盖上，眼神悲凉地看着我："我们还在一起，她就住在我的公寓里。嗯，她有钥匙。"

"那就拿回来啊！"我知道这不是重点。我推开他的手站起来，这次我无视他的话，关掉了暖风机，关掉了CD。我的情绪都涌了上来。即便是用眼角的余光，我也不屑看向他。我踱着步子："但我们一直在一起。每次你出差回来，我们都会在一起。你别告诉我你根本没出差。"

他呆坐着，脸埋进手里："出差是真的，我保证。是的，我们一直在一起，我确实想要陪着你。梅丽莎理解我，她也认为我应该陪你。"

我难以置信地看着他，他哀求地看着我。

"哇，等一下。我没听错吧？梅丽莎理解你？梅丽莎想让你陪我？"我正努力消化这个信息，拼图的各个部分开始归位。他从来没有邀请过我回他的公寓。他把我带出去，不让我碍事。"她真是太善良了。"我说，"出奇地大方啊！"

"她确实很善良——"

"噢，闭嘴，哈利！"

"对不起。"他说。

我穿着可笑的连体衣，在房间里来回踱步。我觉得自己超级丑陋、肥胖、愚蠢、可耻。我不小心打翻了一碗鸡翅，故意一脚把它踢到地毯上。

"亲爱的，别生气。"

"你居然还敢叫我'亲爱的'！你还希望我怎样？为你高兴？噢，恭喜你，我希望你俩都很幸福？我快要气死了！现在，让我捋一捋。因为我要死了，梅丽莎放你来陪我，直到我死的那一天，你也很想让我在最后关头好过一点。而她知道一旦我死了，你就会回去？"

"天哪！你说得真——"

"恶心，是吗？所以她允许你和我做爱，因为我几乎等同于一具尸体？"

"她不知道我们发生了关系。"

"噢，对！噢，那没事了。嗯，我们得好好保守这个小秘密，对吧？我想，私下播放我最喜欢的电影，是她出的主意吧？你可真是毁了这部电影。"

他颓唐地长叹一口气："那是我的主意。"

"行，那你真是满肚子坏主意，不是吗？"

我从连体衣的袖子里抽出手臂，我热得要命。我敢肯定我的腋下有汗渍。我敢打赌梅丽莎不会流汗，我打赌她永远不会穿这种廉价的服装。我把胳膊揽在腰上，每走一步兔子的爪子就在我前面拍打着。

"坐下，珍妮弗！"

"别这样叫我，你不需要一直强调让我坐下。"

"请坐下。"

"不坐！"我转身，背着手，直直地迎上他的视线，"现在我明白了，我都听清了。这就是为什么我们要提前过圣诞节，是吗？因为你要和她一起跨年。"

他神色内疚。

"啊啊啊！我真是个白痴！知道我不用死了，你一定觉得很麻烦。难怪你的行为那么古怪，难怪你这么害怕。"

他说不出话来。他的肢体语言说明了一切。

"但你还挺会装，不是吗？带我出去吃了一顿可悲的晚餐，又可悲地和我做了一次爱，同时，你在想办法如何从这段关系中脱身，还给我买了这么一个可悲的礼物。"我大步走到树前，拿起他那绑着可怜小蝴蝶结的可怜小包裹扔给他。包裹掉在他脚边，他把它捡起来放在腿上。他看起来像是拎着小人国手提箱的格列佛，已经打包好准备出发了。"好吧，我不需要你的安慰奖，谢谢。"

他翻了个白眼，他肯定觉得我反应过度了。

"你知道吗，"我向他吐露心声，"我还真上当了。我以为你是真的爱我，希望陪我走到生命的尽头。《当哈利遇到莎莉》和马洛玛斯饼干真的让我很感动。我告诉你我不会死的时候，你很震惊，我觉得你有权花点时间去消化这个消息，因为这对我来说也是个很大的冲击。我真的同情你，因为我知道要接受这么不幸的错误有多么困难。"

"这不是不幸，别这么说。"

我嗤之以鼻："对我来说确实不是。但是，噢，天哪，我死不了了，妨碍你的小计谋了吧？我在这儿，欢天喜地地庆祝我们的爱情，梅丽莎却只能躺在你舒适的床上，数着手指头盼着我死，我尸骨未寒，就紧赶着接你回去。"

"你说得太恐怖了。"

"确实太恐怖了！"我踩到了一块鸡翅，"妈的！"我抓着脚，揉着鞋底，跳来跳去地保持平衡，"这比恐怖更恐怖，更……更……我连个词都想不出来，太可怕了。"我松开脚，稳住自己。

"不，不是。"他抗议道，"你必须明白，你必须相信我，这是出于善意。"

"噢，哈利。通往地狱的道路是用善意铺就的。"我低睨着他，"我永远……都不会再相信你。"

"我想我该走了。"他站起来，我用惊人的力气一把将他推倒在沙发上，他笨拙地一摔，手里的小人包裹掉落在地。

"不，你不能走。"我说，"现在你就坐在那儿，听我说！"他转头看向我，"你他妈的……"

"你还有胆骂我？！上次我那么轻易就放你走了，简直便宜了你。这次不同了。这次，你要听我说。"

"好好好。"他举起双手。

"闭嘴，别装出这副投降样。"我把食物踢到一旁，慢慢地走到墙边，抓住红绿相间的装饰物。我怀着满腔节日的喜庆和爱意一个个地将它们贴上，此时却要亲手撕下，就像撕碎自己的心一样。我能感觉到他的眼神紧跟着我，好像等着某个时机出现，他就可以打破僵局。

我靠在墙上，把槲寄生从头顶上的柱子上拔下来，一片一片地撕碎它的树叶，一个一个地捏碎白色的浆果。

"事实是，哈利，那天晚上我坦白的时候，就觉得你不对劲了。我的头知道，我的心却不想相信。所以我给了你个台阶下，我总是帮你打圆场。你一定觉得我很蠢，我不怪你，因为我表现得就像个白痴，一个爱你的白痴。我还以为你也爱我呢。"

"我确实爱你。"

"你怎么能一边理直气壮地说爱我，一边毫不在乎地让我心碎？这到底是什么样的爱啊？"我控制住我的愤怒。趁现在可以尽情发泄，我不会浪费时间了："我一直相信我们注定要在一起，你看了我的信，回到我的身边，我以为这就是命运，你会一直陪着我到最后。你告诉我你和梅丽莎的近况，我又一次相信了你。但我们从来不是彼此的命运，从来不是，对吧？你和我在一起，只是想打发时间。你眼里只有你自己，还有那些没完没了的出差。你眼里永远都只有自己。你是个自私自利又自恋的魔术师，而我却爱上了缥缈的烟雾和镜子。"

"等一下！当时你想念我，你也需要我！"

"别自以为是了。是的，你想来陪我，我很高兴。是的，我真的想让你握住我的手。我很害怕。也许如果我死了，你就是英雄，就是穿着闪亮盔甲的骑士，因为你让我体面地走完了生命的最后一程。但我没有死，不是吗？你就打退堂鼓了。这就是为什么我看不出你有半点好意。实际上，你让我恶心。"

他双臂交叉在胸前，冷笑一声，满口白得发光的牙此刻很是碍眼。"好，那也行。"他怒喊道，"那我们现在也不必再假装了。你不必假装自己会死，我也不必假装爱你。"

"什么？"我呼吸急促，心跳加快，快要冲出喉头了。我朝他走去，死死地瞪着他："你觉得我在假装？"

他也怒目瞪视着我："不然呢？没有人会犯这种错误。你这么做纯粹是为了让我和你上床。你以为一旦让我上钩，就能把我困在身边。你真可怜。"

我放声大笑："你疯了吗？你觉得我有这么饥渴？"

"无法否认。"

"去你的，哈利！别抬高自己了。去找你的梅丽莎，你们俩简直狼狈为奸。你可以照着镜子，欣赏欣赏你们有多登对。"

他蓦地站起来，我感觉到他带起了一阵气流。"你知道吗，我正要回去找她。"

我退后一步："好！你可以带上你的礼物一起走！真是不好意思，给你添了这么多麻烦。趁你还在，你可以带点这些走。"我弯下腰，抓起一碗鸡尾酒香肠，"给你！"我把东西扔到他的脸上，我的身体里燃起了一种肾上腺素带来的快感，让我壮起胆来，"还有一些搭配的调味品！"我端起辛辣的番茄酱，把碗扔到他那副瓷白的假牙上，"不用蘸第二次了，我看你现在的样子已经有滋有味的了。"

他笨拙地闪身躲开，碗从他的头顶弹落翻倒在地，酱汁顺着他的脸滴到他的眼睛和肩膀上。他站在那里，身上滴滴答答的，看起来像血液煮沸溢了出来。"这玩意儿辣得很，你这个愚蠢的婊子！这是一件普拉达的套衫！"

"哎呀，真是对不起。"

他擦了把眼睛："你看！"他朝我晃了晃血淋淋的礼品袋，"我花大钱买了这份礼物。但你是不会明白的，不是吗？"

我冲向那棵树，闪烁的灯光仍然充满了节日的喜悦，对现场的对抗一无所知。我抓起买给他的圣诞布丁套衫紧紧地抱在我的胸口，好像他要和我抢似的："噢，不！好吧，现在你也不会知道我有多大方了。"

"那就太好了。"他从套衫上抖落更多酱汁，"简直完美。"他拿起普洛赛克的酒瓶，把所有的东西都塞回包里，"这些我要带回家给梅丽莎，但我会给你留一瓶。你可能喜欢一个人喝酒，你一定习惯了。"

"好，好，好！"我冷笑着，"你不装的时候也不赖嘛，也是小婊子一个，哈？"我火冒三丈，"拿回去。我不需要它，谢谢你，想知道原因吗？"因为我已经不在乎你了。

他盯着我，毛发尽竖，脸上暴出红痕，看起来凶狠不已："你知道吗，珍妮弗·科尔，我一点也不在乎。"

"好吧，瑞德·巴特勒，我还是要告诉你……"我把他的礼物扔回树下，振得树枝摇摇晃晃的。我双手架在臀部上，夸张地停顿了一下："我怀孕了！"

他的眼珠子快要掉出来了，他用手掌根部使劲揉搓一番，发出痛苦的呻吟："你什么？"

我微笑地站着，说出真相的感觉比我想象的更令人畅快。"我有孩子了。"我一字一顿地说道。

他嘲弄地哼了一声："好吧，不可能是我的。"

我盯着他，一言不发。

他翻了个白眼："我再说一遍，这不可能是我的！"他的耳朵几乎冒出了蒸汽。

我鄙视地瞥他一眼："我说是了吗？"

他张圆了嘴巴，一脸狐疑。"那你说是不是？"他大叫。

我瞄着我的手，随意地把玩指甲。

"那是谁的？"

"我认为你没有权利问我这个问题。"

"天哪，你真是个贱人。"

我看向他："难道你不是？你就是好人了？"

他耸了耸肩。

"噢，渣男，我想你该走了。"

"不用你说。"他呸了一口口水，"我这就走。"他拾起尊严，拎起包唾道，"去你的'Ho Ho Ho'。"该死的他那自以为是的幽默。

"滚！"我吼道，又往他背上扔了一把香肠。

他抓起外套，砰地关上前门。我听到了他汽车报警器的哔哔声和车门沉重的撞击声。

我背靠在墙上无力地滑落，目光空洞地坐在地上，歇斯底里地大笑起来。寒气从挡风雨条下面刮进来，吹干我满脸斑驳的泪痕。刚刚发生了什么？到底发生了什么？

我终于站起来，缓步回到客厅。我们这段露水情缘，最终化作一室狼藉。我干脆拿起罐子里的奶油，肆意地喷洒。在这短暂的一瞬间，确实感觉很痛快。

"好吧，真是混乱不堪。"我喃喃道，坐在沙发上，尾巴夹在两腿之间。

环顾房间，我悲伤地陷入沉思。

就这样吧，我想，都结束了。每个人都联系过了。哈利、安迪、伊丽莎白，还有艾米丽。我彻底地失去了他们，以不同的方式，他们都离开我了。唯一陪在我身边的是伊莎贝尔。谁曾想到呢？

我回顾了所有事情，奇怪的是，我知道我会想念他们。因为不管一段关系最后多恩断义绝，你还是不可能不伤心的。

但是，经历了所有损失和悲伤，我迎来了孩子。我把手放在肚子上。是的，孩子。

你真正渴望的最终都会来到你身边。

"你乖乖地待着啊，小兔子。"我把手放在上面，哄道，"你乖乖地待在妈妈的肚子里。"

21

"进来，进来。"伊莎贝尔说，"我帮你拿包。"

"谢谢。"我说，"所有的礼物都在这个大塑料袋里。"

"噢，好开心。"她说，"那你就拿那个，放在客厅的树下就好。我们明天吃完圣诞午餐后再拆礼物。"她看着我，"如果你能等的话。"

"我能等。"我说，"你才是那个永远等不及的人吧。"

"我不行。"她俏皮地嘻嘻一笑，"我已经偷看了马丁给我的礼物，我可以告诉你，他超级大方。"

"你可真幸运！"

"不过别告诉他，好吗？"她慌张了片刻，"我打开礼物的时候会装作很惊讶的。别逗我笑。"

她孩子气的举动让人很安心。事实上，虽然我们长大了，在圣诞节我们依然还是那个长不大的孩子。厚着脸皮，傻里傻气，搞怪打闹，还可以扔香肠和——噢，别提了。

伊莎贝尔的房子装饰得很漂亮，比我想象的要精致得多，比我们以前的家更精致。让我动手的话，是做不到这样的。室内闻起来很香：橙子、肉桂和丁香的味道，到处都点着熏香蜡烛。门道上、护墙板上、木质栏杆上都装饰得很漂亮。我感觉没有一件东西是她从一镑店里买回来的。

我提着沉重的包走进客厅，落地窗旁的角落里放着一棵巨大的圣诞树，我还没见过这么大的。树上挂满了银白色的小饰品，搭配得宜，就像杂志里的一样。白色的精灵灯优雅地环绕着它，电线都巧妙地隐藏起来了（她是怎么做到的？），大盆基底下堆叠起成摆的礼物，就像圣诞老人的整个礼物袋在他们的房子里爆开了一样。

来之前，我把家里的装饰品、野餐，所有为圣诞节准备的东西都扔掉了。我抓起一个垃圾袋，一股脑全都塞了进去，圣诞树也没能幸免。我伤透了心。我想把哈利的套衫扔了，但我阻止了自己，换了个标签，准备转送给马丁。最后我坐下来，哭着看完了《生活多美好》。

我把我的礼物拿出来，摆在伊莎贝尔的树下。马丁的礼物是我所有礼物中包装得最光彩夺目的一件。当时我至少要重新包装一下，它让我想起太多我想忘记的事情了。

哈利是怎么回到我生活中的？我居然又一次相信了他。

事实是，人并不会变，变的是人的看法，我们只看到了我们想看到的。我只想看到哈利最好的一面，而不想看到谎言。我本可以说出所有我后悔没有第一时间说清楚的话，但结局终究是一样的。因为哈利从未真正爱过我。他只是魅力十足，又容易令人信服。他的优点很难让人承认，因为我不会再上第三次当了。一切都结束了。

但是，嘿！现在是圣诞节，我还活着，即使我很难过，但我还是会拾起碎落的心熬过这一关的。因为这就是生活。

我把空手提包折叠起来，退后一步看着圣诞树。太美了，它让我那颗疼痛的心欢跃了起来。"珍妮弗！"我大声喊道，"一切都会好起来的！"

"什么会好起来？"伊莎贝尔问。

"天哪，你吓了我一跳！"

"你经常和自己说话吗？"她问。

"不知道。"我说，"又没人告诉我。"

她走过来，搂住我的腰。我把头靠在她的肩上，我们站在那里欣赏着那棵树。"你装饰得很漂亮。"我说，"你知道的，这个你很擅长。"

"谢谢。"她说，"我可不止空有一张漂亮的脸蛋。"

"噢，我早就知道了。"我说。

她捏了捏我的腰。"噢，"她说，"你因为要停经，好像胖了不少。你要开始做瑜伽了，应对发胖，宜早不宜迟。以后就来不及了。"

"我怀孕了。"我直言不讳地说了出来。就是这么一回事。

她笑了："瞧你这张嘴！"

"真的。"

"啊！"她转过身来面对我，"别开玩笑了。"

"我没有。"

"天哪！"她说，"你真是一波未平一波又起。"她一把将我拥入她瘦削的身体里，"我都跟不上你的节奏了。前一秒钟你要死了，下一秒钟你要停经，现在倒好，肚子里多了一个！"

"我希望可以保住。"我说，"大概十三周了，我怀孕从来没有坚持过这么久。"

"你为什么不早点告诉我？"

"我怕走霉运。"

"十三周很安全了。"她说。她把我推开，我们看着对方。"那哈利有何感想？"

"好吧……怎么说呢……"

她看出了我的不自在："这不是每个人上床之前都要谈论的话题吗？"她说，"趁圣诞老人还没从烟囱里钻下来，喝光我的雪利酒，还要和我做爱。"

我被逗得嘟囔了一声："是的，我认为我们需要来一次这样的谈话。"

她拉长脸："告诉我，你确实想谈一谈。"

我点了点头："是的，我想。"

伊莎贝尔眼光一亮。有那么一瞬间，我仿佛看见了我们的妈妈。她吻了吻我的脸颊。"来吧。"她说，"我们去吃晚饭吧。你介意我告诉圣诞老人和孩子们吗？"

"去吧。"我说，"保密有什么意义？当然，除了你的秘密之外。"我调皮地推了她一下。我正想着马丁的礼物，她却说："嘘，我也要和你谈谈。一切都结束了。我做到了。"

"巴利那件事？"我讶异地低声问。

她点头说是："等会儿再聊！"

"天哪！"我叹道。

我们围坐在桌旁，马丁用刀子在酒杯上叮当一敲。

"我宣布！"他喊道。两个姑娘挺直了腰，全神贯注的。他露出个大大的笑容："欢迎珍妮弗参加我们的圣诞夜晚餐。"他依次看了一眼他的家人，最后把目光落在了我身上，"现在，珍妮弗，让我告诉你，在圣诞前夜，我们会吃孩子们所有最爱吃的菜。是不是，姑娘们？"

她们点了点头。

"所以，今晚的晚餐是对虾鸡尾酒和意大利肉酱面，还有一个惊喜布丁。"

"哦！！！"我们高声附和。

"但首先，让我们双手合十祈祷吧。"

我看了一眼伊莎贝尔。

"他少了上帝就过不了圣诞节。"她说。我努力绷着脸不笑。

马丁透过半月形的眼镜往上瞄："没有比圣诞节更好的祷告时间

了。"他说。

"那就开始啊。"伊莎贝尔说，"对虾鸡尾酒会变凉的。"

女孩们咯咯地笑了，又用手捂嘴忍住，飞快地祈祷起来。

马丁夸张地深吸了一口气，清了清喉咙："我感谢上帝所赐，愿上帝让我们心怀感激之情。"

"阿门。"说完结束语，我们都放下了手。但马丁依然沉浸在福音的照拂之中，"感谢上帝……"

伊莎贝尔在桌子对面盯着他，仿佛他的举动很反常似的。"……让珍妮弗和我们在一起，让她的病变成误诊。上帝啊，今年我们要感谢您的事情太多了。我们都犯了错，求您赦免我们的错误，赐予我们力量，做您忠心谦卑的仆人。"

我真的在使劲憋住笑。我偷偷地瞥了一眼伊莎贝尔，越过桌子，我们视线相对。一时间我们都露出了懵懂的迷惑神情，而她的女儿都板着脸，闭着眼，装出大人的模样。

"求您了，亲爱的主——"

"阿门！"伊莎贝尔站了起来，她的椅子擦过地板，"我们开动吧。帮我上菜，孩子们！"

两个女孩看了眼父亲，跳起来跟上伊莎贝尔。西西里从早餐吧台上给我拿来了对虾鸡尾酒。鸡尾酒杯里的明虾摆在生菜丝上，配上鸡尾酒沙司，非常好看。

我们的汤匙叮当作响，吃完这道菜，伊莎贝尔和姑娘们开始清理餐具。伊莎贝尔什么都不让我做。"你是我们的客人！"她说，"坐下！"她呈上下一道菜。女孩们看见肉酱意大利面，高兴得不得了。马丁告诉她们，她们有多幸运，他小时候从来没有过过这样的圣诞节。

伊莎贝尔看向我，摇了摇头。"他每年都要说同样的话。"她低声说，"又是一个仪式。"她翻了翻白眼。

"伊莎贝尔，你有话要说吗？有的话，也许你愿意分享一下？"

"噢，马丁，你吓到我了！"她说。

我看着马丁，不管巴利发生了什么事，不管他知情与否，他都察觉到有些事情悄然发生了变化，他现在像只孔雀一样耀武扬威的。

我们把意大利面吃得一干二净。"好。"伊莎贝尔用餐巾轻拍着嘴，"如果大家都吃完了，那就收拾盘子，孩子们。我要上甜点了。"

两个女孩照她说的做了，马丁坐在那里，笑着满意地看着她们。这一定是他第一次让别人干活，要么就是伊莎贝尔在将功赎罪。

伊莎贝尔走进了杂物间，捧着一个大大的缀满草莓的巴甫洛娃蛋糕回来了。

"我的最爱！"西西里说，"谢谢你，妈妈！"

"也是我的最爱！"索菲亚说。

"草莓是我放上去的。"马丁说。

我会心一笑。我想，也许有一天，我也会端上我孩子最爱吃的甜点，他们也会说"谢谢你，妈妈"，而我又会松一口气，因为没有人会抢着说"草莓是我放上去的"。

我还很伤心，但该高兴还是要高兴的。这个成长在我身体里的小家伙是现在我生活中最重要的事情，我绝不能失去他。他的存在让以往发生的一切，所有的痛苦、创伤、失去，都变得无关紧要了。

"我有个好消息要宣布。"伊莎贝尔说道，所有人都转过头来看着她，"珍妮弗姨妈怀孕了。"

女孩们兴奋地尖叫起来，冲过来拥抱我。马丁扬起眉毛，疑惑地看着我。"恭喜你，珍妮弗。"他的嘴巴扯出一个紧张的笑容，"你真是个活生生的奇迹。"

"谢谢，才怀了没多久。"我说。

"真让人开心。"伊莎贝尔说，突然她把脸一拉，"噢，妹妹！"

她叹了口气，"哈利和他妈妈过圣诞节真是太可惜了。他应该和我们在一起，他们都应该和我们在一起。我们现在都是一家人了。"

"我们需要谈一谈。"

"噢！"她说，"对。"

我们都在帮忙收拾——得抗议才有机会。"我也许算是客人，但我得在这里待好几天，我可不想走之后让你抱怨我有多懒！"

"说的也是！"伊莎贝尔说。

马丁给我们讲解步骤：把碗筷怎么放进洗碗机，哪些盘子应该先清洗，哪些锅放在哪里。我开始理解巴利为什么那么有吸引力了。

搞定一切后，伊莎贝尔宣布我们要在客厅里来一次姐妹谈心。

"礼物呢？"索菲亚问。

"得等到明天，你们知道的。这是规矩。"伊莎贝尔说。

"噢！"姑娘们大叫起来。

"去媒体室看《公主日记》，带上爸爸。给你，"她看着马丁，倒了一杯雪利酒，"你需要这个。"

"好吧，不要太久。"他说。

"不管，我们想聊多久就聊多久。"她吻了一下他的嘴唇，他的眼睛腾地就亮了。我看得有点出神。我想，这就是他所需要的。一个吻，他的胸膛就挺直了。男人真简单，我要是能看透他们就好了。

伊莎贝尔看着我："珍妮弗，你喝汽水还是水？你怀孕了，能喝什么？"

"我也不知道我能喝什么。那就要汽水吧。"

"好吧，我们尽兴点，加点酸橙汁。"

我们信步走进客厅，圣诞树正闪闪发光，一堆礼物等着拆解。我们躺在地上，头枕在沙发的两端，脚交叠在一起，手里拿着杯子。

"说吧。"她道。

我告诉她哈利和他的大骗局，她专心致志地听着。"真是个混蛋！太离谱了！"我再说出野外那个家伙和我的大骗局。她双眼瞪得大大的，似乎不敢相信自己听到了什么。

"简直是史诗般的剧情！"她说，她撑起手肘坐了一会儿，"那你要这个孩子吗？"

"要。"我说，"如果他也要我这个妈妈的话。"

她又躺下，抿了口酒，说："好吧，有个孩子对你来说挺好的。但你始终是一个单身妈妈，这么做很勇敢，很有胆量。不过，好在这次有我陪着你，我们之间没有秘密。"

"谢谢你。"我说，"我已经受够秘密了。"

"西西里和索菲亚会成为完美的小帮手，她们会一直央求着来看小表亲的。"她笑着说，"当然，还有你。"

"从现在开始，你什么都要为孩子打算了，对吧？"

"嗯，恐怕是的。打招呼呀，小宝贝。"

我露出微笑，尽量不要太兴奋，但现在我们在讨论还没出生的小表亲，听起来好像快要成为现实了一样，很难不兴奋。

"那你呢？"我问，"巴利怎么样了？"虽然周围没有其他人，我还是压低了嗓音。马丁恐怕还在大厅的另一头喝着雪利酒看《公主日记》。

她呻吟一声，低语道："噢，别提了。我搞得一团糟。"她推了推我的脚，我们开始像孩提时代那样玩起空中自行车。"他坚持要我在圣诞节前离开马丁。这个时候他偏要挑事儿，我实在想不出一个更自私的时间了。我是说，孩子们肯定想一家团圆过圣诞。我又琢磨，自己到底在想什么。搞得一切都岌岌可危。孩子们需要的，不仅是一家团圆过圣诞，还是一个完整的家庭啊。她们需要马丁，需要我们俩。我们不仅是为了圣诞节而存在。那时我就知道，我不能拆散我们的家庭。我别无选择，只能和他分手。"

"你看，你也很勇敢。"

"事实是，马丁可能很烦人，但他心意坚定，他爱我，比巴利更爱我。我想我是厌倦了身上沉甸甸的责任，所以到别处寻刺激，但最后，就算离开马丁，这些沉甸甸的责任也只是换了一个人的名号来背负而已。又有何区别呢，哈？"只一眨眼，她就做出了最好的决定，"巴利可真是个糟糕的名号。我的选择对孩子们来说是正确的。"

"不过，你一定是爱马丁的，伊莎贝尔。在我看来，这一点最明显不过了。"

"是的。"她说，"虽然我们的相处模式有点奇怪，但我想是的，我爱他。"

"他怀疑过吗？"

"我敢肯定，他感觉到了什么。他最近表现得很奇怪。"

"我注意到了。"

"不过，他从来没有问过我任何问题，也不会问我怎么了。"

"也许这才是最好的。"

"我知道。"她说。

"巴利什么态度？"

"不太好。突然分手，又有谁接受得了呢？"

我笑了："说得对。我冲哈利扔了一堆香肠，又撒了一碗辣番茄酱。"

"不会吧！"

"怎么不会！"我还记得当时他那可怜兮兮的神情。当悲伤扑头盖脸地向我涌来时，我就强迫自己想起他那个样子。

她抽了一口气："地毯还能用吗？"

"这也只有你能想到了。"我说，"我的地毯肯定用不了了。但我想哈利可能被辣得够呛，他那件普拉达套衫可能发臭了。"

她笑了，叹了口气："我希望我也能扔点辣番茄酱给巴利，他可真是个渣男。他像往常一样威胁我，说要给马丁打电话。我直接把手机递给他，说'来啊，打吧'，他又退缩了。真是个懦夫。他们都是懦夫。扔酱汁一定很痛快。"

　　"那是。"

　　她亲热地挤弄着我的脚，她的脚趾压着我的脚趾。"让我恼火的是，"伊莎贝尔说，"孩子们还在上学，有好几年，我都会撞见他。可是那又怎样？我要学桥牌，学编织，每个月都做一次爱。乐子多了去了。"

　　"听起来很幸福。"我说。

　　"婚姻啊。"她说，"为什么我们要习惯性地步入婚姻呢？"

　　"我不确定自己会不会……再说了，我看男人的眼光太差，还是保持单身好了。可笑的是，我干自己的工作倒是得心应手。我是说，我能一眼看穿人的本质，发现他们所有的好品质和坏品质，但一涉及个人生活，我就无药可救了。我看到的只有英俊的王子。"

　　"这个得怪迪士尼。你一直都很喜欢王子公主那一套。不管怎样，我觉得你挺正常的。"

　　"哈利说我是个婊子。"

　　她嘻嘻一笑："那我又是什么呢？"

　　"一个更成熟的婊子！"

　　她举起杯子："致所有成熟的婊子。"她说，"圣诞节快乐！"

part 3

第三部分

再见，去年，我很高兴目送你远去。你好，新年！又是新的一天。不知何故，一个新的数字似乎象征着一个新的开始。去年我过得太糟糕了，今年我要充满希望。话说回来，我每年都是这么说的。但直到去年，我才知道真正可怕的一年有多可怕。但你不能大声吐槽，不是吗？即便是英国女王，也不能大声抱怨去年有多糟糕。

我独自一人跨了年，也不是没人邀请，伊莎贝尔邀请了我（圣诞节很美妙，但我在她家住太久会惹人厌，而且我想待在家里）。奥莉维亚和丹他们有朋友过来吃饭，也邀请了我（她快要结婚了，而我还没呢）。安娜·玛丽亚建议我和她一起去格拉斯顿伯里（你猜得到我的答复了）。

所以我留在了家里。独自一人。

我感觉很好。很乐观。

因为新年就是这样，不是吗？积极向上。所以，不管在过去的一年里发生了什么悲观的事，都已经过去了，我总是相信今年会更好。我还怀着宝宝。到现在为止，孩子很平安。

新的一年，新的我！哈利是去年的旧人了。

过了这个周末，生活就要回归常态了。学校要开学，公司也要开工了。再见，节日。再见，安静的伦敦。道路又会塞车，地铁重新挤满了人。生活还在继续。

今天我要和帕蒂见面，我们很久之前就说要叙旧，今天才约上，顺带谈一谈我的复职事宜。我希望他们能公平点。虽然我不该奢求什么，但我认为自己坚守岗位十六年，多少值得一点回馈。我真的不知道他们会怎么处理一个因为快死了而离职，又因为误诊要复职，马上又宣布怀孕了的人。我想任何法律都容忍不了这种反复无常。但我得重新接触外界，回到工作中去，少关注点我的妊娠。我已经不孕吐了，但我去厕所的次数远远超过平日需要的次数。圣诞节的时候我就发现了。

"她又要去厕所了？"索菲亚会用手掩着嘴巴窃窃私语，姑娘们偷偷地咯咯笑，好像这是她们的小秘密似的。

我控制不住。我总是告诉自己，好像有细流涌出来，我必须去检查它不是血。必须！不然我就只能呆坐着，暗自忐忑不安了。我试着冥想。安娜·玛丽亚给了我一张 CD，还教了我怎么唱圣歌。它有点作用，但没有达到预期的那种效果。我发现一直嗷嗷地叫，很难不发笑。

帕蒂和我约好了在樱草山一家咖啡馆见面。我挤过一张张坐满了一家人的桌子，夫妻们的脸恨不得贴到手机上，孩子们的脸则贴在 iPad 上，没有一张桌子是在热闹聊天的。我在角落里的一张两人位的桌子旁坐下，暗自发誓这种情况在我的家庭里永远不会发生。我的家庭！当我让自己相信它的时候，它给了我一种冲动。但话又说回来，我不应该轻易下判断。谁知道我会成为什么样的母亲？我并不能看到未来的人生。

帕蒂走进来，迷茫地环视四周。我挥挥手，她看见了我，向我冲过来张开了双臂，我站起来，她一把拉我入怀。

"你看起来气色超好。"她说。她退后一步，端量着我的脸："真的，看起来超棒。小家伙呢？"

我顶了顶肚子："还看不出来呢，但我的腰粗了好几圈。"

"生完就瘦啦。"她笑道。

我心想，**不着急**。

她点了咖啡，我点了茶。我不喝咖啡了。我发现更年期、怀孕甚至濒死的症状之间界限很模糊。你的鼻子、你的味蕾，你的所有感官会变得很奇怪。难怪症状都重合了。我本来会被更年期和死亡折磨，但结果我抽中了最好的一支签。

"天哪，我好想你！"她说，"没有你，办公室都不一样了，虽然饼干吃得好像没那么快了。"

"哈！谢谢你。"我说。

"不过，看看你，虽然忘不了那些痛苦的经历，但看起来依然很棒。我呢，一遇到挫折都是靠吃熬过去。"她说，"如果我经历了你所经历的事情，我现在肯定重了二十公斤！那些不是你编的吧？"

"嗯，有些人真以为我是编的。"

"有谁会编这些事？那也太可怕了。但我想阴谋论者哪里都有。"

"比如我那所谓的男朋友。"

"哈利？"

"是的，哈利。"我看得出她很震惊。

"那他听说你怀孕了，有什么表现？"

"没什么表现。"

"恕我直言，他看起来一点都不像个爸爸。"

"幸运的是，孩子的爸爸不是他。"

她的下巴掉下来了："不是他？"她的眼睛闪烁着好奇的光芒，"我能问问是谁吗……"

"可以，但我也不知道是谁。"我莫名地想笑，我看得出她也是，我们不由得放声大笑。

"你到底干了什么，珍妮弗·科尔？我知道你受过职业培训，为人谨慎，但现在我觉得你已经放飞了自我。"

我告诉她野外发生的事，她的表情既迷惑又惊叹。

她掏出手机："让我们搜索一下。我想看看他长什么样，他叫什么名字。"

我皱起了眉头："我说过，我不知道，没问过。"

她一边大叫一边捧腹。其他桌子的人都看着我们。

"对不起。"她说，"我冷静一下。"

"不，不用为了我憋笑，我们可是在聊天呢。"

"你知道吗，如果我以为我快要死了，野外又有个帅哥像幽灵似的冒出来，我也会这么做的。我会张开我的腿说：'带我上天堂，猛男。'"

"我好像真的这么说了！"

"真的吗？"她又发出一声尖叫，一把用手捂住嘴，肩膀还在不停地耸动。

我哼了一声："没有！当然没说啦。"

"哇，珍妮弗！哇！"

"我以前还觉得自己的生活平淡无奇呢。"

"嗯，我想一辈子的刺激你都体会过了。"

"希望如此。你准备好让我回去工作了吗？我知道我准备好了。"

帕蒂摆弄着一张纸巾，她的表情立刻严肃了起来："听着，你确定你要回来吗？当然，你可以复职，你也有权复职。"

"我再确定不过了。"她的犹豫让我很紧张。

"太好了。嗯，我把各种福利待遇都整理好了……你知道的，不同岗位有不同的财务补偿，包括兼职的。"

"好，我明白。很高兴你能帮我。"

"我们会灵活处理。你得决定哪一种是最适合你的方案。"她摸索着上衣口袋，拿出一个信封，放在我面前。她不自在地在座位上挪动着。

"告诉我，你们是不是宁愿让我离职？"

她翻了个白眼："不！当然不是！你知道的。我们以为你要死了的时候，还为你保留了你的职位，这说明了你对我们来说有多重要。现在有机会让你、让我们确定你回不回来，尤其是生产完之后的去留，公司好把一切都准备妥当，不出差错。"

"你不直接问我生产完之后复不复职，却拐着弯试探我的真正想法？"我很难堪。我没料到怀孕会是这么大的麻烦。我真是个白痴，怀孕永远都是个麻烦！

"珍妮弗，戒心别这么重。在一定程度上，你说得对。你比任何人都了解这些流程不是吗？但我们想要你回来。我们希望以正确的方式处理，好让你愿意复职。所以慢慢来，考虑一下选择哪个。别再想岔了。"她直视着我的眼睛，"我们想要你回来。"

"都怪激素……"我说，"孕期激素超标，对不起。"

"那你有福了。"她说，"我刚刚一直在出汗，都快烦死了，看我买了什么！"她放下手提包，窸窸窣窣地翻找着，掏出了一个靠电池运作的风扇，她按下开关把它举到面前，"这玩意儿太棒了，现在已经变成了我最好的朋友，还给了我美妙的灵感。"

"说说看。"

"行啊，我在想，如果我能发明一种风扇，折叠起来就是一根假阳具，我会发大财！不用问，我绝不会回去工作了。我会在希腊某个岛屿上度过余生，尽情地喝阿佩罗气泡酒和茴香烈酒，让皮肤暴晒成小麦色。"她摇着手里的风扇，"我要和年轻的黑人侍者在海滩上疯狂做爱，他的名字要叫斯塔夫罗斯。哈！谁还稀罕到野外去？但话说回来……"她轻敲信封，"最棒的，还在桌上。"

2

那些方案都很公道。我能看到弗兰克规规矩矩的签名。我已经接受了我认为最好的折中选择，几周后就回去工作。

现在我似乎有足够多的法子来消磨时间。我买了一个素描板和一盘水彩画，画得不好，但我正在努力改进。我会做数独[①]，白天偶尔看会儿电视，大多数时间我都在看书。我迷上了一种新款的自助书。关于怀孕的有五本，都是伊莎贝尔给我的。我仍然用着她用过的东西。我读了书里说的在特定阶段的各种症状，总结得很详细，令人望而生畏却又十分安心，我已经把它们奉为圭臬了。我甚至写了十诫贴在冰箱上：

1. 为两个人吃饭，而不是三个。仅仅因为怀孕，并不意味着你有权吃糕点和巧克力。

2. 定期锻炼，但不要过度锻炼。

3. 即便不想，也要锻炼盆底肌。

4. 记得每天服用叶酸。

5. 找一个靠谱的产前班，记得在二十周左右预订，因为他们严重

---

① 数独，源自 18 世纪的一种数学游戏。——编者注

满员。

6. 积极思考！你要平安度过前二十周，三十周后就要去上孕期课程了。

7. 不要每次阵痛都惊慌失措。

8. 不要一直想象有液体涌出。

9. 不要总怀疑尿血，否则终有一天会发生的。

10. 不要一直看手机，指望有哈利发来的短信。

我知道，我知道。我一点都不为最后一条自豪。我会一一遵守的。我已经在芬奇利路的本地健身房注册了会员，那里有一个很大的游泳池，我每隔一天就去游一次泳。书里说这是最好的锻炼方式。很快我就要再做一次 B 超，我都等不及了。如果可以，我可能每周都去做一次，只是为了定期确认宝宝的安全。但是书里又说，B 超做得太多对宝宝不好，所以我只能自我安慰了。

伊莎贝尔已经开始每天打电话询问情况了。"我一直在想……"有一天早上她说，"你应该去看我的产科医生，她很专业的。"

"为什么？"

"因为我知道你很紧张，我想她会让你放心的。"

"那真是太好了。但我现在的这家医院也把我照顾得很好。"

"别开玩笑了，你那家是国家公费医院。她在哈雷街呢，不需要你大费周章赶来我这儿。你不用担心这个问题，你去哈雷街没问题吧？"

"当然没问题。"

"那我什么时候预约呢？"伊莎贝尔有一点不好就是，即便她的本意是为你好，看起来也颐指气使的。

"伊莎贝尔，没必要。"

"但我想为你这么做，就当作我的一点心意。"

我笑了："这就是你的心意？让我去看产科医生。"

"检查完我会带你去克拉里奇酒店喝茶。"她说，"来嘛！"

"你真慷慨。但老实说，我现在没以前那么紧张了。"

我其实还是很紧张，但我真的不想去哈雷街那个昂贵的医生，她只会坚持让我做各种各样的检查，比如羊膜穿刺。麦肯齐医生也建议过我做，但我坚决地拒绝了。他很容易应付。伊莎贝尔的医生肯定会赶鸭子上架的（毕竟她看病是收费的），所以，即使知道伊莎贝尔是出于好意，我也不想去。

"真的吗？只是一次小小的会面，结束了就去喝茶，那可是克拉里奇酒店，味道很好哦！"

"我还在控制腰围呢，别忘了，这可是你的指示。"

"噢，天哪，珍妮弗，你怎么那么难搞？你为什么不让我参与进来？"

我看了看电话："这就是你的目的，参与进来？"

"当然！"

"你之前为什么不说？"

"我刚说了呀。"

我笑了："那我很乐意。但你知道，参与进来并不意味着我一定要去哈雷街，你可以来汉普斯特德，陪我去国家公费医院。"

"你说得我很势利似的，我才不是那种人。我们都知道国家公费医疗制度岌岌可危，英国脱欧都救不了它。"

"好吧，那就不说这事儿了。"

"行吧，我会去汉普斯特德的。"

我大声笑了出来："那太好了，陪我去做第二十周B超，但做好心理准备，要等很久。国家公费医院可不会替你省时间。"

"你要等到第二十周吗？"

"是的。"

"真的吗？"

"伊莎贝尔，你是想参与进来，还是想全程管理呀？"

"好吧，明白了。记得通知我，我开车送你。"她说，"我会带上 Kindle 的。"

3

我回去上班了，暂时全职，休产假后，每周只开工3天。这个安排很合理。走进办公室时，我第一次产生了一种怪异感。空气闻起来都不一样了。为了尽快适应，我把自己的物件摆放出来：有很多照片，其中一张是我和伊莎贝尔一家在圣诞节的自拍，装在一副新相框里；还有一把从求学起就跟着我但很少用的尺子、一罐我最喜欢的钢笔和荧光笔、一盆易活的多肉植物、一袋薄荷糖和一把订书机。它们的存在让我的办公桌又变得熟悉起来。我慢慢地恢复以前的工作节奏，高兴地回到了我的团队中。我回来的第一天，他们都过来祝贺我怀孕了，以为这就是我之前旷工的原因，没有人起疑心。

与人打交道，参加会议，处理招聘事宜，重新撰写工作描述，管理其他日常人力资源工作，对我来说都是好事，这样我就不会过分关注自己。但坦白说，晚上有时候我还是会觉得孤独。

我想，这种情况要一直持续到宝宝出生，等他占据了我所有注意力，我就没时间胡思乱想了。我提醒自己，就算我在谈恋爱，有人坐在旁边，我依然可能感到孤独。但是理性并不能让人好受点。我知道，让一个男人接受另一个男人的孩子，概率微乎其微，但我依然自我刁难，想着还会不会遇到这么一个人。

　　不知何故，周六的夜晚是最难挨的。这时，我就会拿出一条以前偷偷藏起来的榛子巧克力，其实我是希望自己忘记藏在哪里的，可我牢牢地记着呢。有时候你必须打破某条戒律，放自己一马。

　　今晚我正吃着巧克力时手机响了，是奥莉维亚。这个周末她也独自一人在家，丹出去聚会了。我邀请她过来，她居然声称这是她证明自己可以"单飞"，没有产生可悲依赖感的大好时机。

　　"你在忙吗？"她又反悔了。

　　"非常忙！"我说，"我在锻炼盆底肌。好吧，我在吃巧克力呢。"

　　"如果我过来，你能分出一小时给我吗？"

　　"当然。如果你快点的话，我还能给你留一块巧克力。"

　　丹在伊比沙岛聚会，简直难以想象，八个中年人在派对岛上放纵自我。我提议要给奥莉维亚举行一次女子单身派对，但她说她想象不出比这更糟糕的活动了。

　　"我保证派对上不会出现粉色牛仔帽，也不会出现印着'丽芙的单身派对'的 T 恤。而且凭良心讲，我永远不会给你订脱衣舞女。"

　　她翻了个白眼："你居然还敢说出口，我想封住你的嘴。"

　　那女子单身派对还是算了，我不想说我很失望。

　　我打开门，看见了她苍白的脸："噢，丽芙。你很孤单吗？"

　　她无视我的问话，径直穿过我走进厨房。她从手提包里拿出一瓶葡萄酒："你喝不喝酒？"

　　我们好像回到了我告诉她我有病的那一刻，那似乎是上一辈子的事了，然而那种强烈的悲伤又一次涌回了我的胃里。我咽了咽口水。"你还好吗？"我问。

　　"不好。"她气冲冲地问，"你陪不陪我喝酒？"

　　"哇，你吓到我了。好吧，那就喝一小口，就为了陪你。"

"谢谢。"她说，"我受够一个人喝酒了，真没劲。"

"他走了多久？两天？"

"这不是重点。"

我看着她倒酒，她因为生气而绷紧了脸。我才发现她之前一直在哭，我想她现在又要哭了。"我们坐下吧。"她说，我跟着她进了客厅。

我们面对面坐下，她拿起杯子："干杯。"她像灌水一样把酒干了。

"发生了什么事，丽芙？"我问。

"只是一个小意外。"

"有多小？"

"我不想结婚了。"她转头看着我，她的眼神似乎在挑衅我去质问她，"你看，我告诉你了。"

好一会儿我都说不出话来。我抿了一小口酒，我想多喝点，但不管气氛有多紧张，我都不会去冒这个险。

"听起来你已经下定决心了。"

"是的。不是因为我不爱丹，我只是不想和他结婚。"

"丹知道吗？"

"不，你是第一个知道的人。我总是第一个告诉你。"

我仔细斟酌了她说的话，不知道这是不是典型的婚前焦虑，还是说，有些事她没告诉我。

"那就取消吧。"我说，"又没人逼你。"

"如果我取消，我爸会发疯的。"

"不，他不会的。"

"你不记得了吗？他说他一辈子都在为我的婚礼存钱。他会杀了我的。"

"但你至少不必忍受婚礼了。"

她勉强露出一个笑容。

"丹呢？他就不想杀了你吗？"

"我可以搞定丹。噢，天哪！"她呻吟道，"我做了什么？我脑子里到底在想什么？"

我真的很惊讶她居然不想结婚了，她以前从来没提出过任何疑问。"自我认识你以来，你的想法就没改变过。你一直想结婚，觉得法律承诺比天大，和丹在一起比什么都快乐。"

轻蔑的笑声又从她的喉咙里冒出来了："没错。但假设婚姻会毁了一切呢？我是说，如果婚姻没有破裂，那就不用修复，不是吗？这样的话干脆不要结婚好了。"

"正是因为这样，你才要结婚。因为他是个好男人，你们很适合，又都想要在一起。一张纸能改变什么呢？"

她叹了口气，伸手去拿瓶子，把杯子加满："别担心，我叫了优步。"

我们静静地看着对方，我看得出奥莉维亚的心已经飘到了很远的地方。她的眼睛也许在看着我，但她的心不在这里。她看起来醉醺醺的。

"自从他去参加聚会，我就没有收到过他的消息了。"她突然说道，在座位上微微地摇晃，"一个字都没有给我发。"

终于来了！我晃着玻璃杯里的酒："这就是原因？"

"不是！不是！"她否认道，"我没有那么小题大做。但假设这是对未来的暗示，我们结婚了，他开始觉得我的存在是理所当然的。"

"噢，丽芙。"我叹了口气，"他没有给你打电话，什么原因都有可能。首先，他在参加聚会，还在大老远的伊比沙岛。他也可能喝醉了——"

"在我发了一大堆'我爱你'之后，他还这种表现？好几百条呢！"

"你就是想他回你信息？我想不出比这更无趣的理由了。"

"噢！"

"你发了多少条？"

"没有数过。但他哪怕只回复一两个字总可以吧？"

"我站你这边。但难道这就说明，他已经光明正大地视你为理所当然了？拜托，让我们面对现实，也许他有合理的解释。但我觉得他喝醉了，我是说，男人聚会可不就是这样嘛。"

"噢，别给他找借口了。换作你，你也会和我一样表现。"

"那是肯定的，我不否认。我讨厌这种行为。一群醉醺醺的中年男人，我想不出比这更糟糕的了。可恶。"

她转头看向我，耷拉着嘴角勉强扯出一个微笑："真的，你也这么认为？我们并没有在鸡蛋里挑骨头吧？毕竟，我已经半醉了。"

"我讨厌的不是醉酒，而是那帮老男人喝昏了头，脑子宕机了。"

"哈！是啊，尤其是其中有个老男人还不回我信息。"

我从椅子上下来，走到她面前坐下："丽芙，我支持你。他确实应该回短信的。但你并不应该就这样取消婚礼，而应该等他回来了，再告诉他，不管怎样，他都应该给你回信息，永远都不可以把你当作理所当然。然后你们就可以来一场酣畅淋漓的性爱啦，好吗？"

"不见得吧……"她大声地打了一个嗝，"哎呀。"她用手冲脸扇风，"你知道吗，为了这个，我哭了一整晚，一眼未合。"

"我不想问些什么，但我猜到了。你感觉好点了吗？一杯酒解千愁？"

"你说的是一瓶吧。"她说，"是的，趁我还没清醒，确实有点用。"

"他更有用。你知道他会回你电话的，对吧？"

"是的，但回电话又不是说之前的账可以一笔勾销。为什么他们永远都不明白呢？"

"如果我知道答案，奥莉维亚，我现在就不会坐在这里了。单身，还挺着个大肚子。"

"单身事情就不那么复杂了。"她打起了哈欠。

"当然。"我点头，也打了个哈欠，"但谁说不复杂就会更快乐呢？"

4

“祝你生日快乐！祝你生日快乐！生日快乐，亲爱的珍妮弗！祝你生日快乐！”

服务员把蛋糕放在我面前，我吹熄蜡烛。女人们围着桌子热烈地鼓掌。

我拿起刀，插进巧克力海绵蛋糕里。

“许个愿。”奥莉维亚说。

“你知道我想要的是什么。”我笑了。

“我也帮忙许愿，让你愿望成真。”伊莎贝尔说，“我等不及要去做 B 超了。”

“你要去吗？”奥莉维亚问。

“是的。”她骄傲地笑着说，“我要陪她去国家公费医院。”

“丽塔说你的孩子会很健康的。”安娜·玛丽亚说，“你可以许点别的愿望。”

伊莎贝尔靠近我耳边：“她挂在嘴边的那个丽塔是谁？”

“她的灵气治疗师。”

“天哪！我以为是她的情人！”

安娜·玛丽亚正在看帕蒂的手掌。

"你看这条线。"她说,"这意味着你会遇到一个人,他充满了灵性,是你的完美对象。"

"乞丐可没的挑三拣四。"帕蒂自嘲道。

安娜·玛丽亚看着帕蒂,被她鄙薄的话吓坏了。她盯着她的手掌说:"你会有两个孩子,不,三个。"

帕蒂扑哧一笑,收回了手:"他可不是什么充满灵性的人,安娜·玛丽亚,他是创造奇迹的打工仔。"她把风扇从包里拿出来,使劲地在她红润的脸庞前挥动。

安娜·玛丽亚吸着两颊的肉,她很清楚帕蒂在做什么,但这个"充满灵性"的"打工仔"正努力地扇着风,她没法嘲笑回去。

我们来沃尔斯利餐厅不仅是为了庆祝我的生日,也是为了庆祝这些女人的存在,为了感谢她们。我环视了一圈桌旁的她们,把这独特的一刻铭记于心。我从没想过还能庆祝生日,作为一个曾经濒死的女人,她们是我所希望得到的最好的支持,我最忠诚的朋友。

我把蛋糕分成很多份:"你们都得吃。我们在庆祝人生,我不接受任何节食之类的废话,甚至准新娘也不例外。你够瘦的了,奥莉维亚。"

婚礼照常进行,它也没有取消。事实证明,丹一到机场就被伴郎没收了手机,这没什么大不了的。因此毫无意外地奥莉维亚原谅了他。我想,她从未告诉过他,她想过要取消婚礼。

"你看起来真棒,奥莉维亚。"伊莎贝尔说,"可能有点疲惫,但那是可以理解的。"

"伊莎贝尔,她看起来棒极了。"我说。

"我同意,只是她有那种婚前的憔悴感。"

"别在意,丽芙。不管你状态如何,都一样那么美。"

我在她们面前的茶碟上放上蛋糕。伊莎贝尔用叉子叮当地敲了一下玻璃杯。

"生日快乐,珍妮弗。"她举起杯子,灿烂地笑着说,"致我的好妹妹。"

我很高兴。

"听,听。"她们说。

她继续说道:"以前她可是个无趣又傻气的老好人。"她瑟缩了一下,"对不起!她讨厌我这么说。但现在看看她。"

"什么意思?"

她冲我点点下巴,好像我应该知道似的:"这意味着我为你感到骄傲,你又勇敢又坚毅。"

"这……谢谢你,伊莎贝尔!"

"是的,你是最勇敢的,我们都爱你。"奥莉维亚说,其他人点头赞成。

我奇怪地不知所措起来。"对了,"我说,"我要小便。孕妇一天要小便多少次?"

"到目前为止,你至少去了两次了。但我没有数。"奥莉维亚说。

"我想你会发现是三次。但我也没数。"帕蒂说。

"安娜·玛丽亚。"我说,"你愿意说说你的预测吗?"

"我觉得你一次都没有离开过桌子。"她说,"你的灵气非常充盈。"

伊莎贝尔朝我眨了眨眼,好像在说"她疯了吗"。

"她在开玩笑。"我说。

我又一次在餐厅里穿梭,挤过外面的桌子,慢慢地走下楼梯,轻车熟路地去到女厕所。

我推开门,以为里面没人。但洗手盆前站着一位身形高大的女士,她正注视着镜子在涂口红,我立刻生出了一种熟悉感。

她转过头,漫不经心地看了我一眼,这一看,她却大吃一惊,手上的口红骨碌骨碌地滚落进洗手盆。她大张着嘴巴,口红只涂了一半,另一半嘴唇上沾了个污点。

"伊丽莎白。"我同样震惊不已，"你还好吗？"

"珍妮弗？"她上下打量着我，"真的是你吗？"

我看了一下自己。"我想是的。"我说。

"你怀——孕了吗？"她拉长两个短音节，毫不掩饰地露出厌恶。

我穿了一件紧身碎花连衣裙。已经十七周了，肚子很明显。"是的。"我说，"不是怀孕，就是胃胀气。"

"噢，天哪。"她呻吟道，"我该料到你会这么说的。"

她马上转过身去捡起口红，检查了一下顶端，喷了一声，继续描画着嘴唇。我站在那儿像个白痴似的看着她，周身不自在，比以往任何时候都更想尿尿。但不知为何，我的脚却生根了似的一动不动。

"安迪怎么样了？"我说，"他在这儿吗？"

"他去踢足球了。"她啵的一声抿了抿唇，收好口红，把蛇皮手提包夹在腋下准备离开。她高大的身躯逼近我，姿态迫人。"我不是故意对你无礼的。"她说，"但你不是要死了吗？"

我被她噎得一滞。"你也知道这叫无礼？"我说。

"噢，是吗？"她说，"你觉得我很无礼？嗯，实话实说，我也觉得你非常无礼。"她覆着光滑红漆的嘴唇紧绷又残忍，透着一股邪气，没有丝毫魅力可言。"我是说，你不觉得你要通知一下我们，你还活着，而且怀孕了吗？"她补充道。

我笑了，她的失态反而让我壮起了胆子："哪怕你有一点点好奇，不应该给我打电话吗？"她激起了我的怒气。

"嗯，我们有事情处理。那段时间很困难，但我们现在没事了。"

"我也是。"我说，"我现在很好。那是一次误诊。"

"啊，别搞笑了。没有人会犯这种错误。"她翻了个白眼，直面我，"噢。"她说，"我现在明白了，你根本就不会死，对吗？你怀孕了。"

"伊丽莎白，我不会向你证明些什么。你爱怎么想就怎么想。"

"随便你，安迪和我过得比以前更快乐了。所以离他远点。"

"我为什么要接近他呢？"

"你给他写信了不是吗？求他回到你身边，求他在你有需要的时候照顾你。"

"他就是这么跟你说的？"我蹙起了眉头，"你从来没有亲自读过那封信吗？"

她的双眼睁得浑圆："噢，天哪！"她尖叫道，"这不是他的孩子，对不对？"

她真让人恼恨，我想一巴掌扇过去，让她清醒点面对现实。"伊丽莎白。"我说，"不是他的，是他的我就要疯了。早在几百年前我们就离婚了。他是你的了，我对他一点兴趣都没有。如果你想和一个花花公子上床，那你就选对了。我已经放下了，我最不想听你说那些自卑偏执的废话。"

她目瞪口呆地看着我，说不出话来。我的膀胱快要憋裂了，但说出来真的太痛快了。

"我当然也希望你过得好，伊丽莎白，但你必须面对事实。我不像你，我们还没离婚你就对他虎视眈眈了。我不觊觎我的前夫，但我的膀胱撑不了多久，我真的不想像你欺辱我那样尿在你的身上。所以我就告辞了，再见！"

我推开她，走进一个小隔间，锁上门，手忙脚乱地摸索着扯下内裤。我的膀胱轻松地发出欢呼。我坐在那里，把脸埋在手心里，听着外面的动静。走开，伊丽莎白！我在脑子里恳求着，快走开！外面长久地沉默着，我知道她还在徘徊着等我，心急火燎地想问个究竟。

"走吧，伊丽莎白！"我说，"我说过了，放手吧。"我不会退缩的，就算是坐在不雅的马桶座上。

门砰的一声关上了。她走了。

我恢复了镇静，走出小隔间去洗手。看着镜子里的自己，我满意地笑了。

我做到了。这么多年来，我一直都想把话说清楚。我当面和她算完了这笔烂账，她没读过那封信，但我说得比那封信多，还亲眼看到了她的反应。还有比这更大快人心的吗？我对自己露出个笑容。干得好！

我回到桌子上，那群女人盯着我看，好像我离开了几小时似的。

"你去哪儿了？"伊莎贝尔说，"那么久都不回来，我正要去找你。我们都开始担心了。"

"我撞上了伊丽莎白。"我说。

奥莉维亚一把捂住嘴："噢，天哪！我们好像看到她离开了。刚才有个女人，大声嚷嚷要她的外套，急匆匆地走了，后面还跟着另外一个可怜的女人。"

"一定是她。"我说，"很好！我刺激到了她。"

"发生了什么事？"伊莎贝尔问。

我握紧拳头一挥，好像我刚才猛力打出了一拳。"好吧，你们都会为我感到骄傲的。我很勇敢，很坚决，把我对她的看法一字不落地全说了出来。"

"你火力全开啊！"帕蒂说。

"她太无礼了，这是她活该。我说得她哑口无言。"

她们纷纷鼓起了掌："干得好！"

"如果安迪知道我还活着，而且怀孕了，一定会大吃一惊的。"我窃笑，"你知道吗，她真够大胆，还问是不是他的。"

"上帝啊！"奥莉维亚说，"那个女人什么都不知道，对吗？"

"现在她知道了！"

5

　　天色还早，盖几条毯子都还有点凉。今天是过完生日后的星期天，我仍然沉浸在欢乐的氛围中。那顿午餐真是太棒、太快乐了。现在我还懒洋洋地躺在床上，因为我有了偷懒的理由。我盯着被子下面的肚子，安静地沉思了片刻。

　　手机的响铃声打破了宁静，我从床沿摸索出手机，重新把手伸进温暖的被子里。漫不经心地瞥了一眼亮着的屏幕，是艾米丽。是艾米丽！我噌地坐起来，迅速调整自己的状态，用手指捋了捋头发，生怕她看到我这个孕妇的懒散样。

　　"艾米丽！"我激动地说，"天哪，哎！接到你的电话，我太开心啦！"

　　"对不起，珍妮弗，我是迈克尔。恐怕没有好消息。"

　　我觉得心头一凉。

　　"我们今天晚些时候会关掉她的呼吸机，我们觉得你会想知道的。"

　　我震惊得不知所措，但他很冷静，我努力控制住自己。"我很抱歉。请向玛丽安转达我的关心，我为你们感到难过。她接受得了吗？"

　　"不行。整件事太难令人接受了。好几个月我们都悲痛不已，都在做最坏的打算，我们以为已经做好了心理准备，但事到临头，剩下的除了痛苦还是痛苦。但她是个勇敢的女人。"

"我很抱歉，迈克尔。"

"我们会把安排告诉你的。我也很抱歉，给你带来了这么个坏消息。"

刺耳的拨号音在我耳边回响，他挂了电话。手机从我手里滑落。"艾米丽，"我低语道，"你这个可怜的、迷失的灵魂啊……"

我侧过身，蜷缩起来，温热的泪珠串串掉落。"噢，天哪！"我大吼道，"艾米丽要死了！"我的身体在颤抖，我胳膊上的汗毛都竖了起来。她对自己做了什么？为什么？为什么？为什么？她的生活真有那么痛苦吗？

我把手轻轻地放在肚子上。"宝贝。"我说，"我想让你知道妈妈有多爱你。即使现在你才十七周，即使我不知道你是谁，也不知道你是男是女，你会成为什么样的人……但妈妈爱你。一定要记住这一点。如果你听到什么'你的出生就是个错误'之类的话，你要明白，世上总有胡说八道的坏人。我希望你知道我们都会犯错，而你是我犯过的最好的错误。妈妈会一辈子爱你的，我保证。你一辈子都能感受到妈妈对你发自内心的爱意。"

我隐忍地抽噎着，呜咽声却把持不住地越来越大，铺天盖地地将我淹没。我翻过身埋进枕头里大哭，我的孩子在肚子里踢我。"可怜的玛丽安，可怜的玛丽安……母亲最不应该埋葬孩子。噢，艾米丽，你在想什么？哪怕走进了死胡同，自杀也不应该出现在你的'聚灵'游戏里啊……"

我摸索着床铺，拿回手机，打电话给伊莎贝尔。

"接电话！"我催道，"接电话，伊莎贝尔！"但它转到了语音信箱，"快点回电话，拜托。"我说。

我给奥莉维亚打电话，她马上就接了。

"噢，丽芙。"我抽泣着。

"怎么了？"她等了一会儿，让我平静下来，"告诉我，珍妮弗。到底怎么了。"

我努力控制住自己的声音："是艾米丽……"

"她怎么了？"

我缓下来喘口气，抓过一张纸巾擦鼻涕："对不起，丽芙。他们今天要关掉她的呼吸机了。她要死了。"

"噢，珍妮弗。我很抱歉，真的……我现在就过来。"她说，"我会尽快过去的。"

我在房间里踱来踱去，等着奥莉维亚。门铃终于响了，感觉好像过去了一个世纪一样。我打开门，我们扑向对方，中间夹着宝宝，在彼此的怀里哭泣。我告诉她，都怪我没有关心过艾米丽，她骂我，说不要这么荒谬。艾米丽自己早就做出了选择。

我突然感到一阵抽痛，我推开她，捂着腰侧身体向前弯曲。我的肚子在抽搐。

"啊！"我靠向墙壁，努力缓过这一阵痛楚。

奥莉维亚惊呆了："你该不会要生了吧，啊？"

"最好别，太……太早了。"

"看在上帝的分儿上，快躺下。"她匆匆把我扶到沙发上，"我给你倒点水来。"奥莉维亚冲进厨房，又冲回来，把水递给我。我慢慢地喝着，躺了下来。"别慌。"我说，"我会没事的，只是抽筋而已。"

"你吓到我了。"

"我也吓到自己了。噢，丽芙，艾米丽真可怜啊。"

她点点头。她的眼神充满了悲伤，这让我更加难过。我们手牵着手，静静地坐在一起。

奥莉维亚离开后，我回到床上，不由得感到孤独和痛苦。今天注定要裹着羽绒被度过了。

手机响了，我心不在焉地接起来："伊莎贝尔。"我哑着嗓子叫道。

"珍妮弗？"一个男人的声音。

我看了一下手机，是安迪。"噢，天哪，安迪，你听说了吗？"

"是的！"他听起来垂头丧气的。

"太可怕了，不是吗？"

"我以为你会高兴。"

我惊呆了："我为什么会高兴。"

"你怀孕了，珍妮弗。这不是你一直想要的吗？"他说这话时，语气嫌恶，和他妻子一样。"我认为你需要解释一下发生了什么。前一秒钟你告诉我你要死了，下一秒钟你又怀了孩子。我从没想过你会这样玩我。"

"你在开玩笑吗？玩你？谎话连篇的是你！好吧，我没有骗——你！有人告诉我我快死了，又有人告诉我误诊了。如果那天晚上你给我机会解释，我早就把话说清楚了。"

他安静了下来："我没给你机会解释吗？"

"你知道你没有，你沉浸在自己的家庭肥皂剧里。"

"胡说。如果你真说了，我一定会注意到的。"

"为什么要解释的总是我？为什么你从来没有想过要问？"

"好吧，我现在问你。你和伊丽莎白说了什么？她变得像个疯子一样，很生我的气，好像我搞大了你的肚子。"

"我把实话都告诉她了。"

"该死，珍妮弗！"

"我没有说你觉得自己被她困在了婚姻里，我说的是关于她的实话。就这些。她会想开的。不管怎样，艾米丽要死了，也许已经死了。我以为你打电话过来是为了她。"

"艾米丽？和迈克尔在一起的那个艾米丽？"

"是的。她企图自杀，但失败了，昏迷了好几个月。他们今天要关掉她的呼吸机了。"

他好像突然恐惧了起来："对不起，这太可怕了。"他的声音听起来很沉闷，"我已经很多年没有联系过他们了。从我们离婚后就没有了。可怜的迈克尔。"

悲伤仍在啮咬着我的心，我想挂电话了。"我要挂了，安迪。今天早晨真是太可怕了。"

"好吧。"他说，"对不起，珍妮弗。我为发生的一切感到抱歉。我真是个坏蛋。"

"噢，别恭维你自己了。"

他支支吾吾的："谁不给前妻机会解释她不会死，谁就是坏蛋。"

"对。"我说，"这我同意。"

"你真的怀孕了。那孩子的爸爸是谁？"

"你不认识的人。"

他沉默了，好像觉得我会告诉他似的。

"再见，安迪。"说完我挂断了电话。

6

艾米丽的葬礼很快就举行了。在某种程度上她已经死了很长一段时间，尽快安葬才对。那天阳光明媚——她好像在告诉我们，她入土为安了。

迈克尔穿着深灰色西装、白衬衫，系着一条细长的黑领带，失魂落魄的。一个好好的男人就这么被毁了，我为他感到绝望。他一直都默默地支持着艾米丽，他的坚韧让人不得不佩服。艾米丽不是个容易相处的人，但又有谁敢说相爱是容易的呢？

葬礼现场挤满了人。我认出了很多张面孔，有的熟悉，有的陌生。伊莎贝尔为了支持我陪我来了，奥莉维亚和安娜·玛丽亚也来了。艾米丽是我们的朋友，在悲痛中我们要保持团结一致，让痛苦无处遁逃。

她的母亲全身上下都是黑色，戴着一顶巨大的黑帽子和墨镜，看起来像个电影明星。她心神恍惚地抱了抱我，我不得不弯下腰，躲开帽子，我的肚子抵到了她。

"我很抱歉。"我说。

她摘下太阳镜，擦了擦眼睛。"你怀孕了。"她说，"真是太好了。"她很善解人意，因为我无法想象她怀着什么心情来恭喜我。她盯着我的肚子，"对我来说，什么都不重要了。"她说，"现在什么都没有了。

但对你来说，新生命带来了希望。我很高兴世上还有希望。愿你拥有世界上所有的好运。一定要开心，珍妮弗。"说完，她看了一眼伊莎贝尔。

"你记得我姐姐吧，她叫伊莎贝尔。"我说，"这是奥莉维亚和安娜·玛丽亚。"

"你好，钱皮恩夫人。"她们依次表示关怀，"节哀顺变。"

"谢谢你们能来。"她亲切地笑了笑，戴上太阳镜往前走去。

我们郁郁寡欢地走在离墓地很远的路上，脚下松动的石头嘎吱作响。

安娜·玛丽亚开车送奥莉维亚来的，我让奥莉维亚自己过来，但她决定搭个便车。

"你的车在停车场吗？"伊莎贝尔问。

"不，停车场已经满了，我们停在外面。"

"我们也是。"我说。我们继续走着。

安娜·玛丽亚的车停在马路边上，就在公墓门外。

"你把车停在这里，居然没有挨罚？"伊莎贝尔说。

"我提醒过她。"奥莉维亚说，"我们很幸运，你的车没有被扣。"

"我早知道不会有事的。"安娜·玛丽亚说，"谁会把你扣在墓地外？"

我们彼此吻别。伊莎贝尔和我手牵着手，朝她停在山坡上的车走去。

"谢谢你陪我来。"我说。

"天哪，真的太糟糕了。"

"只有时候到了，死亡才会不那么让人惋惜。"

"是啊，毕竟她还那么年轻呢。"她捏了捏我的手，"我刚才一直在想，如果死去的是你呢？我会心碎的。我不知道玛丽安和迈克尔怎么强打起精神来的。"

"靠药物。你看到他们的瞳孔了吗？不然还能怎么应付？"

"妈妈在爸爸的葬礼上一定吃药了。"

"有病没病妈妈都吃药。"

伊莎贝尔笑了："她就是这样，对吧？总是逼我吃安神药。只要我有一点紧张孩子或者马丁，她就会说'给，吃一个'，好像那些是维生素软糖似的。"

"也许她觉得药就是软糖。可能在那个年代，我们整条街都在吃安神药，就像现在大家都在吃百忧解[①]一样。"

"你也在吃？"

"噢，没有。"我说，"干吗这样问？你吃吗？"

"我吃的不是百忧解，是类似的药物，吃的剂量很少。"

"马丁也吃？"

"是的，一样的药。你看起来很惊讶！我更惊讶你没有吃。我认识的大多数人都在吃。"

天哪，我心想，奥莉维亚有没有吃什么药？安娜·玛丽亚行为怪异，是不是因为吃了药物？我从来没有想过这一点。我非常讨厌吃药，所以我不会往这方面想。

"你觉不觉得妈妈吃药是为了迁就爸爸？也许这就是他们表面上看起来一直很幸福的原因。"我笑着说。

"谁知道呢？现在想知道内情，也太晚了。"

我耸了耸肩："好吧，至少现在我们不用吃药，还好好的。"

她暗自发笑："好好的？两个参加自杀者葬礼的婊子？"

我们咧嘴哈哈大笑起来。"噢，不行。"我双手叉腰，"我们来是为了哀悼艾米丽的。这样不对。"

"艾米丽会和我们一起笑的。"

"不，她才不会。"我说，"她从来没有多少幽默感。"这种不敬只会让她更歇斯底里。"也许我们笑是为了不让自己哭？"我跷起二郎腿，现在笑出声来，我会觉得很丢脸。

[①] 百忧解，一种借由刺激单一神经传导物质血清素，来改善心理状况的抗抑郁药物。

"噢，我真是哭够了。"伊莎贝尔说。她一手扫过脑袋，脸上的愉悦开始消退。

"我也是。"我说，"你见过他吗？"

她翻了个白眼："我几乎每天都会碰到他，以前从来没有这样过。我也不是故意的，我可以向你保证。每次看到他，我的心跳还是会忍不住漏一拍，它还没有反应过来。你呢，有什么情况吗？"

"没有，我也不在乎。"

"不，你在乎！"

"说实话，我真不在乎。我终于明白了，哈利对我来说永远都不合适，也就无所谓了。"伊莎贝尔的表情说，她不这么认为。

"你为什么不相信我？我说的是真的。几年前我就应该醒悟过来，相信自己的直觉。我终于明白，我不必为了迎合对方而委屈自己。如果我不适合，无论我怎么挣扎，永远都不会适合。我自己一个人也过得很好啊！真的很好。我这么说不是自欺欺人。我真的觉得自己很坚强。"

"这可真是个了不得的声明。为了孩子，你会和别人在一起吗？"

"嗯，这是不可能的，我还是努力生活吧。我做得到的。我会像天下所有父母一样，一路跌跌撞撞地陪伴孩子成长。"

"天哪，你看破红尘啦。"

"那是，我可是佛陀。"我揶揄道，"至少体形很快就接近了。"

我们爬上车，系好安全带。伊莎贝尔把包扔到后座上。"听起来可能很奇怪。"她说，"但整个可怕的闹剧让我们成长了不少，我们都吸取了经验。这倒要谢谢你了。"

我点了点头："真有趣，发生在你身上的最糟糕的事情，有时竟然会变成最好的事情。"

她看着我，把手覆在我的手上："是的，你说得对。但你现在能关掉佛陀模式吗？！"

7

　　为什么当你期待某件事发生时，它永远不会发生；当你最不想某件事发生时，它偏偏就发生了？门铃响了，但我没想过会有人来，所以在家里随便套了件宽大的旧运动衫和运动裤。我看起来邋里邋遢的，但我不在乎。我不喜欢麻烦。我蹑手蹑脚地走到门口，从猫眼窥了一下，又立马闪躲开视线，仿佛我的虹膜可以被探测到一样。

　　天哪！怎么会是哈利！

　　"你想要干吗？"我向右挪了一点，站起来对着门旁边墙上的镜子检查自己的仪容。

　　"我能进来吗？"

　　"干吗？"

　　"我想见你。"

　　"抱歉，我们今天打烊了。"

　　"噢，拜托！"

　　"为什么？"

　　"我想道歉。"

　　"密码正确！"我飞速地用手指梳理头发。

我打开门，这一刻很奇怪，我们站在门槛的两侧凝视着彼此。我一动也不动，就像个大肚子的路障一样。

现在是三月初，天气依然很凛冽，他看起来冷坏了。他几不可察地瞥了我的肚子一眼："我可以进去吗？"

"门是开的。"我说，站到了一边。

"谢谢。"他说。他的表情很温和，他小心翼翼地从我身边走过，"你看起来不错。"

"别奉承我。你想喝杯茶吗？"

"如果你在泡，我就喝。"

"我没有。"

"哈！那我就不喝了。"他在大厅里徘徊，"我们能坐下来吗？"

"当然。"我说。

他脱下外套和围巾挂在楼梯扶手上，走进客厅，拍打着上臂想要暖和起来。我抓起他的围巾递给他。

"谢谢。"他说。

他在沙发上坐下，缩在边上，好像知道自己不受欢迎似的。我挺直腰背，坐在他对面的扶手椅上。我觉得自己活像一袋土豆，于是努力想让自己看起来像一根芹菜。

"所以，"他挪了挪脚，"我想找你……"他把头发从脸上拨开，"道个歉。我一直在想你的事情，想我们的事情，根本停不下来。圣诞节那天闹得很不愉快，我感觉不太好。我的行为非常恶劣。"

我努力克制住自己的反应。如果他以为能轻易过我这关，那他就错了。

他紧张地吞咽着，发现自己完全在自说自话。他又拉了拉围巾，在脖子上裹得更紧了。像个套索一样，我心想。

"我很欣赏你一个人扛过了所有的风浪。我以为我在你身边是一种慷慨，但你说得对，我歪曲了本意。我不知道自己在想什么。如果你需要我，我本可以以朋友的身份陪你，诚诚恳恳。但我选择了欺骗。当你发现医生搞错了之后，我必须坦白，这个消息让一切看起来像是某种肮脏、狡猾的诡计。但事实并非如此，珍妮弗。这不是我们的初衷。我真的很抱歉。"

我欣赏着他的自导自演："那你现在相信我了，那是个乌龙？"

"当然。圣诞节那天我说的每一句话都没过脑子。我不明白你怎么会那么生我的气，我又没有恶意。可能只是我自以为没有恶意吧，所以我表现得很过分。但经过反省，我觉得你完全有权生气，是我考虑欠妥了。"

我还在等着转折："有'但是'吗？我宁愿在我还掌握主导权的时候听你说完。"

"不，没有'但是'。"他清了清喉咙，"我思考了很多，重新审视了我的人生。"他看着地板，然后侧身看向我，"我和梅丽莎分手了。"

"这个借口你用过了。"

"这次是真的。"

我控制住自己的情绪。

他的嘴笨拙地翕张。他环顾四周，手指紧紧地纠缠着，双臂高举过肩膀。"真的结束了，珍妮弗。我跟她一刀两断了。"他说。

"你想让我鼓掌？"

"不，当然不是。"

"发生了什么？"我不需要知道，但我无法抗拒自己的好奇心。

"我告诉了她我们之间发生的事情。她无法接受，砸了一通东西就走了。"

"香肠吗？"

"事实上，是碟子。我想，我们本来是出于善意策划的，却导致了这样的后果，她完全无法容忍。有意思吧，嗯？你自以为是超人，结果却成了莱克斯·卢瑟①。"

"也不算全错。"我说。

他又清了清喉咙："所以我要走了，去旅行。"他看着我，好像希望最终能得到我的认可，希望我能安心一样，"我需要找回自己。"

"这很勇敢。"

"谢谢。"

"这不是恭维。假设你不喜欢你找回的自己呢？"

他一时有点怔住。"你真幽默。"他说，"我一直很喜欢你这一点。"

"我不是在开玩笑。"我讨厌自己这么刻薄，但他活该。

"噢。"他本能地又清了清嗓子，"不管怎样，我要放弃我的工作了。我反思过了，我讨厌现在的自己，过去喜欢艺术，纯粹是为了艺术，那是我选择这份工作的原因。但现在我的工作与艺术无关，我为客户鞍前马后，但他们并不关心我买的画作中的美感、意义或工笔。他们关心的是价格多少、和他们的家具相不相配、能不能彰显他们的身份。我也好不到哪里去。但我真的想变得纯粹一点，珍妮弗。我想改变自己。再过两年，我就五十岁了。成年后的我一直很自私。你让我看得明明白白的。"他吸了一口气，"所以我必须先与你和解，作为我改变自己的开端。"

他能这么想很不容易，但我不喜欢他那圆滑的腔调。

"你不相信我，对吗？"他叹了口气说。

我耸了耸肩，表示"这有什么关系吗"。

"好吧，我不怪你。"他说，"我也不相信我自己。我想我得向你证明一下。"

"不是向我，哈利。"我说，"我已经不在你的人生计划中了，你

---

① 莱克斯·卢瑟，美国 DC 漫画旗下的超级反派。

需要向自己证明自己。"

他双手轻拍大腿，张望着四周，似乎希望自己的缪斯女神蓦然现身，给他点支持。"我明白。"他说，"但我还是想说对不起。"

他听起来像是认真的，又像是吃准了我心软。

"谢谢。"我说。

他微微一笑："我知道你不相信。"他说，"但我不希望你对我有什么不好的看法……"

"我没有，哈利，真的。谢谢你过来一趟。"我站起来，"我真的要开始准备了。我要出门……"

"当然。"他也站了起来。他怀疑我想摆脱他，是的，我是这么想的，但他的怀疑让我很难过。我可能不再爱他了，但我也不会恨他。我不想伤害他。他的本意是好的，我已经让他够低声下气的了。

"嘿！"我放下了戒心，"我没有记仇。人生苦短，我现在明白了。"

"我们都明白了。"他说，我点了点头。

他脸上露出悲伤的微笑。"抱一个？"他说，"看在过去的情分上？"他张开双臂拥我入怀。我屏住呼吸，不想再让他侵入我的心。但我什么感觉都没有，一切都不复从前了。我的控制力比我想象的还要强。我们拥抱了一分钟之久，曾经亲密无间的两个人，如今都承认那段感情已经结束了。

"祝你好运。"我退后一步，"希望你能找回原来的自己。"

他咧嘴一笑："我会给你寄明信片的。保持联络，我想知道你的近况……还有宝宝的。"

"我会在分类广告里发布公告的。"

他盯着我，目光让人隐隐不安："你知道吗，我很嫉妒。"

"嫉妒什么？"

"嫉妒你，嫉妒他，不管他是谁。"

"出去旅行一趟就什么都放下了。"

他喘着气："你还在生我的气吗？"

"没有，哈利，我已经不生气了。"我向前倾身，吻了吻他的脸颊，"出发吧，去寻找你自己，什么都别管了。那才是重点，不是吗？"

他穿上外套，踟蹰着回望我，脸上浮现了真正的悲伤："抱歉，我搞砸了很多事。但我们现在还是朋友，对吧？"

"你知道答案的，哈利。"

他眼睛一弯。"是的。"他说，"我想，那部电影一直都见证着我们的感情。再见，莎莉。"

8

我站在水槽前削着土豆皮，珐琅质地的槽面已经出现了裂痕，但仍然美得惊人。"你今晚要用土豆做什么呢？"

"还是土豆泥。"芒福德太太说。

"如果我是个厨师，我会直接帮你把它做成一道菜，但我想你可能做得更好吃。"

"噢，你已经帮了我很多忙了。"她说，"不管怎样，你不应该站太久，毕竟你怀孕了。"

"哈！你说这话倒是好笑。"她身上所有关节都出现了严重的炎症，她的手指都扭曲变形了。所以我帮她削了土豆皮，因为她再也削不了了。

我第一次敲响她的门，想要帮她买东西时，她警觉又怀疑地看着我。

"你是社会福利工作人员吗？"她问。我想他们一定是唯一依法探望她的人，这让我很难过。我尴尬地笑了。"不，芒福德太太。我就住在这条街上，就在那边。"我指着我的房子说。

"噢，对，亲爱的。我见过你。你还好吗？你需要些什么吗？"她盯着我的肚子问道。

"实际上，是我想知道你需不需要些什么。我要去购物，可以帮你一起买。"

她嘴里的假牙咔嗒作响："真是太好了，亲爱的。但看了这么多安全教育，我对陌生人不太放心……"

"我理解，但是……你知道我住在哪里。我向你保证，我只是想提供一点帮助而已。"

"你在这儿等一下。"她关上门，我站在台阶上，傻乎乎地愣了好几分钟，不知道这个主意是不是有点愚蠢。但她又出现在了门口，递给我一张用旧信封背面乱笔书写的购物清单，还有一张五英镑的钞票。

"我保证我会回来的。"我带着她的商品和小额零钱回来了，她显然很惊讶。她认为我是个值得信赖的人，便请我喝了杯茶。

"我来沏茶吧。"我说。

"亲爱的，虽然我已经八十七岁了，但泡壶好茶还是不在话下的。你已经做得够多了，应该坐下来歇歇。"

她泡了一壶香喷喷的茶，在碟子里放了几块饼干。她问我，我的丈夫是干什么的，我告诉她，我没有结婚，她看起来很惊讶。互相了解之后，她偶尔会提起这个话题，说她认为我应该找个男人。她觉得我有点莽撞。

我每个星期五都会帮她采购，帮她削土豆皮，削完土豆皮我们就坐下来喝茶、吃蛋糕、聊天。她喜欢我给她买的巴滕堡蛋糕，她呵斥我太纵容她了。这样简单的事情，她也觉得我在纵容她，我喜欢她这种率性。我很高兴我终于敲开了她的门，提出了我长久以来一直在想的建议。

老实说，我并非全然没有私心。我们相互做伴，她给我讲她人生中的精彩故事。小时候她在诺福克一所富丽堂皇的府邸为一个大户人家擦拭银具，在那里遇见了她的丈夫，他是个司机。她的故事很有《唐顿庄园》的风格，我可以听她讲好几个小时。

随着一周周过去，我欣喜地发现，我的肚子越来越大了。相反，我的精力却恢复了不少。孩子总是在踢我，已经踢了好几个星期了。他第一次踢我的时候，伊莎贝尔和我在一起。她在帮我整理空卧室，准备作婴儿房用。"伊莎贝尔，过来！"我在楼梯平台上大喊。她抬头看向我，把她拿出来的黑色垃圾袋扔到垃圾桶里，冲上楼梯。"快！把手放在我肚子上，孩子刚踢了我一脚。我感觉到了！"

"天哪，你吓到我了。"她站着，把她的手放在我的肚子上，又把我的手放在她怦怦直跳的心脏处。"感受一下。"她说。

"注意我的肚子。"我们专心地等着，但什么动静都没有。"我向你保证，我感觉到他踢了我一脚。"

她笑了："真棒，哈！第一次哦。"

"嘘，等等。他会再踢一次的，我知道。"

她跳了起来："来了！"她惊奇地张大嘴巴，好像这也是她第一次经历似的。"你好啊，宝贝！"她唱起歌来，"嗯，你这一脚很有力气哦。"那一刻，我们约定了她要给我陪产。我希望她尽可能多地参与进来。

当然，如果做二十周 B 超，她能乖乖的话，那就更棒了。我几乎要后悔让她陪我来。"我不想知道性别。"我对超声波医师说。

"你为什么不想知道？"伊莎贝尔震惊地问。

"因为我不想知道。"

"但每个人都想知道。"

"不，他们不想，你想而已。"

"当然，我是个正常人。"

"伊莎贝尔。"我说，"如果你算正常的话，那教皇就是犹太人。"①

她笑了。"我们都是犹太人，"她说，"就历史上的某个时间段而言。"

我发现她凑到了屏幕跟前。"打住！"我说。

---

① 古基督教脱离犹太教，成为独立宗教。历代教皇都不是犹太人。

她偷笑。"我在找小鸡鸡。"她说，"我也希望是小鸡鸡。"

"不管有没有小鸡鸡，只要他身体健康就好。"

超声波医师笑了："我不会透露给你们的。孩子情况一切都好。"

上班的时候，就算我好好的同事们也会大惊小怪，好像我是他们的宠物羊似的，确保我有水喝，能准时下班。看到他们脸上的关怀，我才发现大家真的很喜欢我。这让我内心生出了一种从未有过的自信，就好像我有机会读到自己的讣告，发现上面写着世间最动听的话语。

当然，近来最精彩的瞬间就是跟在奥莉维亚和她父亲身后，三个小伴娘尾随着我的下摆在过道上走着。

看到她牵着丹的手，站在他身旁把自己托付给未知的将来，我情不自禁地哭了起来。我又想相信爱情了。但我在婚礼上总是手忙脚乱的。

我被问到了不可避免的问题。

"你约在哪里生产？"

"皇家自由医院。"

"你知道他是男是女吗？"

"不知道，我也不想知道。"

"幸运的爸爸在哪里？他在这儿吗？"

"我也想知道答案。"

"抱歉。"

"他不在这里。事实上，我是个单身妈妈。"

我笑了笑，不再多说，就让他们好奇，让他们闲聊去。因为我不在乎他们会怎么想，我为此感到骄傲。如果奥莉维亚的婚礼早点举行，同样的问题我可能会给出另外一种答案了，或者躲在角落里避开他们。但是我以不同的方式和哈利、伊莎贝尔，还有其他所有人言归于好了，我终于解开了自己的心结。

一切是怎么结束的

这是一个美丽的春日早晨。屋里很暖和，不仅因为天气很好，也因为我装了一个新锅炉。为什么拖了这么久才装？搞得好像因为内心深处知道自己是个懦夫而想惩罚自己似的，但是现在我发现我也可以勇敢起来，于是我觉得自己应该过得舒服一点。

阳光透过窗户倾泻而入。我在脑海中能听见母亲的声音："今天阳光真好，去花园里玩吧。"作为一个永远听话的女儿，我决定去樱草山散散步。

我抓起一件大外套裹住我的肚子，再把针织长围巾绕在脖子上，戴上一副太阳镜，把包挎到肩上。只需要等几分钟，C11 路巴士就会把我带到樱草山。今天是个好日子，闻起来有草的温暖气息，树木也不再光秃秃的，而是枝繁叶茂。全新的生活开始了。

我深深地吸了一口气，感觉像做梦一样。这是星期天的清晨，万物正在慢悠悠地苏醒。我看到了一个父亲用背带把宝宝绑在身前，母亲推着婴儿车怀里抱着个半大孩子。我很高兴自己很快就会成为他们之中的一员了。

我沿着通往山顶的小路慢慢地走着，有点喘不过气来的时候就停下来欣赏伦敦的天际线。看，它的轮廓清晰，线条流畅锋利，光华万丈。碎片大厦骄傲地占据一方，远离了拥挤的"腌黄瓜"①"对讲机大楼"②和"奶酪刨大厦"③的城市中心。这样美丽的风景再也不会让我痛苦了。想到哈利，我再也不会感到难过了。曾经以为再也走不出来的事情，现在已经可以坦然面对了，振作起来真好。

　　离开小路，我沐浴在阳光中享受独行的乐趣。我摘下太阳镜，遮住眼帘，仔细地观察着周围。"你好，世界。"我说。我想起了安娜·玛丽亚和丽塔，想起了那次和能量交流的经历，想起了那段离奇的时光。作为生命的终章，一切都混乱无序，令人胆战心惊。但时间会治愈一切的，这句话虽然老土，但胜在真实。

　　最后，我决定漫步下山。走到摄政公园路，看到了一片商店和咖啡馆，倒是勾起了我喝茶的念想。我悠闲地走着，穿过敞开的大门步入街上，拐过街角等着过马路。一切都安宁悠然，就好像全世界都沉醉在了白天的美丽之中。

　　我准备过马路，突然传来惊天动地的刺啦一声！一辆车咆哮着冲向我，周围的空气急剧压缩，耳朵里传来一阵巨大的轰鸣声！

　　生死一线的感觉鲜活无比，我知道我完了，我侥幸濒死复生，却还是没能躲过死神的镰刀。在那几秒钟里，往事不断地在我眼前回放，命运即将无情地剥夺我失而复得的赠礼，特意恩准我重温一下往日的美好。肚子里未出生的孩子才活了短短的几个月，多么残酷的一个笑话。我浑身僵硬地定住了，等着金属碾压过我的骨头。我即将走向冷酷无情的生命终结，这就是我的命运，我已经万念俱灰了。

　　突然又砰的一声！空气变了。同样不知为何，我感到命运之手以雷霆万钧之速把完全僵住的我向前推开，我一下摔到了马路对面。

---

① 腌黄瓜，瑞士再保险塔，位于英国伦敦"金融城"。
② 对讲机大楼，位于英国伦敦芬乔奇街20号。
③ 奶酪刨大厦，伦敦"金融城"第一高楼。

"去你的！"我吓得魂不附体，听到不远处有人吼道，"司机神经病啊！"

这个声音将我从强烈的死亡幻象中震醒，我被强行拉回身体里，我还活着！正靠在救命恩人的手上。

"你还好吗？"他问。他回头看了一眼马路，路上已经永久地烙上了漆黑的刹车痕迹。"天哪！刚才真是太险了。那个疯子一定不能再上路了，一定是个疯狂的'富二代'，或者——"

他把注意力转移到了我的身上。我在不停地发抖，我想跪着，我像裹毯子一样用外套裹住自己。

"你需要喝点水。"他说，"过来坐下。"

我点点头。我几乎无法说话。他把我带到一家咖啡馆外面的桌子前，还没走近我就哇的一声吐了一地，污物溅到了他的运动鞋上。

"真是对不起。"我用手背擦了擦嘴，"真是对不起。"

"坐下，头放到膝盖中间。你吓坏了。我去给你拿点水，拿个纸袋给你吹吹气。"

"或者套在我头上。"

"我会把东西带回来的，就几分钟！你自己待着没事吧？"

"可以，可以。应该没事。"我盯着人行道说。我把头夹在膝盖之间，墨镜从我湿滑的鼻梁上滑下来，掉在我面前的地上。我没管，我实在没有力气了。

我的余光看见了他的运动鞋，于是我慢慢地仰起身。他拧开盖子，把水递给我。他个子很高，蓄着长发，卷曲地垂在衣领上，留着浓密的大胡子。他手里拿着几个三明治牛皮纸袋。

"谢谢。"我大口大口地喝着水，他却专注地盯着我，打量着我。我放下瓶子，朝他笑了笑。他点了点头，似乎在等我说些什么。

"非常感谢你救了我。"我说，"再怎么谢你都不为过。"

他还在审视着我，眼神极具压迫感，让人很不舒服。这已经远远超出一般的关注了。我一激灵，反应了过来。我的皮肤传来酥麻感。

我伸手去够墨镜，飞快地戴上。我的手仍然不受控制地颤抖着，整个身体都是。是他，是那个在野外遇到的人。他留着胡须。他救了我。

他迅速脱掉夹克衫披在我肩上："你需要保暖，我们最好还是进去吧。"

"不用了，不用了。"我说，"我需要新鲜空气，我待在外面吧。"

他拉过一把椅子，坐在我旁边。

我紧张得舌头打结，束手束脚的，不知道该说什么。"太感谢你了。"我重复道，我的牙齿在打战，"真的，我以为我已经死了。"

他点了点头。"我也以为你已经死了。"他说，"很高兴你还在这里，而且完好无缺的。"

我看向他，笑了。我知道，他认出我来了。

意味深长的沉默在空气中良久地蔓延。

"是的。"我说，"是我。"

"不是你还有谁？"他露出灿烂的笑容。

"胡子不错。"我说，"这是伪装吗？"

他笑了笑，用手轻柔地抚过。"只是懒得剃，"他说，"伪装成了潮人。墨镜很帅气，但你的伪装失败了。"

"伪装从来不是我的强项。"我的牙齿还在打战。

他向后靠去，斜视着我："你感觉好多了吗？"

我笑了："什么？你是说除了发抖和呕吐？"

"你又要吐了吗？是的话，我要把脚移开了。"

"真是对不起！"我说，"我感觉很不舒服，但你的脚是安全的。"

"那我还真是松了一口气。"他仍然盯着我，眼睛里燃烧着渴望，他想坦诚相待。

"你想知道我为什么还活着，是吗？"

他歪着头："很高兴你问了！"

我又喝了很多水："我没有骗你，这不是什么博取同情的手段，当然也不是诱惑。我真的拿到了一份绝症诊断书。"他看着我，好像从来没有怀疑过。"连续几个月，我都在为来世啊虚空啊之类的做准备。但我的医生诊所犯了个错误。他们给了我别人的化验结果。"

"哇。"他说，"这可不是一般的误诊！"他向前倾去，面露惊吓，"想想，你刚才差点还没命了。"

"是啊。谢谢你救了我，很抱歉我弄脏了你的运动鞋。"

"没事，你好好的就行。"

我点点头，一个劲儿地灌水。

他用手指敲了敲桌子。"这有点奇怪，不是吗？有点正式，考虑到……"他笑着说。

"是有点。"

"你现在感觉怎么样？"

"好多了，我想。"

"想和我一起散步吗？"

"你不会搞怪吧？"

"不会。"他说。

"你可以拿回你的外套了。我没事了。"

"你确定？"

"我穿了好几件。"

我站起来，身体摇摇晃晃的。我感觉到我的腹部突然抽起筋来，痛感比以往任何时候都要猛烈。我靠在桌子上，紧紧地捂着肚子。"该死！"

"怎么回事？你怎么了？"

"没什么。只是……呃……"我努力呼吸，"……我抽筋了。"

"给你，用袋子呼吸。"他打开其中一个纸袋，盖住我的嘴巴和鼻子。

我抓着他，我的手覆在他的手上。

"慢慢来。"他说。

我放慢呼吸，疼得头昏眼花。

呼，吸。呼，吸。袋子在膨胀、收缩。

终于，疼痛开始减轻。

"没事了。"我慢慢地直起身子，"我不抽筋了。这个方法很有效。"我松了一口气，放开了他的手。他揉起纸袋放进口袋里。

"你开始让我害怕了。"他说。我看到他的眼神落在了我的肚子上，表情立马一变，"你不觉得你应该去医院吗？"

"不，不，我没事了。真的。"我拉过外套，盖住肚子，"我们去散步吧？"

"我认为我们应该去一趟医院。"他看起来很谨慎，"不抽筋了？"

"不抽筋了。"

"但如果有什么问题，你得告诉我。"

"我会的。"

我们走过马路，警惕地检查每一条路上有没有汽车，有没有神经病，再穿过大门，回到公园。

"我还不知道你叫什么呢。"他带着一丝尴尬，"我们从来没有交换过名字，不是吗？我们不在意这样的细节。"

"我知道，还挺奇怪。我叫珍妮弗。"我看向他。

"我叫利奥。"

"你叫利奥。"我重复道，"所以你才留这么长的头发。"[①]

"你还相信这个？"

"不。"

---

① "莲花小王子"利奥蓄着中长型英伦卷发。

"感谢上帝！"

一群女人朝我们走来。

"早上好！"她们说。

"早上好！"我们异口同声地答道。

"今天天气真好。"

"是啊。"我们附和道，这感觉很熟悉，好像我们本就该这样并肩走着一样。

"那你是干什么的，利奥？这是每个人都会问的第二个问题。"

他抓住我的手，把我的胳膊绕过他的臂弯，神情一派自然："我是个作家，自由职业者。给电视、电台撰稿，事实上，只要有人需要我，我都可以接单。"

我暗暗激动起来。他是个有创造力的人，我心想。我的孩子一定很有学习的天赋。我喜欢这个优点！我打量着他的侧脸，他面相柔和，鼻子高挺。他的头发还是又长又乱，甚至可能更长了。但即便浓密的深色胡须挡住了他的脸，他看起来依然又温暖又包容。虽然那次放纵是一时莽撞，我却意外地收获了命中之人！

"你呢？你在工作吗？"他说，"还是说，你在待产？"

我尴尬地咳了咳。"你说孩子？"我尽可能轻描淡写地说道。

他点了点头。

"嗯，我是在待产，但我还在工作。我是人力资源部的。"

"多少周了？"

"噢，天哪。我在人力资源部工作很多年了。"说完，我就反应了过来，我们都笑了。"你不是说工作，对吧？"

"对。"他说。

我沉吟道："嗯，我想有二十几周了吧。"我故意说大了数字，让他混淆——嗯，实际上就是撒谎——我想，这样他就无法顺藤摸瓜确定时间了。

"我记得你对死期计算得非常精确，79 天，但在怀孕这件事上，你居然这么含糊。"

"上帝，你还记得那个细节！"

"很难忘记。"他笑着说，"那又不是日常对话，很难忘得了。"

"我想是的。"我说。

"那你和孩子的父亲在一起吗？我想这是每个人都会问的下一个问题。"

"为什么这是每个人都会问的下一个问题？"我说，"这很重要吗？"

"我不知道。"他说，"在这个宽容的时代，也许这已经不重要了。你不想回答的话就不回答。"

他理应得到解释，我知道的。就算不是真话，至少说点什么来平息他的好奇心。但我说不出口，我还没准备好。我不想说谎，但说真话又太可怕了。

"实际上，"我嘟囔道，"我们没有在一起。"不算谎言。半真半假。

"我很抱歉，真是个渣男。"他摇了摇头，"渣男！"他说。我尴尬地笑了。

我们继续走着，静静地欣赏着周围的景色。我清晰地感受到他的气味、他的温暖、他的步伐。

"那你和别人在一起了？"他打破了宁静。

"你很好奇。"

"我是个作家，我对人感兴趣。"

"不。"我说，"我是单身妈妈。"

"真的？孩子的爸爸一点也不感兴趣？"

我不置可否地点头。

"你一个人没问题吗？"

"是的。"我听到自己大声地说了出来，这感觉很好，"是的，我没问题！"

他又在审视我了。"你很酷。"他说，"不错哦。"

"你呢？"我试探道，"你和谁在一起？"

"没有。"他笑着说，"我和你一样，还单身呢。"

我笑出了声，可能显得我有点太急切了。我都不知道自己听到他单身有多么高兴。我强迫自己冷静下来，不要抱有太大期望！我不能高兴过头。

"我喜欢这里的风景。"他说，"我可以盯着它看好几个小时。事实上，有时候我就站在这里，看着眼前的景色，把全世界都抛在脑后。它让我保持清醒的头脑，启发我的思维。"他转过身来看着我，"我经常想起你，你知道吗？"我瞪大眼睛，他歪着头，"这会让你觉得不自在吗？"

"有点。"

"嗯，我真的经常想起你，你确实让我着了迷。我常常在想，野外那个身材曼妙、面容俊俏、这么年轻却面临死亡的女人到底怎么样了。"

"现在我确实很不自在了。"我感觉我的脸颊通红，"好吧，现在你知道了。"我张开双手，好像在说"我就在这儿"。

"我可以摸摸孩子吗？"他问。他伸出手来，等着我的许可。

这太刺激了。

"可以。"我说。在这疯狂的、亲密的一刻，我感受到了他的手覆在我的肚子他的孩子上的温暖，我有种想告诉他真相的冲动。我非常想告诉他。

他崇敬地看着我，退后了一步。"太棒了。"他说，"今天我救了两个人。我是超级英雄！"他摆出超人的姿势。我松了一口气，笑了起来。他阻止了我脱口而出的话。

"所以，超人，你有孩子吗？"

"没有。"他说，"不过，终有一天会有的。"他补充道，"现在，我很享受这个创作者的身份，不必背负责任，没有义务，没有羁绊，很适合我。我可以在公园里和漂亮的女人做爱，再看着她们离开，之后再偶遇，当回救世主。"他挥动着双手说道，敏锐地捕捉到了我的目光，"开玩笑的啦。"他说，"别担心。你是我唯一做过这些事情的女人。"

我扬起眉毛："同样，我不会随意地躺在别人的身下，也不会冲到别人的车前。"

我们继续散步，我的手臂又滑回了他的臂弯。"那么，"我放手一搏地问道，"你想起我的时候，你都……想了什么？"

他若有所思："好吧，既然你问了……我想知道你是怎样的人，好不好相处……我想着……你俯身吻我的模样。"我不自觉地颤抖起来。"我的脑子反反复复地想着那个场景。我喜欢你在我身上点燃的魔法。我想着你的嘴唇和你的身体给我带来的感觉，真是太甜美了。"他冲我眨眨眼，欣赏着我的反应。我放任记忆回笼，不由得发出喟叹。"我记得我们一起抽的烟。事实上，我经常一个人抽——你不知道，我已经戒烟了！34天，5小时，6分钟，"他看了一眼裸露的手腕，"11秒，简直苦不堪言。你看我记得多精确！一点都不像你，对怀孕的事情这么含含糊糊。"

"噢，干得好！恭喜你！"

"谢谢你。"他淘气地鞠了一躬，"之前想到你，让我很快乐……又很悲伤。但现在我想到你，只有快乐了。很高兴见到你，见到你们两个。"他笑着说。

我感觉到我们之间有种强大而奇怪的联系，我感觉到我的情感在飙升。这种联系不可能是一次性的，因为现在他救了我。肯定存在什么特殊的意义。肯定是某种征兆。但可能也说明不了什么，也许生活只是一堆巧合。

"那你现在在写什么？"我问。

他哈的一声，忍俊不禁："我在写一个男人，遇到了一个女孩，她告诉他，她快要死了。他们体验了史上最棒的性爱，但最后还是分开了。他一直想知道她到底怎么样了。"

"这是个好故事。"我知道他在和我开玩笑，"结局如何？"

"就像这样。"他指着我们俩说，"我认为这是一个很好的结局，不是吗？"

"说真的，"我说，"你到底在写什么？"

"我刚刚已经告诉了你。"

"真的？"

"我为什么要费心撒谎？"

"结局真的会是这样吗？"

"我不知道。"他说，"我本来打算让他去街上到处找她，但很明显，肯定找不到她，他知道她一定死了。也许以后他会遇到另一个让他释怀的女人。"

"我不太喜欢这个结局。"

"哎，我也是。所以我有点写不下去了，就出来散散步，清醒清醒，结果就遇到了你！你还是在奔赴死亡的路上……而我救了你。所以，多亏了你，我想我已经知道结局是什么了。"他看着我，"你觉得怎么样？"

"我喜欢这个。"我说，"每个人都喜欢美满的结局。"

他笑了，犹豫道："那你告诉我，你之前为什么不给我你的电话号码？"

我想了一会儿说："因为我妈告诉我不要和陌生人说话。"

"她是不是忘了说别和他们上床？"

"很多事她都忘了说。"

他忍住笑意："那你现在能给我你的电话号码了吗？"

"你是认真的吗？"我说。

"为什么不呢？"

"因为这个。"我指着我的肚子。

"那又如何？"他满不在乎地回道，好像怀孕不过是下巴上冒了个痘，压根儿不碍事。

"那好吧。"我伸手拿出手机，"告诉我你的号码，我来拨。"

我输入他的电话号码，我们站在那里，看着手机，等着。我的心狂跳不止，宝宝踢了我一下，好像很高兴我告诉了他。

他的手机响了，我感到了一种强烈的内疚感。我知道我必须说出来，现在不说以后就没机会了。告诉他才是公平的。我抬头看着他洒脱的脸，一股浓郁的悲伤涌上心头。我知道，我们有可能成为好朋友，一旦告诉他，这段友谊可能就夭折了。但我必须这样做。我刚立下的新规则——坦诚，要求我说出必须说的话，现在，马上，不论我有多么为难，都必须遵守规则。还有，他一直对我毫无隐瞒，我得给他一个反悔的机会。

我旁若无人似的对着手机说话。

"嗨，利奥。"

他附和我："嗨，珍妮弗。谢谢你给我打电话。"

"谢谢你救了我。"

"不客气。"

我深深地呼吸了一口气："利奥，有件事……我觉得你应该知道。"我心跳得很快，"我怀孕了。"

"我知道。"

"是的，但是——"

他把手指放在我嘴唇上："没关系。"

"但是——"

"别急。"他说，"你必须营造出一种紧张的气氛，不要急着揭露真相，要留出给观众猜测的空间。你要相信，我知道我在说什么。我可是个功底不错的作家。"

丝丝兴奋像电流一样从我的脊背上滑过。"你说得对。"我吞下到嘴边的话，"我会好好准备的。很高兴能和你聊天，利奥。"

我们挂了电话，咧开嘴笑了。

"现在我有你的电话号码了。"他说，"谢谢！"

我微微一笑。

"还有一件事，珍妮弗——"

"什么？"

他听到了我急促的呼吸。

"谢谢你给了我一个幸福的结局。"

后 记

分 娩

7月2日

珍妮弗·科尔和利奥·格兰杰夫妻诞下一个女儿，一个6磅12盎司的奇迹，取名普林罗斯·霍普。妈妈恢复得很好。

杜拉·伊莎贝尔已经到了。

请给她带花。

致 谢

我开始创作的时候，手上还没有一本属于自己的实体书，但当我真正拿到后，那感觉就像捧着奥斯卡奖杯一样——毕竟这一直是我心中执着的梦想。以下是我的"获奖"感言。

我要感谢席琳·凯利，这本小说刚成型的时候，她坚信它一定会是一部好小说，并鼓励我大胆去写。我的朋友兼导师乔安娜·布里斯科，主动提出要读前几章，最后把整部手稿都读完了，还把我介绍给了经验丰富的索菲·威尔逊。再次感谢乔安娜向我推荐柯蒂斯·布朗代理公司才华横溢的费利西蒂·布朗特，她将成为我期待已久的经纪人。费利西蒂，你天才地敲定了这本书的书名，让最著名的出版社来出版，让我得以用最爱的称号"作者"来称呼自己。

我还要感谢柯蒂斯·布朗代理公司，感谢独一无二的戈登·怀斯，他不想拿我们的友谊冒险，所以坚持不做我的代表——反正我从来不喜欢你啦！感谢最好的代理和向导露西·莫里斯，还有梅丽莎·皮门特尔和他的团队，他们带我走进了远超我想象的未知领域。还有国际创意管理合伙公司纽约分部的克莉丝汀·基恩·本顿，我们非常感谢您在大西洋彼岸的辛勤劳动和坚定支持。

现在到了格温妮丝独白时刻（抽泣）：我有幸拥有三位杰出的专业人士——环球出版社博学多才的编辑苏珊娜·韦迪森、帕梅拉·多尔曼出版社的帕梅拉·多尔曼和维京企鹅出版社的杰拉米·奥顿。你们的指导、关怀和敏锐的观察帮助我们把这本书雕琢得更为精妙绝伦。"奥斯卡奖杯"也属于你们！

早在这部小说之前，我的写作之旅就开始了。在过去的十年和几门课程中，我有幸结识了其他作家，其中有些人成了我毕生的挚友。感谢我的老伙计瓦尔·菲尔普斯、萨迪·摩根，还有思念甚深永不相忘的格蕾丝·弗兰奇，感谢你们的支持和爱意，感谢周末的欢谈、美食、美酒和偶尔的写作练习。

感谢我的朋友们，他们也一直是我的读者，特别是吉纳维夫·尼科洛普洛斯，他执着地读完了我几乎每一篇手稿。感谢丽贝卡·莱西，谁能想到你明智的建议会激发我的灵感，写出了这本书呢？同样感谢朱迪·奇尔科特、巴斯·阿卡比奥、梅兰妮·赛克斯、丽贝卡·里明顿、金·克里德、我的表亲乔安妮·米莱特和茱莉亚·施瓦兹曼、悉尼的西斯塔·路易丝·罗伯茨以及洛杉矶的马丁·奥尔森。还要感谢纽约的林奇·罗杰斯，有时对她来说，沉默也许更有益，但她依然坚定不移地支持我。你是我的英雄！

我很幸运拥有许多特别的朋友，他们都默默地为我加油。其中包括珍妮特·埃利斯、帕特里克·芬尼根、阿曼达·海尔伯格、罗西·菲普斯、朱丽叶·布莱克、乔治亚·克拉克、尼古拉·凯利、维姬·麦科弗、特雷西·考克斯、彼得·汤普森、莱斯利·戈德伯格、劳埃德·米莱特、弗朗西斯卡·坎特、布里夫家族（我的美国"家人"）和我的忠实粉丝马克·范·斯奇（写作的每个重大时刻他都在）——谢谢你们。我要大声地向韦恩·布鲁克斯致谢，他是第一个真正相信我的业内人士。感谢我可爱的前邻居埃莉诺·费亚，她提供了人力资源的指导，我希望我都写对了。还有费德里科·安道尼诺，他的友谊、热情和建议对我来说，是无价之宝，谢谢你！

最后，感谢我的儿子亚历山大和约瑟夫·斯托勒曼。我知道，在过去的每一年里，你们所有的反对，都是因为心疼我坚持以身涉苦。谢谢你们依然对我抱有信念。我已经证明了，失败只是垫脚石，毅力才是成功的关键。

我还要感谢梅布尔。你们之中爱狗的人就会明白，这只混血儿是我生活中多么特别的存在。在我冥思苦想写稿子（是的，我知道！）的日子里，梅布尔一直蜷缩在我的身边陪着我。它是我的开心果，一看见我就开心得不得了。是的，梅布尔，你可以得到奖励啦。

现在有人提示我，该离开舞台了……

（放下麦克风）